梅雨物語

Summer rain tale

貴志祐介

Kishi Yusuke

角川書店

梅雨物語

目次

装画　Q-TA
装丁　bookwall

皐月闇

1

作田慮男《さくたのぶお》は、歳時記から目を上げると、老眼鏡を取って眉間《みけん》を揉《も》み、窓から外を見上げた。鈍色《にび》の空からは、ぽつりぽつりと雨粒が落ち始めている。

「梅霖《ばいりん》か」

つぶやいたついでに、俳句ができないか考えてみる。だが、いくら待っても頭の中は空白で、何一つ浮かんではこなかった。

……最近、めっきり独り言が多くなったようだ。他人と話をする機会が極度に減ったからだろうが、還暦を過ぎた時分から生来の人嫌いがひどくなって、今さら積極的に外に出て他人とかかわるのは億劫《おっくう》だった。それにもう、満座の中で大恥を掻《か》かされるのは、金輪際、御免蒙《こうむ》りたい。

「そろそろ、夕刊が来てるんじゃないのかな」

作田は、そう独りごち、積み上げられた大量の本が今にも崩れそうになった書斎を出ると、玄関に向かった。サンダルを突っかけ、玄関の古いアルミドアを開ける。

ただでさえ梅雨寒にカーディガン一枚では心許《こころもと》ないのに、雨に濡《ぬ》れるのはかなわなかった。とはいっても、傘を出すのも面倒だったので、肩をすくめてそのまま外に出る。じんじん痛む左膝《ひだりひざ》を庇《かば》いながら、飛び石の上を渡り、郵便受けを開けた。

夕刊は、まだ来ていなかった。

他人《ひと》が見たら、暇な老人だと嗤《わら》うに違いない。ばつが悪くなって顔を上げると、少し離れた場所で傘を差して佇《たたず》む、若い女性と目が合った。ベージュのトレンチコートに、紺のスカート。肩からピンクのショルダーバッグを下げ、白い紙箱を持っている。

色白で切れ長の一重まぶた。清楚《せいそ》な感じの黒髪は、目の上でぷっつりと切ってあった。

おや、誰だっただろうか。記憶の中で、何かがざわめいている。近所にこんなに綺麗《きれい》な娘《こ》がいたっけなと思いを巡らした。

若い女性は、作田に向かって丁寧に会釈した。作田も、反射的に軽く頭を下げる。どうやら知り合いであることはたしかなようだが、誰なのか、にわかには思い出せなかった。

若い女性は、こちらへと歩み寄ってくる。雨脚が強くなりそうだったので、一刻も早く家に入りたかったが、向こうはひどくもの言いたげな様子だったので、とりあえず待っているしかなかった。

「先生。お久しぶりです」

若い女性は、明るいアルトで言った。話し手の教養を感じさせて、耳に心地よい、いわゆるカルチャード・ボイスである。その瞬間、記憶の深い闇の底から、だしぬけに、一つの名前がよみがえった。

「萩原菜央《はぎわらなお》さん」

作田は、よく覚えているよとアピールするために、あえてフルネームで呼んだ。

「驚いたな。何十年ぶりだろう？」

「いやだわ。わたし、まだ、そんな年齢《とし》じゃありません」

菜央は、困ったように眉根《まゆね》を寄せ、白い歯を見せて微笑んだ。ああ、そうそう。この顔だ。

懐かしさが込み上げてきた。中学生のときと、ちっとも変わらない。

「でも、もう、十年ぶりにはなりますね。……卒業以来だと」

「そうか。よく来たね。まあ、入って」

作田は、門扉《もんぴ》を開いて、菜央を招き入れた。

「すみません。わたしを待ってもらったせいで、先生が濡れちゃいましたね」

菜央は、作田に傘を差し掛けてくれた。

若い世代の女の子には珍しく、気配りもできるいい娘だったなと思い出す。

クラス全員に配るプリントを抱え、ふうふう言いながら階段を上っていたときに、後ろから声をかけてきて持ちますと言ってくれたのは、この娘だけだった。

しかも、作田が顧問をしていた俳句部に入部して、熱心に句作に励む傍ら、面倒臭い雑用も厭《いと》わず、部員たちのまとめ役としても頑張ってくれたではないか。

「あら、こんにちは」

そのとき、隣の家の奥さん——とはいっても、作田とそんなに変わらない年齢だが——が、回覧板を持って家の外に出てきた。菜央を見て、一瞬驚いた様子だったが、すぐに笑顔になる。さだめし、世捨て人のような老人を訪ねてくるには似つかわしくない美女だと思ったのだろう。

「こんにちは」

菜央も、笑顔で挨拶《あいさつ》を返した。作田は、回覧板を受け取って曖昧《あいまい》にうなずいただけだったが、菜央の登場のおかげで、隣の奥さんが常々当方に抱いていたであろう芳しくないイメージは、かなり払拭《ふっしょく》されたはずだ。

隣の家の奥さんは、家に引っ込むときも、まだこちらを見ていた。

作田は、ひょこひょこと歩いて先に立つと、玄関ドアを開けた。

「まあ、汚いところだけど、どうぞ」

そう言ってから、ちっとも謙遜《けんそん》になっていないことに気づく。

まあ、しかたない。彼女とて、一人暮らしの老人を訪ねてきて、ピカピカに磨き上げられた家に上がることは期待していないはずだ。

「ここんとこ、掃除もしてなくてね。ええと、どこかに、スリッパが」

菜央は、傘をたたんでドアの外に立てかけると、一礼して入ってくる。

「だいじょうぶです。持ってきましたから」

菜央は、ホテルにあるような使い捨てのスリッパを取り出し、バリバリと音を立てて透明な袋を開く。いかにも今どきの子らしい合理主義で、見方によっては失礼な行動だが、別段腹は立たない。

「用意がいいね。だけど、どうしたもんかな……。お客さんが来ることは、あまりなくてね。応接間があるにはあるんだが、散らかってるから、書斎の方がいいかな」

応接間は、準ゴミ屋敷状態にあるから、とうてい見せられなかった。ふだん、一日の大半の時間を過ごしている書斎なら、柳腰の女の子が座れるくらいのスペースは、何とかこしらえられるだろう。

まるで本の牢獄《ろうごく》のような書斎に足を踏み入れても、菜央はたじろいだ様子を見せなかった。持っていた紙箱をそっと差し出す。

「これ、苺《いちご》のショートケーキなんです」

そう言ってから、探るような目つきになる。糖尿病でも患っているのではと心配になったのかもしれない。

「ああ、ありがとう。こういうのは、本当に、久しぶりだな」

作田は、満面に笑みを浮かべて紙箱を受け取った。自分がいつになく浮き浮きしているのに気がつく。

「紅茶がいいかな。いつも日本茶ばかりなんだが、ティーバッグがあったはずなんだ」

「わたし、淹《い》れてきます」

菜央はバッグを置くと、コートを脱いできちんとたたんだ。半袖《はんそで》のサマーセーターから覗《のぞ》く白い二の腕に、ついときめいてしまう。

「いや、そんな、悪いよ。……でも、わかるかな？」

「だいじょうぶです。だいぶ以前ですけど、俳句部のみんなと一緒に、お伺いしたことがありますから」

そうだったかなと思っている間に、菜央は、ショートケーキの紙箱を持ってキッチンの方へ行ってしまった。

キッチンがどんな状態だったか思い出そうとしてみたが、何の映像も浮かんでこなかった。治子《はるこ》がいたときには、偏執的なまでにきちんと整理整頓《せいとん》されていたが、出ていってから八年、完全に無関心なまま放置してあった。とはいっても、週二回はヘルパーさんが来ているのだし、冷蔵庫やガスコンロ、電気ポットは、自分でもときどき使っているから、足の踏み場もないということはないだろう。

作田は、効きが悪いエアコンで除湿をかけると、いそいそと菜央が座るスペースを作った。それから、今にも崩れそうな本の柱をいくつか移動させて、部屋の中央に折れ脚のちゃぶ台を設置した。

「お待たせしました」

菜央が、湯気の立つ紅茶のカップとショートケーキの皿を載せたトレイを手に戻ってきた。

気持ちがいいくらいテキパキとした動作だった。こんなに素早く用意できたところを見ると、どこに何があるか、ほとんど迷わなかったらしい。

「いや、どうもありがとう」

作田は、ちゃぶ台の上に手際よく紅茶とケーキを並べる菜央の姿を感激しながら見ていた。何の前触れもなしに、こんなに楽しい日がやってくることがあるのか。だから、人生は捨てたものではないのかもしれない。できうるならば、今日のことは死ぬまで忘れないでいたい。

しかし、向かいに正座した菜央が、ひどく沈んだ表情をしているのに気がついて、たちまち現実に引き戻される。

この娘が中学生のときは、こんな顔を見せたことは一度もなかった。きっと何か、心配事があるに違いない。そもそも、今日訪ねてきたことにしても、懐かしさからだけとは思えない。ひょっとして、何かを相談するためだろうか。

眩《まばゆ》いくらいに青春の輝きを放っている彼女に、隠居した老人が役に立てることがあるとは、とても思えなかったが。

菜央も、作田の表情の変化に、敏感に気づいたようだった。

「今日は、連絡もしないで、突然押しかけてきてしまって、申し訳ありません」

少し居住まいを正し、頭を下げる。

「電話してみたんですけど、つながらなくて」

「ああ、そうだったの」

作田は、壁際にある古い電話台を見やった。今は本に埋もれているが、かつて、その上には黒電話が置いてあった。

「一人暮らしの老人には、電話は無用の長物でね、むしろ詐欺にあったりすると危険なんで、解約したんだ」

積み上げられた本に隠れているが、コードを引きちぎられた黒いローゼットが、今でも壁に残っているはずだ。

「まあ、たしかにサプライズ訪問ではあったけど、嬉《うれ》しい驚きというやつだから。……でも、もしかして、何かあったの？」

「はい、そうなんです」

菜央は、うなずいた。

「どうしても教えていただきたいことがあるんです。いろいろと考えたんですけど、先生しか頼れる方がいなくて」

菜央は、ショルダーバッグを引き寄せて、中から紺色の冊子のようなものを取り出した。

「それは……句集かな？　もしかして、君の？」

見慣れているから、すぐにわかる。素人俳人が自費で出版した句集だろう。簡素な装丁で、最近は百部以下でも作れるから、費用も以前と比べるとずっと安くなっている。

「いいえ。兄が作ったものなんです」

兄。はて。萩原菜央には、兄がいたらしい。そりゃあ、兄弟くらいいたって、おかしくないだろうが。

いや、待てよ。彼女は、兄と言えばピンとくるだろうという目をして言った。誰だろうか。萩原というのは、珍しい苗字《みょうじ》ではないが、そんなにありふれているわけでもない。

作田は、紅茶のカップを取り上げ、目をつぶって一口飲む。

「……龍太郎《りゅうたろう》くんか」

今度も、絶妙なタイミングで、闇の中から名前が浮かび上がってきた。

「はい」

菜央は、かすかな笑みを浮かべた。作田が覚えていたことに安堵《あんど》したらしい。

萩原龍太郎は、たしか、菜央の双子の兄だ。幽霊部員だが、一応俳句部に在籍していたし、菜央とは正反対の理由で記憶に刻まれていた。

「龍太郎くんが、今でも俳句をやっているとは知らなかったな。君とは違って、本気で俳句に取り組んでいたという印象はないしね」

名前こそ詩人のようだが、萩原龍太郎は問題児だった。仲間とつるんで他校の生徒と揉《も》めるようなわかりやすい不良ではなく、日頃は影が薄いのに、前触れもなく切れて暴力をふるう、取扱い注意の生徒である。もっとも、だからこそ、思い出せたのだろうが。

「兄が、本格的に俳句に取り組むようになったのは、不登校になってから後のことなんです。わたしじゃなく、母の強い影響があってですけど」

母。今度は母。はてさて。知っていたかな。

「母は、萩原麻子《あさこ》といいます。父と離婚してからは会社の経営で忙殺されていたようですが、唯一の息抜き、というか趣味が俳句で、『野分《のわき》』という結社の同人をしていました」

『野分』は、作田も知っている有名な俳句の結社だ。萩原麻子という名前にも、何となくだが聞き覚えがある。まさか、教え子の母親とは想像もしなかったが。

「兄が問題を起こしたときは、母は、何度も学校へ行っては、先生方に直談《じか》判していました。ご記憶にないですか？　特に、兄の担任だった熊田《くまだ》先生には、ずいぶんとご迷惑をおかけしたみたいですけど」

「うん、そうだった。よく覚えてますよ」

その言葉は、嘘ではなかった。はっきりと思い出したのだが、その先は言わぬが花だろう。

萩原麻子は、学校中から恐れられていたモンスター・マザーだったからだ。

「で？　その句集がどうかしたの？」

菜央は、少しためらってから答える。

「兄は、亡くなりました。つい先月のことですけど。……自ら、命を絶ったんです」

「そう」

作田は、ちょうどショートケーキの一片を口に運ぼうとしたところだったが、フォークが、宙で止まる。

「それは、辛《つら》い経験をしたね。ご愁傷様です」

「自慢の兄とは言えませんでしたけど、それでも、たった一人の兄弟でしたから」

菜央は、目を伏せる。

「この句集は、兄の遺作なんです。亡くなるちょっと前に自費出版したらしくて、友人知人に配った形跡があるんですけど。先生のところには、送ってきませんでしたか？」

作田は、首を捻《ひね》った。

「たぶん、来てないな……うん。だって、ごく最近の話だよね？」

萩原龍太郎から、いきなり句集が送られてきたら、間違いなく、かなり驚いたに違いない。

それでも、絶対に覚えているとまでは言い切れないのが、情けないところだが。

「そうですか。この句集は、家にまだ二十冊ほど残っています」

作田は、黙って続きを待った。

「実は、母は、三年前に乳癌が見つかってから、ずっと闘病中なんです。今はステージ4で、入院しています。昔から兄のことを誰よりも可愛がっていましたので、亡くなったときには、すごくショックを受けました。ですから、この句集も、とても大切にしていたんです。ずっと病床の枕元に置いていたんですけど、数日前に、急にわたしを呼んで、全部焼き捨てなさいと言い出したんです」

焼き捨てろとは、また、ただごとではない。母親から見て、よほど不愉快な句でもあったのだろうか。

「それがなぜなのか、お母さんはおっしゃいましたか？」

作田は、優しく訊《たず》ねた。

「いいえ。何度訊《き》いても、理由は言いませんでした。わたしも句集を読み返してみましたが、どうしてもわからなくて」

なるほど。それで、ここへ来たというわけだ。作田は、ようやく合点がいった。

俳句部の顧問をしていたときには、ときおり、昔の名句を取り上げて解説したものだった。他の部員たちは、ここでもまた授業を聞かされるのかとうんざりした顔だったが、菜央だけは、メモを取りながら、熱心に聞き入っていたのを覚えている。

「先生の俳句の解釈は、本当に独特で、説得力がありました。一語一語を熟読玩味《がんみ》した上で、背景や心理まで考察を広げられたので、ときにはミステリーの名探偵みたいな推理が聞けて、とても楽しかったんです。だから、この句集を読んで先生がどんな感想をお持ちになるのか、ぜひお聞きしたくて」

「いやいや、それは買い被《かぶ》りというものですよ」

作田は、目の前で大きく手を振ったが、内心まんざらでもなかった。残念ながら、あるとき句作には見切りを付けざるを得なかったが、今でも批評眼には自信がある。

「読み返してみたっていうのは、何回くらいのことですか？　眼光紙背にとはいかなくても、行間まで読み込もうとしてみた？」

菜央は、うつむいて首を横に振った。

「一度きりです。俳句の解釈は苦手なんで、ちゃんと読めてるのかどうか自信がありませんし。それに、何というか」

菜央は、言葉を切って、紅茶で唇を湿した。

「あんまり、良い感じがしなかったんです。どうしてなのかは、わからなかったんですけど、読んでいると、変な胸騒ぎがしてくるっていうか」

ふうん……。もしそうだとすると、この句集には、本当に何か秘密があるのかもしれない。菜央には読み取れなかったが、俳人である母親の麻子には見抜けたことが。

「なるほど、おおよその事情はわかりました。まずは、拝見しましょう」

作田は、菜央から句集を受け取る。

表題は『皐月闇《さつきやみ》』とあった。

作田は、名状しがたい不気味さを覚えていた。季語をタイトルにした句集は珍しくないが、なぜか、手を触れるのをためらいたくなった。

『皐月』というのは陰暦の五月で、太陽暦の五月下旬から七月中旬にあたる。『皐月闇』は、ちょうど今時分の、五月雨《さみだれ》が降る頃の夜の暗さを言う。一説には、分厚い雲に覆われた昼間の暗さも指すらしい。

だが、俳句では『五月闇』と書くのが一般的である。歳時記にも、たぶん、そちらの方しか載っていないだろう。あえて『皐月闇』とするには、何か理由があるはずだが。

「龍太郎くんは、どうして、こんな渋いタイトルを選んだんだろうね？」

作田は、半ば独り言のように訊ねたが、菜央にもわからないらしく、ただ首を横に振るだけだった。

最近の句集には、村上春樹《むらかみはるき》の小説のように凝ったタイトルが流行《はや》っている。二十代の若者が付けるのなら、もうちょっとトンガった、あるいはお洒落《しやれ》なタイトルを選びそうなものだ。冊子はとても薄く、一ページに二句しか載っていなかった。たぶん、百句集だろう。

作田は、順番に俳句に目を通していった。

素人の句集だから、当然ながら、たいした句はなかった。大半は平凡そのもので、何句かは失笑ものですらある。

ところが、終わりの方に差し掛かったとき、ページを繰る手がピタリと止まった。

どういうわけか、いきなりリアリティが増したような気がする。それぞれの場面の情景が、頭の中に鮮明に像を結ぶようになったのだ。

どれも、さほど上手《うま》い句とは言えない。にもかかわらず、これほど心の琴線に触れるのには、何か理由があるはずだが。

待てよ。これは。急に、鼓動が速まるのを感じた。

どうも、ただごとではないような気がする。

いや、まだ、そう考えるのは早計かもしれない。だが、一句ずつならともかく、この並びで考えれば、通常とは異なる解釈も可能になってくるのではないか。

動かなくなった作田を見て、菜央は、そっと立ち上がった。

音を立てないようにティーカップと皿を片付けると、トレイに載せて持っていく。作田は、ほっといていいと言おうと思ったが、句集に没頭し始めていたため、結局、言葉にすることはなかった。

キッチンの方からは、水を流す音に続いて、コーヒー豆を挽《ひ》く音が響いてきた。

集中したいときにコーヒーを飲みたくなる自分の癖を、覚えていてくれたらしい。

だが、どこに新しいコーヒー豆なんかあったんだろうと、ぼんやり思う。

年代物のエアコンは、ようやく、少しだけ乾いた風を吐き出し始めた。

作田は、『皐月闇』を置いた。

親子関係。それは、作田が大学で心理学を学び始めたときから探究してきたテーマだったが、おそらくそこに、龍太郎の抱えていた問題の根っこがあるような気がした。

それから、急に尿意を覚えて、作田は立ち上がった。

年のせいか、最近、本当に小便が近くなった。紅茶一杯でこの始末とは、情けない。

作田は、そっと書斎を出て、トイレに入って用を足すと、身震いした。

ほっとした瞬間、少しだけ記憶がよみがえった。


中学校の一階廊下。グレイのスーツを着た、小柄でほっそりした女性の後ろ姿が見える。

「失礼ですが、何かご用ですか？」

作田が声をかけると、振り向いた。四十歳前くらいだろうか。顎《あご》の尖《とが》った細い顔。強い光を放つ黒く大きな目が、萩原麻子の第一印象だった。

「校長室は、どちらでしょうか？」

女性らしいトーンだが、抑揚の利いた意志的な声だった。来意を確認し、校長室へ案内した。

途中、なるべく当たり障りのない会話をしたつもりだが、何かが彼女の逆鱗《げきりん》に触れたらしい。

別れ際の、ひどく冷ややかな一瞥《いちべつ》が気になった。

それは、まるで、汚らしいものを見るかのような視線だった。

初対面から気圧《けお》されたが、直談判とやらの矢面に立ったことはないので、実際のところは、どれほどのモンスター・マザーだったのか実感がなかった。強面《こわもて》で鳴らしていた熊田教諭が、あそこまで戦々恐々としていたところを見ても、相当な夕マだったのだろうが。

書斎に戻ったところで、ふと思いついて、俳句雑誌が堆《うずたか》く積み上げられた棚の前に行った。たしか、どこかに萩原麻子の俳句が載っていたはずだ。数冊抜き出して、パラパラとめくってみたものの、むろん、そんなに都合良く見つかるはずもなかった。スマホもパソコンも持っていないので、検索するすべもないし。

いや、そうじゃない。

探すべきは、結社誌の方ではないか。萩原麻子は『野分』の同人だったということだから、当然、どこかに載っているはずだ。癌になったのが三年前なら、頻繁に句を発表していたのはその前かもしれない。あるいは、癌を宣告された衝撃から、それまで以上に活発に詠むようになった可能性もある。

作田は、床に積み上げられた本や冊子を脇にどけて、結社誌を見つけようとした。

すると、壁に作り付けになった小さな物入れの扉が現れた。昔の建売住宅にはよくあった、掃除機などの収納スペースだ。扉を開けようと手を伸ばしかけて、途中で引っ込めてしまう。やめておこう。ここに押し込んであるのは、どうせ古い句帳や日記帳の類《たぐ》いだけだ。

作田は、本の柱を押して元の位置に戻そうとしたが、雑にやったので崩れてしまい、数冊の本が床に散乱した。

その中に、あるものを発見して、作田はポカンと口を開けた。

手に取って、ためつすがめつし、さっき置いた『**皐月闇**』と見比べてみる。

間違いない。同じものである。ということは、この句集は本当に萩原龍太郎から送られてきていたのか。

迷ったが、作田は、見つけたばかりの『皐月闇』を、本の山の奥に押し込んだ。

ついさっき菜央に、来ていないと断言したばかりである。ただの見栄《みえ》だが、彼女にだけは、惚《ぼ》け老人扱いされたくなかった。これは、見なかったことにしよう。

……あれ。今、何を探していたんだっけ。

掌《てのひら》に掬《すく》った細かい砂のように、記憶が、指の間からさらさらと抜け落ちていく。

まるで、目覚めた直後の夢のようだった。どんなに頑張って思い出そうとしても、残されているのは漠然としたムードだけである。

がっくり崩れ落ちそうになったが、ダウン寸前のボクサーが驚異的に息を吹き返すように、突如として記憶が立ち上がる。

……そうだ。萩原麻子の句の載った結社誌だ。

作田は、再び、猛然と本の山に向き合った。

あった。どこで入手したのかさえ覚えていないが、『野分』とタイトルが書かれた冊子が、何冊か見つかった。ところどころで、萩原麻子の句が載ったページに行き当たった。中でも、春の句と冬の句一つずつが印象に残る。

節分や玻璃天井を打砕く

匕首の冷たさ胸に役員会

句としての出来はともかく、これは治子の比じゃない、かなりの女傑――いや、猛女だ。

節分の句は、鬼打ち豆で『**玻璃《はり》天井**』――男社会の象徴である『ガラスの天井』を打ち砕くとの意味だろう。漢字ばかりのいかつさもさることながら、粉々になったガラスの破片が降り注ぐ光景を想像すると、何とも凄《すさ》まじい。もう一句の方も、本人を垣間見た印象からすれば、懐に『匕首《あいくち》』を呑《の》んで役員会に出席するという異常な行動すら、比喩《ひゆ》や想像ではないだろうと思わせた。

まさか、学校に乗り込んできたときも、いざとなったら刺す気満々だったなんてことはないだろうな。

作田は、自分の席に腰を落ち着けて、萩原麻子の人物像について思いを巡らせていた。

すると、菜央が、コーヒーカップの載ったトレイを持って静かに入ってきた。

作田の前に、そっとカップを置く。かぐわしい香りが広がった。

「ありがとう。このコーヒーは、どうしたの？」

「ケーキ屋さんの隣で、コーヒー豆を売っていたんで、買ってきたんです。ひょっとしたら、飲み物がないかもしれないと思って」

「そうですか。うん。いや、これは美味《うま》いな」

久しぶりのフレッシュなコーヒーの味により、作田は眠っていた脳細胞が賦活《ふかつ》されるような感覚を味わっていた。いつになく、思考がクリアになっていくようだ。

「あら、これ？」

菜央は、作田が読んでいた『野分』を見て、眉を顰《ひそ》める。

「たまたま、うちにあったんだがね、お母さんの句が載ってたよ」

作田は、結社誌を菜央に手渡した。

「ここにある句は、知ってるかな？」

「いいえ」

菜央は、チラリと見て、かぶりを振る。

「ですけど、だいたい、こんな感じの句が多いんです。女が、たった一人で、狡猾《こうかつ》な男に立ち向かおうと思えば、ときには修羅になる必要もあるっていうのが、母の口癖でした」

目の前にいる菜央と比べると、親子でこうも違うものかと思う。まあ、萩原麻子の場合は、取り巻く状況から、強くなる必要に迫られたのかもしれないが。

「あの、母の句が、何かの参考になるんですか？」

菜央は、少し怪訝《けげん》そうな目になっていた。

「龍太郎くんが抱えていた問題は、お母さんに起因する部分があるかもしれないと思うんだ。少しだけ、プライベートなことを訊いてもいいですか？」

「はい」

菜央は、逡巡《しゅんじゅん》する様子もなく答えた。

「さっき、あなたは、お母さんが、昔から龍太郎くんのことを誰よりも可愛がっていたと言いましたね？　それは、あなたよりも？」

「もちろんです」

菜央は、即答する。

「わたしが母に愛されていなかったわけじゃありません。礼儀作法には厳しかったんですが、気持ちは常に通じ合っていたと思います。でも、兄に対する態度は、溺愛《できあい》そのものでした」

菜央の答えは、よどみなかった。

「なるほど。では、龍太郎くんの方は、どうでした？　お母さんに対しては？」

「愛していた、と思います。というか、依存していたと言った方がいいかも」

「お母さんは、龍太郎くんを、ただ単に可愛がっていただけじゃなくて、支配しようとはしていなかったかな？」

「そうかもしれませんが、母は、誰に対しても支配的な人でしたから」

「龍太郎くんが引きこもってから、自立を阻んでいたのは、お母さんじゃなかった？」

さすがに、自分でも、性急に結論に飛びつきすぎているような気はしていたが。

「それは、まあ、そういう一面もあったかもしれません」

菜央は、少し眉を顰めるように作田を見る。

「でも、どうして、そう思われるんですか？」

「これだよ」

作田は、ちゃぶ台に置いたままの『皐月闇』を指した。

「この中には、強い母親コンプレックスの存在を示唆している句があるんだ」

「本当ですか？　わたしには、全然わかりませんでした」

菜央は、半信半疑という表情だった。

「でも、そうだとすると、原因は母にあるということなんですか？　句集を焼き捨てるように言ったのも。もしかしたら、兄が自殺したこともですか？」

「そう結論付けるには、まだ時期尚早だろうがね」

作田は、コーヒーを口に運ぶ。

「まずは、一句一句、きちんと検証する必要がある。正しい分析をするには、背景について、君に教えてもらわなければならない」

「わかりました」

菜央は、しっかりとうなずいた。

「でも、百句を順番に俎上《そじょう》に載せるのは、たいへんですね」

「そうでもないよ」

作田は、菜央を勇気づけるように微笑んだ。

「重要なのは、おそらく、この中の十三句だけだ。後は、どうでもいい」

菜央は、大きく目を見開く。

「先生は、こんな短時間で、そこまで見極められたんですね！」

作田は、首を左右に振った。

「いや、そんなにはっきりと、見極めが付いたわけじゃない」

そんな超人的な洞察力があったら、今頃は、もうちょっとマシな境遇にいるだろう。

「頭で考えるより、まずは感じるんだ」

だが、つい恰好《かっこう》を付けて、ブルース・リーのようなことを言ってしまう。

「芸術的感性っていうことですか？」

「いや、ただ虚心に、文字が表現する世界を受け入れるんだよ。俳句は、わずか十七音の中に宇宙を詠み込んで、深い思いを伝えることができる。その反面、隠しておきたかったことを、残酷に露呈してしまうこともある」

作田は、そう思うに至った自作の句を披露しようとしたが、残念なことに、ただの一句すら浮かんでこなかった。

「十三句というのは、これだ。この一句と」

作田は赤のマーカーを取り上げて、後半にある一句に○印を付けた。

「最後の十二句だ」

こちらには、縦線と、それ以降であると示すための矢印を描く。

菜央は、ちゃぶ台の反対側から句集を覗き込むように、凝視していた。

「わたし、もう一冊持ってきたんです。見ながら、お伺いしてもいいですか?」

菜央は、バッグからもう一冊の『皐月闇』を出し、教科書のように同じページを開いた。

作田も句集を取り上げて、もう一度、問題の十三句に目を落とす。

向かい合って同じテキストを見ていると、まるで十年前にタイムスリップして、もう一度教師と生徒に戻ったような、懐かしい心持ちになった。

夏銀河うるまの島の影黒く

水割を呷る出窓の夜風かな

風死して風鈴のごとグラス鳴る

婚ひ星きらめき過ぐる夜半の夏

夏闇に溶けて幽けきバンガロー

ガジュマルの気根の影と灯蛾の影

漆黒の海辺に紗ほのかに

潮騒ぐ朔日の夜に汗拭う

湿風に古傷疼く汀かな

雷鳴や冥き眩暈を解き放ち

スコールに白きこぶしは濡れそぼつ

俳人となりてかいごの花あやめ

いらへなき無明の闇や皐

2

「まずは、この句から始めようか」
作田は、老眼鏡をかけて、活字に目を落とした。

夏銀河うるまの島の影黒く

「船とも考えられるが、おそらく、飛行機の窓から見た景色だろうな。『うるまの島』とは、珊瑚《さんご》の島という意味で、沖縄の古い呼び名だ。夜遅い便で沖縄へ行って、詠んだんだろう」

作田は、目を閉じて想像してみた。暗い海上に、さらに黒々とした島影が点在する景色を。同じ陸地でも、眩《まばゆ》く照らされた都会の港とはまったく様相が違っている。

「これに続く句も、すべて沖縄で詠んでいるようだね。龍太郎くんは、いつ頃、沖縄旅行をしたのかな？」

「二年前の夏です。たしか、七月の半ば頃に、婚前旅行で」

菜央は、まるで自分のことのように、恥ずかしそうな顔をした。

「お相手は、坂根《さかね》瞳《ひとみ》さんなんです。先生、覚えておられますよね？」

坂根瞳……？　記憶の中で何かが引っかかって軋《きし》み、不協和音を奏でた。

今にも出てきそうなのに、なぜか、どうしても思い出すことができないのだ。何となくだが、年齢より大人びていて、目立つ存在だったような気がする。

ああ、この認知症さえなかったら。

「年のせいかな。ちょっと、すぐには思い出せないんだが」

「わたしと同じクラスで、俳句部でもずっと一緒だった、あの瞳なんですけど？」

菜央は、作田が覚えていないことに、不満げな顔になった。

「ああ、そうか。うん。今思い出したよ。あの坂根さんだね」

実際に、そういう娘がいたことは思い出せた。俳句部では、菜央とつるんでいたような気がする。やたらに元気のいい声だけが、ふいに耳朶《じだ》によみがえった。

「ヤッホー、息してる？」、「ここにいるんだよ」、「マジ暗い」……。

しかし、依然として、顔はピンボケの映像のままだった。うっすらと目の光だけは浮かんできたものの、顔立ちすら満足に思い出せない。

「兄は、瞳にずっと片想いしていました。俳句部に入ったのだって、それが動機だったんです。

不登校になってからは、さすがに諦《あきら》めていたようですが、三年前に、たまたま街で再会して、懸命のアプローチの末、ようやく努力が実ったんです」

「ふうん。龍太郎くんは、きちんとした仕事をしていたの？」

菜央は、また顔を伏せる。

「いいえ。母の会社のホームページを作る手伝いをするくらいで、きちんとした仕事っていうレベルじゃありません」

「それなのに、坂根さんは、よくなびいたね」

品のない言い方になってしまったと後悔するが、菜央は、気にした様子もなかった。

「母が亡くなったら、兄も相当な財産を受け継ぎますから」

つまり、金目当てということなのか。経済的な安定を第一に考えるのは、このご時世では、当然のことかもしれないが。

「なるほど」

「でも、何度読み返しても、さっぱりわからないんですが」

菜央は、句を見ながら、首を捻っていた。

「この句が重要だというのは、ここから沖縄旅行が始まっているからですか？」

「それだけじゃない。この句は、その後に起こることを、濃密に予感させるんだ」

「予感……ですか？」

菜央には、ピンとこないようだった。

「ここに挙げた十三句のうち、最初の一句を除いた十二句は、一連のものだ。かなり短い時間――おそらく一晩のうちに起こった出来事を、順番に詠んでいるんだろう。だとすると、後になって、思い返しながら詠んだと想像できる」

菜央は、うなずいた。

「そうなると、詠み手は、その後に起きたことを知っているからね。あたかも予知しながら、そのときの状況を句にしているようなものなんだよ」

「なるほど」

菜央は、感心したようだった。

「この句も、そうなんだよ。飛行機が到着しようとしている時点では、沖縄で何が起きるかは神のみぞ知るだ。だが、詠み手は、早々と先のことに思いを馳《は》せてしまっているんだ」

「予知しているというのは、どの部分のことですか？」

菜央は、眉間にしわを寄せ、句集に目を近づけている。

「まずは、『影黒く』だ。終止形ならば『影黒し』だが、あえて連用止めにしているんだよ。余情を表現するためだが、俗っぽい表現として嫌う俳人は多いね」

作田は、昔取った杵柄《きねづか》で文法を解説する。

「それから、全体の雰囲気だ。夜空に光る夏銀河は美しいが、星空から、ゆっくりと暗い海と島に落とした視線には、どこか不吉な予感が含まれているような気がする」

「そうでしょうか」

菜央は、考え込んでいた。

「そう言われれば、という感じです。ちょっと、うがちすぎのような気もしますけど」

彼女には、そこまで感じ取れないかもしれないなと、作田は思う。

しかし、自分の感覚を信じるならば、この句には予感が色濃く影を落としている。それは、最初に見た瞬間、稲妻のように脳裏を走った直感だった。

「不吉な予感って言われましたが、この後何が起こったのか、先生はご存じなんですか？」

菜央は、少し緊張した目になって訊ねる。

「いや。この後の句を見ると、何か良くないことが起きたと見当は付くけどね」

「そうですか」

菜央は、視線を落とした。

「実は、この後すぐ、瞳がいなくなってしまったんです」

「いなくなった？」

作田は、ヒヤリとするものを感じた。

「それは、ただごとじゃないね。で、無事に見つかったの？」

「いいえ」

菜央は、硬い表情で首を横に振った。

おいおい、待ってくれ。じゃあ、もしかしたら、この句集が未解決事件の鍵《かぎ》を握っているということなのか。

作田は、コーヒーを一口飲んだ。

婚前旅行で婚約者が失踪《しっそう》したということなら、当然、疑いは龍太郎に向くはずだが。

やはり、『皐月闇』のいくつかの句から受けた印象は、正しかったのだろうか。

だとすると、その後、自死を選んだことも、萩原麻子が句集を焼き捨てろと言ったことも、腑《ふ》に落ちるのだが。

「……やっぱり、わたしには、予知というのがよくわかりません」

食い入るように句を見ていた菜央は、顔を上げ、溜《た》め息をついた。

「俳句部でも、一度、沖縄合宿に行ったじゃないですか？　あのときの句だって言われても、全然見分けが付かないかもしれません」

知ったかぶりをしないで正直に話してくれるのは好都合だなと、作田は思った。その方が、この後の議論がしやすくなる。

「たしかに、私にも、まだ理解できていない点がいくつかある」

作田もまた、率直になることにした。

「たとえばだ。この句は不吉な影を濃厚に感じさせるんだが、その後に続く句は、一転して、のんびりした雰囲気になってるんだ」

そして、ピックアップした残りの十二句に至って、再び雰囲気が様変わりしている。

作田は、ページを繰った。

「このあたりの句を、もう一度、読んでみてほしい」

菜央も、作田が見ているページを開いた。

美《ちゅ》ら島に赤い梯梧《でいご》の花が咲く

「これは、そのまんまの句ですね」

菜央の言うとおりだった。逆に驚くくらい、捻りも何もない。

巨大魚も人も大口夏休み

「おそらく、『**巨大魚**』とは、ジンベエザメのことだ。沖縄で詠んだんなら、美《ちゅ》ら海《うみ》水族館に行ったんだろうな。オキアミを食べようとして大口を開けるジンベエザメと、ポカンと口を開けて見ている観光客を詠んだんだろうね。ユーモラスな光景だけど、座五の『**夏休み**』が、取って付けたようで、何ともぎこちないな」

炎天に八百年の御城《グスク》かな

「となると、これは、美ら海水族館からも近い、今帰仁村《なきじんそん》の城址《じょうし》を見学したんだと思う」

それ以上、特に付け加えることもない句だった。

三線《さんしん》やフクギ並木の夏の暮

「同様に、こちらは、備瀬《びせ》のフクギ並木ということなのかな」

迷路のような並木道が延々と続き、どこからか三線の音色が響いてくる。あれは、ジブリの世界を思わせる、不思議な雰囲気を漂わせた場所だったと思う。

白南風《しらはえ》やハートロックに君想う

「ハートロックというのは、古宇利島《こうりじま》のティーヌ浜のそばにある岩だよね。二つの岩を重ねて見ると、ハート形に見えるんじゃなかったかな」

こんなふうに記憶がすらすらと出てくること自体、信じられなかった。

「ああ、一時期、ＪＡＬのＣＭで有名になりましたよね。嵐《あらし》が出てた」

菜央は、そう言って、作田の顔を見る。

「でも、これって、どう見ても恋の句ですよね？」

「そうだろうな。ハート形の岩を見て、『**君想う**』と言ってるからね」

とはいえ、若干の違和感もある。あの問題児が詠んだ句にしては、少々ロマンチックすぎるような気がするのだ。

「いずれにしても、見ての通りだよ。どれも沖縄の夏の風景を詠んだ句だが、大半は、言葉を五七五に当て嵌《は》めただけで、小学生レベルの写生句だ」

作田は、バッサリと切り捨てた。

「さすがに小学生には詠めないでしょうけど。兄にもこんな素直な一面があったんだなって、あらためて思います」

菜央のしみじみとした口調に、ふっと作田の口元が緩んだ。

「どうされたんですか？」

菜央は、顔を上げる。

「いや、すまない。そういえば、君が昔作った句も、とっても素直だったなあと思ったんだ。正確には思い出せないんだが」

漠然とした印象が心に浮かんだだけでも、最近ではめったにないことだった。集中すれば、もっとはっきり思い出せるかもしれない。

すると、信じられないことに、句の構成要素が、バラバラに意識に上ってきた。

何なんだ、これは。作田は驚いた。まるで深海の底から沈没船の破片が浮かび上がってくるようではないか。

「ほら、『**夏の朝小鳥が歌う**』だったかな？　ええと、『**金の**』……何だっけ」

揶揄《やゆ》するつもりはなかったが、菜央は口を尖らせた。

「わたしの句のことはいいです」

「いや、むしろ、よけいな作為がないのを褒めているんだよ」

「その句を先生に褒められた記憶は、全然ありませんけど」

菜央は、中学生に戻ったようなふくれっ面になる。若く美しい女性がこんな表情をすると、かえって魅力的に見えるのは不思議だった。絶世の美女、西施《せいし》のしかめっ面を醜女《しこめ》が真似た、「顰《ひそ》みに倣《なら》う」という諺《ことわざ》は、こういう顔のことをいうのかもしれない。

「あれはたしか、俳句部の合宿で、自然観察をして作った句だね。場所は、どこだったかな。高尾山《たかおさん》じゃないし」

「本当にもう、わたしの句のことはいいですから」

菜央は、珍しく、少し苛立《いらだ》った表情になった。

「そうだね。わかった。じゃあ、次の句を見てみよう」

作田は、優しい声で菜央を宥《なだ》めた。

水割を呷る出窓の夜風かな

「凡庸《ぼんよう》きわまりない句だね。出窓の前に腰掛けて水割りを呷《あお》っていると、夜風が吹いてきたというだけだ」

作田は、酷評する。

「せっかく沖縄で詠んでいるのに、これでは、東京の熱帯夜ぐらいにしか思ってもらえない。類想類句は数知れずだろう。既視感の塊と言っていい」

「『**水割**』や『**夜風**』を使い、あえて暑いとは言わずに暑さを表現しているところが、一応、工夫だと思うんですけど」

菜央は、遠慮がちに言う。兄の句なので、弁護したくなったらしい。

「そこもまた問題なんだよ。『水割』が季語だと錯覚しそうだが、この句には、季語がない。だから、夏の情景を詠もうとしたのに、無季の句になってしまった」

無季の句は、俳句には季語は必要ないと主張するものが多いのだが、この句は、少なくともその類《たぐ》いではないだろう。

「それでも、この句から最後の句までを検証するのには、理由がある。一つは、これが一連のエピソードの起点となっているからだ」

菜央は、真剣な顔になってうなずいた。

「もう一つは、この句の中に描かれていない人物に着目したからだよ」

菜央は、面食らったようだった。

「描かれていないんなら、いないんじゃないですか?」

「いいや、いたことは、わかっているんだ。ついさっき、君の口から、これらは龍太郎くんの婚前旅行の句だと聞いたばかりだからね」

菜央は、はっとしたようだ。

「瞳のことですか?」

「そうだ。この句を読むかぎり、彼女は今、龍太郎くんのそばにはいないことが、はっきりとわかる」

菜央は、もう一度、句を慎重に読み返している。

「そうですね。たしかに、作者は、このとき独りでいるような気がします。だけど、どうしてなんだろう」

「『呷る』だよ。男が酒を呷るのは、独酌ないし、男の友人と悲憤慷慨《ひふんこうがい》しているときなどだ。

恋人と二人というのは、ちょっと想像しにくい」

菜央は、うなずきながら聞いている。

「さらに、『呷る』とは、上を向いて一気に飲み干すことだ。ただ暑いからかもしれないが、誰かへの怒りや、それが反転した自棄《じき》的な感情を示していることも多い」

菜央は、はっとしたように口元に手を当てた。

「もしかして、喧嘩《けんか》したっていうことですか？」

作田は、にっこりと笑った。

「私も、そう想像した」

コーヒーカップを持ち上げて、冷えてしまった残りのコーヒーを啜《すす》る。

「そこまで考えると、この句に季語がない理由もわかる。熱帯夜だからということじゃない。熱くなっているのは龍太郎くん自身だと示しているんだ」

菜央は、しばらく沈黙していたが、ぽつりと漏らす。

「兄は、あまり酒癖が良くなかったんです」

それも、けっして意外な話ではなかった。

「しらふのときは、そんなに喧嘩っ早いわけじゃなくて、逆に自分を殺している感じでした。中学生のときも、兄なりに堪《こら》えていたんだと思います。でも、アルコールが入ると、豹変《ひょうへん》することがよくありました」

「そうか。ふだん抑えつけている分だけ、抑制が取り払われたときは、反動で爆発するんだ。よくあることだよ」

とはいえ、作田には、「酒の上で」暴力沙汰《ざた》に走るような人間は理解の外だった。

「私には、むしろ、アルコールは鎮静剤のようなものだったけどね。どんな気分のときでも、飲めば心が落ち着いてくる。酒は静かに飲むべかりけりだよ」

そういえば、もうずいぶん長い間、酒を飲んでいないなと思う。やたらにいきり立ったり、衝動に突き動かされることもなくなった。世捨て人のような生活を送っているために、精神のエネルギーが、すでに枯渇しつつあるのかもしれない。

「彼も、お酒には、興奮と鎮静の両方の作用があるって言ってました」

菜央が、独り言のようにつぶやいた。

「えっ？」

龍太郎本人が、そう言っていたのか？　作田は、ポカンと口を開けた。

「わたし、お付き合いしてる人がいるんです。その方は、精神科医で」

「ああ、そうなの」

作田は、何とか笑顔を作ろうとしたものの、こわばった感じになってしまったに違いない。まあ、これだけ魅力的な娘だし、菜央の年齢なら、恋人の一人や二人いたって当然だろう。だいたい、何をそんなに落胆しているんだと、自分自身に対して突っ込む。馬鹿馬鹿しい。私にとって、この娘は、いくつになっても、中学生のときと変わらない教え子なのに。

「彼とは、去年、異業種交流会で知り合ったんです。年はちょっと上なんですけど、気持ちが若いっていうか、話してて違和感がなくて」

誰もそんなことは訊いていない。作田はまた苛立った。何だからって、しつこく恋人の話を続けるのだろう。

それから、ついつい邪推したくなった。もしかすると、自分には恋人がいると牽制《けんせい》しているつもりなのか。寂しい老人が急に劣情を催すのではないかと、警戒しているのだろうか。もしそうなら、ゲスの勘ぐりもいいかげんにしてもらいたいものだ。昔の教え子だと思えばこそ、こうして相談に乗っているのだから。

「ひょっとしたら、名前くらいは、お聞きになったことがあるかもしれません。中谷英人《なかたにひでと》っていうんですけど」

菜央は、無邪気なまでの鈍感さで続ける。

「ああ。ははあ」

作田は、間抜けな声を出してしまった。

精神科医というなら、たぶんあの男だろう。ふだんテレビは見ないが、新聞の新刊広告で、たまに目にする。今どきちょいワルを気取っているのか、軟派なスーツにサングラスという、気障《きざ》な恰好が、ひどく目障りで癇《かん》に障った。だいたい、薄くなった生え際とか、口元のしわ、脂ぎった皮膚を見れば、「年はちょっと上」どころではないだろう。

菜央の相手が同世代の若者だったとしても、愉快ではなかっただろうが、よりにもよって、どうして、あんな不細工な中年男を選んだのだろうか。

「それは、おめでとう」

作田は、感情のこもらない声で言った。

「いえ、まだ結婚するわけじゃありませんから」

菜央は、はにかんだ。中谷に嫉妬《しっと》しているわけではなかったが、やけに腹立たしい。

待てよ。

疑惑が黒雲のように、むくむくと湧き上がってきた。

中谷英人が恋人なら、この句集の話は、どうして彼に相談しなかったのだろうか。たしか、どこかの俳句結社の会員で、俳句療法を売り物に、やたらと患者に俳句を作らせていたはずだ。その上、精神科医なのだから、言葉や心理の綾《あや》を分析する能力では、人後《じんご》に落ちないはずではないか。

しかし、ちょっと考えてみると、答えは、しごく明白だった。この句集の謎が解けたとき、萩原家の秘密を恋人に知られることを避けたかったに違いない。

その点、私だったら、秘密を守ってくれるだろうと踏んだのか。

「先生？　どうなさったんですか？」

菜央が、不思議そうな顔で、作田の顔を覗き込んでいた。

やれやれ、どうしてしまったんだ。彼女の真っ直ぐな瞳《ひとみ》に、自分が恥ずかしくなる。

「いや、次の句のことを考えていたんだよ。前の句と、ほとんど直結していると言ってもいい内容だからね」

作田は、咳払《せきばら》いをして、句集を持ち上げた。

風死して風鈴のごとグラス鳴る

「これは、さっきの句と比べると、少しは面白いね」

作田は、俳句を読み解く作業に集中することにした。

「季語は、『風《かぜ》死して』だ。一般には、日中に風が止んだときの暑さを意味するから、この句だけを見れば、昼間と解釈するのがふつうだろう。だが、さっきの句の続きと知っていれば、夜凪《よなぎ》のことだとわかる。せっかくの夜風も、ぱったりと止んでしまったようだ」

作田は、無意識にコーヒーカップを手にしたが、いつの間にか空になっていた。

「もう一杯、淹れてきましょうか？」

菜央は、すぐに腰を浮かせた。本当に、よく気が利く娘だと思う。

「うん。いや、ちょっと待って。それよりも、頼みたいことがある」

思いついて、作田はストップをかけた。

「台所の棚に、タンブラーがあったはずだ。氷と水を入れて、持ってきてくれないか」

菜央は、一瞬、もの問いたげな顔になったが、すぐに察しが付いたのか、「はい」と言って立ち上がった。

菜央を待っている間、作田は、もう一度、十三の句を読み返してみた。

俳句とは、本来、一句一句が独立しているものだが、謎を解くためには、これらをすべて、一連のものとして解釈する必要がある。勝手な解釈でストーリーを捏造《ねつぞう》してしまわないように気をつけなければならないが、詠み手の心情は連続しているから、その流れと変化に注目して、それぞれの句を理解すべきだろう。

龍太郎は、どういう思いで、これらの句を詠んだのだろう。なるべく、そのときの気持ちを想像して、龍太郎になりきってみた。それは、まるで詠み手の心の中に分け入っていくようなスリリングな感覚だった。

……そうか。やはり、そういうことなのか。

途中の句の解釈には、多少の幅が出るかもしれない。とはいえ、最後の五句、なかんずく、詠み手の作為がはっきりと見える十一句目と十二句目に関するかぎり、ほとんど疑問の余地はないだろう。

だとすると、龍太郎は、いったい、何をしてしまったのか。

そのとき、菜央が、トレイの上にタンブラーを載せて戻ってきた。

「お待たせしました」

菜央は、作田の前にそっとタンブラーを置いた。作田が言い付けたとおり、たっぷりの氷と液体が入っているが、その色は無色透明ではなく、かなり琥珀《こはく》がかっていた。

「あれ？　これは」

「タンブラーの隣にウィスキーを見つけたので、勝手に入れて、水割りにしてしまいました。ごめんなさい」

菜央は、しおらしく謝った。とっておきのシーバスだったが、彼女の顔を見ると怒る気にはなれなかった。

「リアリティを追求したってわけかな。うん、ありがとう」

作田は、タンブラーを取り上げた。

「この句の面白さは、なぜグラスが鳴るのか、一瞬考えさせるところだ。風が止んでいるのに鳴るというのは、風鈴とは逆だしね」

もっとも、いくら風があっても、グラスは鳴らないが。

「前の句から、水割りのグラスであることは確実だろう。ちょうど、こんな感じだ。つまり、音を立てているのは、氷ということになる」

作田は、タンブラーを掲げた。

「あ、あれじゃないですか？　水割りの氷が溶けて、自然に動き、グラスに当たって音がすることってありますよね？」

菜央が真剣な表情で訊ねる。そんな細かいことはどうでもいいとは、思っていないらしい。一所懸命に推理に付いていこうとしているところは、可愛いものだ。

それにしても、あんな音がすぐに思い浮かぶところを見ると、この娘は、ラウンジのような場所でアルバイトでもしていたのか。それとも、見かけによらず酒飲みなのだろうか。

まさか、中学生のときから飲酒していたなんてことはないだろうな。

ふと、チューハイのストロング缶を手にした女の子の姿が、頭に浮かんだ。

そんなこともあったなあとしみじみ思う。

柄にもなく、夜回り先生の真似事をしたときの記憶かもしれない。酔っ払った生徒の相手をしなくてはならない教師ほど、情けないものはないと思った。ただでさえ話の通じない子供が相手なのに、アルコールでさらに訳がわからなくなっているのだから。

女の子は、背を向けて、作田を無視しようとした。さらには、暴言を連発する。

「もう、キモいって！　近づくな！　シッシッ！　あっち行け、馬鹿！」

子供の酔っ払いというのは、見苦しいだけでなく、手が付けられない。挙げ句の果てには、振り返りざま、まだ中身の入った缶を投げつけてきた。あの光景は、今なおトラウマのように記憶に残っている。

「……たしかに、それは句材になりそうな音だね。しかし、私の経験では、そのときの音は、一瞬で、しかもとても小さい。『**風鈴のごと**』と言うには、無理があるんじゃないかな」

作田は、タンブラーを円を描くように揺すって、透明感のある音を立てた。

「こんなふうに、はっきり鳴り続けている方が、より風鈴っぽいし、『**風死して**』との対比が面白いと思う」

「兄は、そうやって、グラスを揺らしていたんでしょうか？」

「その可能性はあるね。ただし、『**グラス鳴る**』という表現からは、意思が感じられないね。自然に、あるいは詠み手の意に反して、鳴っているような感じがするんだ」

今度は、タンブラーを小刻みに揺すってやる。まるで手が痙攣《けいれん》しているかのような速度で。

すると、氷は、それより少しゆっくりとタンブラーに当たり、高い音で鳴り続けた。

「私は、こう思う。龍太郎くんの手は、小刻みに震えていたんだろう。それこそが、グラスが風鈴のような音を立てた原因だ」

「どうして、震えていたんでしょう?」

菜央は、声を潜めて訊ねる。

「おそらく、怒りが静かにエスカレートしていったから、だと思う」

菜央は、目を閉じて、かすかにかぶりを振った。

「さっき、龍太郎くんは、ふだんは自分を殺していたと言っていたね。アルコールが入ったら豹変するって。突然、激昂《げきこう》したりすることもあった?」

「ええ。だけど、そうなるまでには、かなり間があることが多かったです。導火線が長いっていうんでしょうか」

菜央は、溜め息をつく。

「誰かに嫌なことを言われても、その場で爆発するようなことは、あまりありませんでした。しばらく反芻《はんすう》しているうちに、徐々に怒りがつのってくるみたいなんです」

「なるほど。スロー・バーンというやつだね」

昔、そんな歌があったような気がする。デヴィッド・ボウイだったか。……それにしても、こんなに記憶が活性化するのは、いつ以来のことだろうか。

「怒りが、じわじわと高まるタイプだな。その場で爆発するタイプは、それほど後を引かないものだが、感情が内攻すると、ときに密閉爆発のような大事件を引き起こすんだよ」

萩原龍太郎が学校で引き起こした暴力事件も、そういう事例だったような気がする。

作田は、もう一度、タンブラーを小刻みに揺らしてみた。涼しい硬質の音に耳を澄まして、せっかく菜央が作ってくれたのだからと一口飲む。

すると、すっと気持ちが落ち着いてくるような気がした。アルコールは身体を冷やすから、かっかした頭もクールダウンさせてくれる。

「次の句に行こうか。これも、前の二句と同じシーンで詠まれているようだ」

婚ひ星きらめき過ぐる夜半の夏

「初句のこの言葉は、ネットで検索して、やっと読み方がわかりました」

菜央が言った。最初の言葉のことを言っているのだろう。どうでもいいが、スマホより、まず辞書か歳時記を引けよと思う。

「『**婚《よば》ひ星**』は流星という意味だね。枕草子《まくらのそうし》に『よばひ星、少しをかし』という一節がある。『尾だになからましかば、まいて』――『尾さえなかったら、もっといいのに』とあるから、彗星《すいせい》ではないかという説もあるんだけどね。だけど、龍太郎くんは、よくこんな言葉を知っていたな」

俳句にのめり込んでから猛勉強したのかもしれないが、たぶん、この句のために、歳時記を調べてピックアップしたのだろう。

「『**夜半《よわ》の夏**』は、つい夜更かしして短くなってしまう夏の夜のことだ。そんな夏の短夜に、流れ星が燦《きら》めいて過ぎた。単純な句だが、『**きらめき過ぐる**』という表現には注意が必要だ。複合動詞によって流れ星を擬人化している趣がある。さらに、『**過ぐる**』は、連体形だから、『**夜半の夏**』にかかっている。そのため、『**婚ひ星きらめき**』と、『**過ぐる夜半の夏**』の二つの文に分かれているとも読めるんだ」

「そうなんですね。特に、擬人化の方は思いつきませんでした」

菜央は、目をしばたたく。

「だが、この句には、根本的な問題が一つある。季語だ」

作田は、指先で句集を叩《たた》く。

「『**婚ひ星**』は、『流れ星』と同じで秋の季語なんだよ。ところが、『**夜半の夏**』とある以上、この句の季節は夏だ。つまり、季重なり、というより完全な季違いということになる」

菜央は、首をかしげた。

「でも、夏に流星を見ることは、ふつうにあると思うんですが」

「だったら、せめて『流星の』か『流れ星』とすべきだ。わざわざ、こんなに自己主張の強い季語を用いるべきじゃない」

「じゃあ、うっかりしていたんでしょうか？」

「それが、そうとも思えないんだ」

作田は、句集のページを繰った。

「最初の句を思い出してほしいんだ。注目すべきなのは、上五の『**夏銀河**』だ。ふつうなら、『**天の川**』とでもしそうなところだが、あいにく『天の川』や『銀河』は秋の季語なんだよ。そのために、夏の季語である『**夏銀河**』に置き換えてあるんだ」

菜央の表情に、理解の色が浮かんだ。

「つまり、ここでは秋の季語をきちんと避けているのに、『**婚ひ星**』のように目立つ言葉が、季違いのまま放り出してあるわけだ。単なる不注意とは思いにくい」

「でも、どういう意図があったんでしょう？」

「もしも『**婚ひ星**』が、本物の流星ではなく、何かの比喩であったとしたら、季語としての存在感は薄れるから、季違いには当たらないと主張できる。苦しいがね」

　作田は、額に手を当てて、考えをまとめる。

「『**婚ひ**』という言葉は、もともとは『呼ばう』、つまり男性が女性に言い寄るという意味で、だから『**婚**《コン》』の字を当てているんだ。一方で、流れ星には、流れることから、死ぬ、終わるというコノテーションもある。この二つから、龍太郎くんは、婚姻ないし男女関係の破綻《はたん》というイメージを込めたかったんじゃないだろうか」

　一つの言葉の中に二つのイメージをミックスして込めたというのは、勝手読みが過ぎるかもしれないが。

「でも、『**婚ひ星きらめき**』というのは、具体的には何の比喩なんでしょうか？」

　菜央は、まだ納得できない様子だった。

「いい質問だ」

　作田は、にっこりした。

「この句は、『**水割**』の句と同じシーンで詠まれているというのが、ヒントになると思う」

「同じシーンですか？　あ」

　菜央にも、ようやくわかったらしい。

「出窓ですか？」

「うん。出窓は一階にもあるが、私がイメージしたのは二階だ。それも、洋館というよりは、和風建築の肘掛《ひじか》け窓のような感じだろうか。龍太郎くんは、部屋の灯《あか》りを消し、そこに座っていたんだろう。だからこそ、見えたんだ」

　作田は、目を閉じて、そのときの情景を想像してみた。

「もちろん、流れ星も見えるだろう。だが、季語の問題と『**婚ひ星**』という表現を考えると、何か別のものを目撃し、それを流れ星に喩《たと》えたと考えるべきじゃないかな」

「別のもの？」

「彼の恋人――坂根瞳さんの姿だよ」

3

菜央は、しばらく沈黙して、句集に目を落としていたが、ぽつりと言った。

「何となく、わかるような気がします」

「そう？　どのあたりで、そう思うの？」

「瞳は、そのとき、ラメの入った薄手のブラウスを着てたんです」

えっ、どういうことだ。作田は混乱した。なぜ、そんなことを菜央が知っているのか。

「瞳のお気に入りだったんです。ラメだとかスパンコールとか、とにかく、光り物が大好きでしたから」

菜央は、ありし日の親友の姿を偲《しの》ぶように言う。

「なるほど。そう言われれば、私も、昔見たことがあるような気がするな」

そのとき作田の脳裏に浮かんだのは、ほぼ透け透けに近いブルーのブラウスを着た娘だった。一面にラメがちりばめられて、キラキラと輝いている。見るからに扇情的で、年端のいかない少女にふさわしい服ではなく、教師としては眉を顰めざるを得なかった。

だが、たしかに、あれなら、『婚ひ星』と表現するのもわからないではない。

「龍太郎くんは、坂根さんが、一人でバンガローを出ていくところを見たんだろう」

菜央は、うなずいた。

「そのとき、門灯か何かの光を反射して、ラメの入っているブラウスが、『婚ひ星』のようにきらめいたんですね」

通常の俳句の解釈とはかけ離れた、きわめて飛躍した推理だが。

「この句を詠んだ作者の気持ちは、何だか、揺れ動いているようですね」

菜央は、句集に目を落としたままで言った。

「どういうこと？」

「その前の句では、作者は激怒していて、グラスが風鈴のように鳴っていたんですよね？」

菜央は、対象から距離を置こうとしているのか、あえて兄ではなく、作者と呼んだ。

「うん。それが、どうかした？」

「この句を読んで、わたしが感じるのは、むしろ昂揚感なんです」

菜央は、思いがけないことを言い出す。

「どのへんから、そう思うの？」

「『きらめき』という言葉の選択です。ふつう、怒っている相手には、こんな表現はしないと思うんですが」

「まあ、その感覚は、わからないでもないがね」

作田は当惑していたが、菜央は、おかまいなしに続けた。

「そう考えると、『流れ星』ではなく『婚ひ星』という言葉を持ってきたのも納得がいきます。『よばい』と聞いたら、誰だって、夜中に床《とこ》に忍んで行く『夜這《よば》い』を連想すると思います。この句には、作者の性的なファンタジーとか、エロチックなイメージが込められているんじゃないでしょうか？」

菜央は、まっすぐな目で作田を見る。

作田は、動揺を抑えるように水割りを一口飲んだ。

この娘が、こんなにあけすけな物言いをするとは思っていなかった。もう中学生ではないのだから、驚くには値しないのだろうが。

「作者は、瞳の姿を見かけたときに、それまでの鬱屈《うっくつ》を忘れたかのように昂揚を覚えました。それで、後を追ったんじゃないかと思うんです」

菜央は抑えた声で、なおも核心を突く。

「追ったというのは、次の句を見てのことだね」

夏闇に溶けて幽けきバンガロー

「バンガローというのは、二人が宿泊していた場所だろうな。詠み手は、それを外から見て、描写している。つまり、ここでは龍太郎くんもバンガローの外に出ていることがわかる」

作田もまた、目を閉じてイマジネーションを膨らませる。

「『幽《かそ》けき』という表現からは、人の雰囲気は窺《うかが》えないね。夜も更けて、寝静まっているとも考えられるが、前の句から考えると、たぶん無人なんだろう」

「作者は、瞳を追いかけて、バンガローを出たんですね」

「流れからすると、そうだろうな」

作田は、腕組みをした。

「しかし、ここでの龍太郎くんの関心は、バンガローから出ていった坂根さんの方へと向いているはずだ。どうして、わざわざ振り返って、バンガローを描写したんだろうか？」

菜央は、よくわからないというように、小首をかしげた。

「立ち止まって振り返るという、行為そのものに着目してほしいんだ。何気なく取った行動は、しばしば心理的な意味を持つんだよ。ここでは、内省――自分自身を省みることだろうと思う。これは、龍太郎くんが最後に自分を客観視できた、貴重な瞬間だったんじゃないかな」

菜央は、真剣な顔で耳を傾けている。

「このバンガローには、人里離れた場所に佇む一軒家のような、寂しい感じが漂っているね。旅先とはいえ、愛の巣だ。それなのに、幽霊屋敷のような描き方をしているのは、いったい、なぜだと思う？」

菜央は、黙ってかぶりを振った。

「彼は、ここでやっと、二人の愛には実感が伴っていないこと、現実から遊離した同床異夢《どうしょういむ》の甘い幻想にすぎなかったことに、気づかされたんじゃないだろうか？」

菜央は、まだ考え込んでいる。

「まあ、これは、ただの推察にすぎないがね。それから、君が推理したように、龍太郎くんは坂根さんの後を追ったんだろう。強い母親コンプレックスの存在を示唆していると言ったのは、次の句のことだよ」

ガジュマルの気根の影と灯蛾の影

「どうして、この句が、マザコンだって示すことになるんですか？」

菜央は、さっぱりわからないという様子だった。

「想像してみてほしい。自然の中で、街灯など一本もない。しかも、後の句でわかるように、

新月の晩だ。都会では想像もできないほど真っ暗だったに違いない
「懐中電灯は、持っていなかったんでしょうか？」

「もちろん、持っていなければ、森の中を歩くことなどできないさ」

作田の脳裏には、その光景がありありと浮かんでいた。

「それでも、照らし出されるのは、いびつな楕円《だえん》形の光の輪の中だけで、その他は漆黒の闇だ。明るい部分を凝視していれば、ますます暗い外側は見えにくくなるし、感覚を遮断されると、人は瞑想《めいそう》状態に入りやすくなる。意識と無意識の境界が曖昧になってくるんだ」

作田は、実体験を元に解説していた。意識の検閲が弱まると、それまで心の底に潜んでいたコンプレックスや抑圧された感情の断片が現れるのだ。作田も、暗闇の中を歩いているとき、何度か不思議な幻影を見ていた。

「沖縄では、ガジュマルはかなり高い木になる。懐中電灯の光に浮かび上がった、たくさんの気根《きこん》を垂らした影は、かなり不気味だっただろう。その灯りに誘引されて、蛾の影が乱舞しているんだ。季語は『**蛾**』で三夏《さんか》。『**灯蛾**』は、『ひとりが』や、『とうが』とも読むが、ここは二音で、『ひが』だろう。モノクロの影絵のように幻想的で、不気味な印象を与える句だね」

菜央は、うなずいた。

「そうですね。でも、マザコンっていうところが、まだ理解できないんですが」

「ここからの解釈には、ユング心理学の知識が必要になる」

ユング流の分析は独特なために、門外漢に説明するのは難しい。作田は言葉を選びながら、できるだけ嚙《か》み砕いて説明していった。

「木は生命のシンボルだ。しかし、ユング心理学では、しばしば否定的なイメージにもなる。大地にがっちりと根を張った巨樹は、強い母親コンプレックスを象徴しているんだ」

どこまで理解できているのかはわからないが、菜央は熱心に聞き入っている。

「たとえば、『星《ほし》の王子《おうじ》さま』には、小さな惑星を食い尽くすバオバブの木が出てくるんだが、これは、作者であるサン゠テグジュペリの母親コンプレックスを示すものと解釈されている。この句でも、ガジュマルの怪物的なビジュアルは、否定的な母親像そのものだろう」

菜央は、考え込んでいるようだ。

「うちの母も、強すぎるくらい強い人でしたけど、あんまり巨木のような印象を持ったことはないですね」

「それは、君が、お兄さんほど、母親コンプレックスに囚《とら》われていない証拠だよ」

作田は、自信たっぷりに断言する。

「言ったことはなかったかな？　私の専門は、国文学じゃなくて、ユング心理学だったんだ。そして、母親コンプレックスは、私の長年の研究テーマなんだ」

菜央は、まだ首をかしげている。

「毒母みたいなことですか？」

「母親が常に悪いみたいなレッテルを貼るのも、いかがかと思うがね。とはいえ、一般的に、母親には、子供を支配し呑み込もうとする無意識の願望があるんだよ」

「じゃあ、『灯蛾』が、子供ということなんですか？」

「その通りだ。灯りに誘引される蛾は、『火取虫《ひとりむし》』とも呼ばれる。飛んで火に入る夏の虫だ。自由に羽ばたけるのに、よりにもよって自分を支配する危険な相手に引き寄せられるのは、母親コンプレックスでがんじがらめになった男の宿命なんだ。この句は潜在意識の発露であり、詠み手は、『灯蛾』が自分自身であることには気付いていないいんじゃないかと思う。小さな『灯蛾の影』が、大きな『気根の影』に近づいて、やがて呑み込まれてしまうような描写が、悲劇的な運命の予兆であることにも」

萩原龍太郎は、母親が萩原麻子という強烈なキャラクターであったため、コンプレックスに搦《から》め取られ、ついに自立を果たすことができなかったのだろう。

作田は、深い溜め息をついた。

目の前に立ちはだかる巨大な母親像が頭に浮かんだ。幼児からすれば、絶対に逆らうことが許されない存在であり、生殺与奪の権を握る独裁者である。どんな母親でも、つまるところ、良い独裁者か悪い独裁者かの違いでしかない。そして、後者の元に生まれた子供にとっては、家庭は強制収容所よりは多少マシという場所でしかなくなる。

反抗につながりそうな、ありとあらゆる自立心の芽を摘まれ、少しでも母親の意に染まない行動を取ったら悲惨な結末が待っているという教えが、条件反射と化すまでに叩き込まれる。容赦ない暴力に加え、自尊心を根こそぎ奪う暴言や、弱点を巧妙に突いてくる脅し、罪悪感で縛る泣き落としなど、およそ考え得るかぎりの手段によって。

いくら聡明《そうめい》な子供でも、生まれてすぐ始まるマインド・コントロールには抗《あらが》いようがない。精神的に去勢されて、前向きに生きようというエネルギーを完全に奪われてしまった子供は、まともな友人関係も、恋愛関係も築けないままに、ただ虚しく青春時代をやり過ごす。

悩める子供は、心理学に傾倒する。なぜ、自分は、いつも惨めで打ちひしがれているのか。その本当の理由を知りたいと思うからだ。しかし、ようやく事実を客観視できるようになったときには、すべての元凶である相手は、すでに逃げ切っており、この世にはいない。

……どんなに、あの魔女を絞め殺してやりたいと渇望しても、時すでに遅しなのだ。

「あの、どうかされたんですか？」

我に返ると、心配そうに覗き込んでいる菜央の顔が、すぐ目の前にあった。

年甲斐《としがい》もなくどきりとして、作田は苦笑した。

「いや、失敬。つい、いろいろなことを思い出してね」

作田は、内心の動揺を押し隠そうと、饒舌《じょうぜつ》になった。

「この句のモチーフとなったガジュマルは、心理学的にも興味深いんだよ。ガジュマルには、キジムナーという精霊が宿っていると信じられているが、なぜか子供のような姿をしている。つまり、ガジュマルの木自体が、沖縄では母親の象徴なのかもしれない」

作田は、思いつくままに喋《しゃべ》り続けた。

「それだけじゃない。ガジュマルは、アジアでベンガルボダイジュ、ハワイでバニヤンツリーと呼ばれる木と同じで、お釈迦《しゃか》様がその下で悟りを開いた菩提樹《ぼだいじゅ》――インドボダイジュとも、近縁でね。たしか、これらの木々には、共通する異名があったな」

作田は勢い込んで喋ろうとしたが、突然、言うべきことを忘れてしまった。

ええと、待て。今、何を考えていたんだっけ？

ガジュマル。バニヤンツリー。ベンガルボダイジュ。インドボダイジュ。

たしか、別の名前、何か恐ろしい名前があったはずだが。

しかし、考えをまとめようとすればするほど、頭の中は真っ白になってしまう。しばらくは必死に思考をまとめようとしていたが、絶望感から怒りが込み上げてきた。

「くそ！　なぜ、出てこないんだ！」

作田は、そう吐き捨てながら、拳《こぶし》で膝を叩いてしまう。

はっと気がついたら、菜央がまた、じっと見つめていた。しまった。怖がらせただろうか。

つややかな前髪の下の眉宇《びう》には、さっきよりも深い憂慮が浮かんでいる。

「いや、すまなかった。とんだ醜態を見せたね」

作田は、溜め息とともに声を絞り出した。

「いいえ、そんなことありません」

菜央は、かぶりを振る。

「いや、だいじょうぶだ。今さら誤魔化す気はない。君も、もう気がついているだろうね？私は、認知症なんだ」

ああ、ついに言ってしまった。この娘にだけは、絶対に知られたくなかったのに。

「情けないことに、今では、自分の詠んだ句すら、ほとんど思い出せない始末だ」

「それは、きっと、年を取れば、誰にでもあることだと思います」

菜央は、慎重に言葉を選んでいる。

「誰にでもはない。私はまだ、六十代なんだよ。それが、偉そうに講釈を垂れてる傍《そば》から、自分の言ったことを忘れてしまうんだ。君のお母さんの句が載った結社誌を探していたときも、途中で何をやっているのか失念してしまう有様だった」

作田は、菜央に向かって、寂しく微笑んだ。

「君たちにとっては、世界は明るい昼間なんだろう。私はずっと、暗闇の中を懐中電灯の灯りだけで歩んでいるようなものだ。この句の作者と同じだね。今日は、君が来てくれたおかげか、奇跡的なくらい調子がよかったが、とうとう馬脚を露《あら》わしてしまったな」

「先生」

菜央はつぶやいたが、どう続けていいかわからないようだ。

作田は、座椅子の上で威儀を正す。

「たいへん残念だが、これ以上、解釈を続けるのは無理だ。君も、いつまでも認知症の老人の戯言《たわごと》を聞いていても、しかたがないだろう。ここまでにさせてくれないか」

菜央は、しばらく沈黙していたが、正座のまま、深々と頭を下げた。

「先生、お願いします。どうか続けてください」

「いや、それはもう、勘弁してほしい」

「ここまで伺ってきた先生の解釈は、とっても独創的で、説得力がありました。同じことは、たぶん、他の誰にもできないと思います」

菜央の声は、少し潤んでいるようだった。

「ここで投げ出されたら、わたしは、どうしたらいいんでしょうか？　どうか、最後の句まで教えてください。どうしても真実が知りたいんです」

「しかしね、私には、もう」

「たまに記憶が飛んでしまうからって、それが何なんですか？　もし必要だったら、わたしがサポートしますから」

「菜央くん」

作田は感動し、言葉を失っていた。

今思えば、昔からそんな気がしていた。やはり、この娘は、自分にとって特別な存在だった。同じ年頃の他の女生徒たちとは、どこかが決定的に違っていると。それが何なのかは、ずっと気になっていたのだが、この娘の俳句を見たときにわかったことがあったはずだ。この娘はたしか……何だっただろうか。

すると、菜央は、打ち明け話をするように声を潜める。

「わたし、本当は、知ってました。今日、ここへ来る前から」

「えっ？」

瞬間、何のことを言っているのかわからなかった。

「前に同窓会に出たとき、噂になってたんです。先生に、認知症の兆候が出てるって」

作田は、絶句した。

同窓会？　どうして、そんなことが知れ渡っているのだろうか。学校を辞めて以来、誰とも付き合いはないし、年賀状すら完全に途絶えているのに。

待てよ。そういえば、一度、誰かが訪ねてきたことがあったような。

あれは、誰だったのだろうか。名簿がどうとか言っていたようだが。やたらに話が長くて、不得要領《ふとく》だった上、無神経かつ無礼極まりないことを言われて、つい激昂してしまったような気がする。何を言われたのかは、まったく思い出せないが。

では、あれから、一気に噂が広まったのだろうか。

「ですから、もう、そのことは、お気になさらないでください」

菜央は、同情を込めて言う。

だが、作田の中では、少し前に感じた黒雲のような疑惑が、再び広がり始めていた。

認知症のことを知っていたのなら、どうして、菜央は、恋人の中谷英人ではなく、私に相談を持ちかけたのか。

私なら、教え子への配慮から家族の秘密を守ってくれるはずだと考えた。ついさっきまではそう思っていた。いや、おそらく、それもあっただろう。

しかし、それ以上に、認知症の老人なら、たとえ秘密を知られたとしても、どのみちすぐに忘れてしまうという冷酷な計算が働いたのではないだろうか。

「うん。君の気持ちはわかった。とりあえず、やれるところまでやってみよう」

作田は、冷たいものを感じているのを気取られないよう、強いて明るい声を出した。

「ありがとうございます」

菜央は、にっこりと笑った。

この笑顔は、いったい、どこまで信用できるのだろうかと思う。気のせいかもしれないが、さっきまでの天使のような笑顔とは、どこか異なった陰翳《いんえい》が見えるのだ。

「それでは、次の句を見てみようか。あきらかに、ムードが一変しているのがわかるかな？暗い森の中を抜け出して、龍太郎くんは、前途にかすかな光を見出《みいだ》したようだ」

漆黒の海辺に紗ほのかに

「季語は『紗《しや》』――『羅《うすもの》』の子季語で、夏だ。字数《じかず》と、『海』との韻まで考慮すると、たぶん『紗《うすぎぬ》』と読むんだろう」

「これも、瞳の着ていたブラウスのことですね？」

「うん。『婚ひ星』のような持って回った比喩よりは、わかりやすいだろう。龍太郎くんは、森を抜けて、夜の海辺に出たんだ。『漆黒』とあるし、次の句から判断すれば新月だろう。これも次の句にある『潮騒ぐ』や、磯の香りで、海がわかったんだろうな」

目を閉じると、作田には、そのときの光景や、音、香りまでがリアルに想像できた。

「そこで、坂根さんのブラウスが光って見えたんだよ。『ほのかに』とあるなら、懐中電灯の強い光で照らし出したのではない。かすかな星明かりを反射したんだ」

紗のような絹織物には独特の光沢があって、光の反射や透過で輝いて見えるが、星明かりとなると、ラメかスパンコールのようなものが付いていたに違いない。ここには、坂根瞳の姿はまったく描かれていないが、勝ち気で派手好きな性格が窺える。

「この句にも、ちょっとだけ昂揚感が感じられますね。どうしてだろう？」

菜央は、無邪気な仕草で首をかしげる。

「『漆黒』というのは、漆器のような美しい艶《つや》がある黒のことだし、『ほのかに』も、ほのかに香ったり、ほのかに聞こえたりしたのではなく、ほのかに輝いたんだと見当が付く。つまり、光を暗示しているからだろうね。あとは、句のリズムだ」

「リズム？　破調ということですか？」

「全部で十七音だが、九、八の破調だ。しかも、五、四、四、四という前のめりのリズムは、感情の昂揚、高鳴る鼓動、速まる歩調ともシンクロしているようだ。加えて、『〜に〜に』という繰り返しは、寄せては返す波をイメージさせる」

菜央は、感心したようにうなずいた。

「作者が、暗い海辺で瞳のブラウスが輝くのを見つけたときの、懐かしさとか、逸《はや》る気持ちが伝わってきます。ただ」

菜央は、言いよどむ。

「何だね？」

「やっと見つけたという安堵というよりは、何だか、興奮が勝ってるようにも感じるんです。ファンタジックというか、ちょっとセクシャルな」

なぜ、また、そんな話になるんだ。作田は、眉を顰める。

「ファンタジックなどという言葉はない。ファンタジーの形容詞は、ファンタスティックだ。でも、どうして、そんなふうに思うの？」

「この句の中心は、誰の目にも、季語の『紗』だと思います。でも、同じ字数で『海』と韻を踏もうと思えば、『羅』でもよかったんじゃないでしょうか？　『羅』になく『紗』にあるのは、エロチックさだと思ったんです」

この娘は、『婚ひ星』の句でも、やけに性的な解釈を匂わせていた。作田は困惑していた。

いったいどうしてしまったんだろう。

「まあ、恋人同士だったら、そんな気分もあったのかもしれないがね。しかし、次の句では、またもや雰囲気が一変している」

作田は、話題を変えた。

潮騒ぐ朔日の夜に汗拭う

「『潮騒ぐ』は、『潮騒《しおさい》』と同じで夏の季語だ。『朔日《さくじつ》』とは、月始めの一日《ついたち》という意味だが、月齢の最初の日ということで、『新月』とほぼ同義になる。新月の暗闇の中、彼は噴き出した汗を拭《ぬぐ》った。情景は単純だが、そのときの心情が、この句の解釈の肝になる」

「でも、『汗拭う』も夏の季語ですから、これは季重なりですよね？」

菜央が、もっともな疑問を呈した。

「そうだね。だが、裏読みをすれば、それも龍太郎くんの計算だったのかもしれない」

「どういうことですか？」

「龍太郎くんは、『婚ひ星』のときと同様に、『汗拭う』は季語ではないと言っているんだよ。つまり、この『汗』とは、おそらく、暑さではなく精神的な作用による発汗なんだ」

菜央は、顔をしかめた。

「精神的っていうと、緊張とか、恐怖のせいってことですか？」

「そうだね。精神的な発汗は、主として交感神経の昂進によってもたらされる。この場合は、強いストレスだろう」

「どうして、そんなに強いストレスを感じたんですか？」

「それはわからない。書いてないからね。だが、想像することはできる」

作田は、目を閉じた。

「前の句では、龍太郎くんは、暗い海岸に佇んでいる坂根さんを発見した。嬉しさに心躍り、足早に近づいていく。そして、声をかけた」

瞳は、振り向くが、怯《おび》えて逃げ腰になっている。暗くて顔がよく見えないから、それも当然かもしれない。しかし、話しかけて、誰なのかがわかってからも、聞く耳を持とうとはしない。むしろ逆上したように、激しく罵《のの》しり始める。

「さっきの句では感じていた甘いムードは、たちまち雲散霧消する。ロマンチックな期待は、失望へと変わり、やがて、じわじわと怒りに転化していった」

聞いている菜央の表情も、少しだけ厳しくなる。

「この句で注目すべきは、感覚の交代だろう。前の句では希望の象徴だった、ほのかな光は、背景に退いている。代わって前面に出てきているのは、音と皮膚感覚だ」

「潮騒の音と、汗の触感ですか？」

「うん。特に音だ。新月の頃には大潮があるから、潮騒も大きいのかもしれないね」

作田の理科の知識は、俳句に関連したものに限られているので、あまり自信はなかった。

「龍太郎くんは、暗い海辺に立ち尽くしている。耳を覆うのは潮騒だ。そこには、坂根さんが龍太郎くんに向けた非難の声も加わっていたのかもしれない。聞きたくない、聞くに堪えない言葉は、意識の中で意味付けを失い、単なる雑音にしか感じられなくなってしまう」

皮肉や嫌み。激しい非難に罵倒《ばとう》。かつて治子から浴びせられた記憶がよみがえる。もはや、何を言われたのかはまったく思い出せなかったが、あれらはすべて、言葉の暴力とも言うべきものだった。

「聴覚が視覚と大きく異なっているのは、音の持つ圧倒的な暴力性なんだよ」

どんなに聞きたくなくても、目を閉じるように聴覚を閉ざすすべはない。だからといって、目の前で耳を塞《ふさ》いだりしたら、ますます相手を激昂させてしまう。

「『**潮騒ぐ**』は連体形だが、終止形である『**汗拭う**』と同様、現在の出来事だと強調している。おそらく、今この瞬間以外のことが考えられなくなっている状態なんだ」

激しいストレスは、意識の狭窄《きょうさく》をもたらして、判断力を低下させる。数多くの暴力犯罪が、そうした状態から発生しているのだ。

「そう考えると、『**潮騒ぐ**』というのは、波音というよりも、ホワイトノイズに溢《あふ》れた心中の混乱を象徴しているのかもしれないいな」

作田は、人差し指の背で句集を叩いた。

「騒音に耐えられなくなって、龍太郎くんは、外界への意識を閉ざした。そして、汗の流れる不快な感触に、顔を拭った。その次にやってきたのは、鈍い痛みだ」

湿風に古傷疼く汀かな

「季語は、『**湿風**』。夏に吹く湿った風のことだ。もともとは、『温風』の誤植により生まれた季語とも言われているが、湿った風という以上は、雨が近いことを暗示している」

作田は、老眼鏡の上から菜央を見やる。

「ここに書かれている『**古傷**』のことだけど、龍太郎くんは、過去に何か、重傷を負うようなことがあったの？」

菜央は、きっぱりと首を横に振った。

「ないと思います。『古傷』というくらいなら子供時代のことでしょうけど、最近になっても痛むなんて、よっぽどの大怪我ですよね？　そんな事故や事件があれば、さすがに覚えているはずです」

「なるほど。それを聞いて、私は、自分の解釈に自信が持てたよ」

作田がそう言うと、菜央は驚いたようだった。

「じゃあ、これって嘘なんですか？」

「そうじゃない」

作田は、自信たっぷりに言う。

「おそらく、これは身体的な外傷ではなく、過去に受けた心の傷のことだ」

菜央は、納得のいかないような顔だった。

「でも、『湿風に』『疼《うず》く』って、いかにも本当の『古傷』っぽいですけど」

「そこが、ミスリードなんだよ」

「どうして、俳句にミスリードが必要なんですか？」

菜央は、口を尖らせて、しごくもっともな疑問を述べる。

「正直に言おう。ここに並んでいるのはどれも、俳句とは呼べない代物ばかりだ」

作田は、辛辣《しんらつ》に言い放った。

「一応、俳句っぽい顔はしているけどね。妙にしゃっちょこばって、ぎこちないだけでなく、季語の扱いなどは、めちゃくちゃだ」

「そうですか」

菜央は目を伏せる。彼女の死んだ兄の句ではあるが、忖度《そんたく》するつもりはなかった。

「加えて、致命的なのは、それぞれの句が自立していないことだ」

作田は、なおも追い打ちをかける。

「前後の句から状況を推察すれば、何とか意味が汲《く》み取れるが、一句がぽんと置かれていたら、およそ意味不明なものも多いだろう？」

「やっぱり、兄には才能がなかったんですね」

菜央は、しょんぼりした様子で言う。

「いや、必ずしも、そうとは言えない」

作田も、さすがに可哀想になった。

「龍太郎くんは、この句集において、一つの告白をしているんだよ。それは、本人にとってはやむにやまれぬ衝動によるものだったのだろう。しかし、ある事情から、誰の目にも明らかなように書くことはできなかった。そのために、俳句としては中途半端な、謎々のようになってしまったんだ」

「ある事情って、何ですか？」

「公表するには、何か差し障りがあったと言うしかないな。もしかしたら、それは、刑事罰を受けるような事実を示唆しているのかもしれない」

菜央は、しばらく沈黙した。兄の秘密を知りたいという欲求と、聞くのが怖いという思いがせめぎ合っているように見える。

「そこで、あらためて訊きたいんだ。龍太郎くんの過去には、何か、精神的外傷《トラウマ》となるような事件があったのかな？　心当たりはない？」

菜央は、ためらいがちに口を開いた。

「そんなに大げさな話じゃないんですけど、兄は一度、手ひどい失恋を経験しているんです。恋の始まりでは有頂天でしたが、フラれると、深い穴の底に落ちたような絶望を味わったようでした。フラれたこともさることながら、理由がショックだったようで、傍《はた》から見ていると、自殺するんじゃないかと思うくらい落ち込んでましたし、しばらくの間、わたしとも全然口を利きませんでした」

「なるほど。絶望か」

作田は、うなずいた。

「『潮騒ぐ』の深い失望が、『湿風に』で、完全な絶望に至ってしまったんだろうな」

「兄は、瞳に拒絶されて、昔のトラウマがよみがえったんでしょうか？」

「おそらく、そうだろうね。ここで、龍太郎くんが立っているのは『汀《みぎわ》』であるという点に、注意してほしい」

作田は、句集の文字を指さす。

「『汀』とは、浜辺ではなく、まさに水際のことで、二つの世界の境界線なんだよ。これは、生と死の狭間《はざま》を象徴しているんじゃないかと思う」

考えすぎじゃないですかという反応を予期していたが、菜央は真剣に考え込んでいる。

「つまり、陸が生で、海が死っていうことなんですか？」

「この場合にはね。海には生命の母胎というイメージもあるが、失恋という状況で、陸と海の境界に立っているとしたら、真っ先に入水《じゅすい》という言葉が思い浮かぶね」

菜央には、まったくピンとこないようだった。この娘には、自殺したくなった経験はないのだろうなと、作田は思う。

「ちょっと、待ってくれないか」

作田が、よっこらしょと立ち上がると、菜央は、不審げに見上げた。

「トイレだよ。最近、近くてね」

しなくてもいい弁解をしながら、書斎を出る。しばらく座っていたくらいで、ふらつくのは情けなかった。痛む左膝を庇いながらソロソロと廊下を歩くと、鶯張《うぐいすば》りのように板が軋んで、ところどころが大きく撓《たわ》んだ。もはや、痩《や》せこけた老人の体重さえ支えきれないのだろうか。結婚のときに買ったこの家も、老いている。補修をしなければ、あと何年保《も》つかわからない。シロアリが喰《く》ってなければいいのだが。

トイレに入ると、窓の外には細かい雨が降り続いていた。

「梅霖や」

そうつぶやいて、一句詠もうと試みたが、頭の中はブランクのままで、何一つ続きが浮かんでこなかった。

用を足してから、断末魔のように身体を震わせる。

すると、ふいに古い映像がフラッシュバックした。

林の中に佇んでいる菜央。真剣なまなざしで、何かを凝視している。こちらに気がついて、にっこりと笑った。作田は菜央が差し出してきた句帳を手に取って、たった今作ったばかりの句を確認する。

どうやら、夏の朝と小鳥を詠んだ句らしいのだが、座五の意味がさっぱりわからなかった。すると、菜央は前方を指さした。

作田は、手を洗いながら、深い溜め息をついた。

今の映像は、何だったのだろう。俳句部で行った合宿の一シーンのようだ。何となくだが、沖縄合宿だったような気がする。

菜央は、あの頃から、教え子たちの中で特別な存在だった。人生の黄昏《たそがれ》を迎えた今になり、あの娘の役に立てるのであれば、こんなに嬉しいことはない。

廊下を摺《す》り足で戻った。床板がしっかりしている場所を選んで歩けば、キーキー軋むこともないようだ。

書斎の前に来たとき、中から声がするのに気がついた。

「だいじょうぶだって。心配しすぎだよ。……うん、あのときはね。だけど、その後はずっと問題ないでしょう？　今じゃもう、ルーティンワークだから」

菜央が、スマホで誰かと話しているようだ。邪魔しないよう、しばらく待っていようかとも思ったが、そこまで気を遣うこともなかろうと思い直して、書斎のドアを開ける。

菜央は、ふいをつかれたのか、あわてた様子になった。

「あ。じゃあ、もう切るね」

通話を終えて、作田にぺこりと頭を下げる。

「いや、お待たせしたね」

作田は、簞笥《たんす》や本棚の角につかまりながら、何とか自分の席に戻った。

「誰と話してたの？」

触れずにおこうかとも思ったが、かえって不自然かと思い直し、何気なく訊ねる。

「職場の人です」

菜央は、間髪を容《い》れずに答えた。

「土曜日なのに仕事の電話？　たいへんだね」

「わたしだって、新人を指導することもあるんですよ」

成長した教え子の笑顔が、まぶしかった。

「君は今、何の仕事をしてたんだっけ？　もう聞いたかな？」

「いいえ」

菜央は、微笑んだ。

「母の会社で経理の勉強をしています。まだ見習いですけど、いずれは経営に携わらなくてはなりませんし」

「そうか。お母さんは、ご病気だったね」

作田は、深くうなずいた。

「どうだろう。やはり、このあたりで、解釈は中断ということにしてみては？」

「どうしてですか？」

菜央は、不服そうな表情になった。

「お母さんは、たぶん、あなたのことを考えて、この句集を焼き捨てるよう言ったのだろう。ここは、病床にあるお母さんに従ってみてはどうかな？」

「いいえ」

菜央は、きっぱりとかぶりを振る。

「さっきも言ったとおり、それでは納得できません」

「だがね、世の中には、知らない方が幸せなこともあるんだよ。この先を知ってしまったら、君自身が、かえって辛い思いをするかもしれないんだ」

「どうなっても、かまいません。わたしは、どうしても真実を知りたいんです」

菜央は、強情だった。

「そうか。わかった」

やむを得ず、作田は次の句へと進む。

雷鳴や冥き眩暈を解き放ち

「突如として、天から激しい雷鳴が轟《とどろ》いた」

真っ暗な空に稲光が走って、身が竦《すく》むほどの轟音《ごうおん》が響き渡る。それが耳によみがえるような気がした。

「前の句では『湿風』が吹き、次の句で『スコール』が降っているから、『雷鳴』は比喩ではないだろう。とはいえ、表現が抽象的だから、何があったのかは想像するしかないな」

作田は、老眼鏡を外して、眉間を揉んだ。

「だが、この突発的な激しさ、不穏さは、ただごとではないと思う」

「たしかに、この後で、何かが起きたような感じがしますね」

菜央も、集中しているときの癖らしく、眉間にしわを寄せている。

「それはたぶん、座五が、終止形の『解き放つ』ではなく、連用形の『解き放ち』で終わっているからだろうな」

作田は、もう一度文法のお浚《さら》いをする。

「連用止めについては、さっき、『うるまの島』の句で説明したとおりだよ。この後には何か別の動詞が来る。読者にそう予想させるのが狙いだ」

説明の言葉はすらすらと出てきたが、心の奥底には、ヒヤリとする感覚があった。これ以上、先に進んではいけない。何かが、そう警告しているかのような。

「この句では、『雷鳴』が『冥《くら》き眩暈《めまい》を解き放ち』、さらに、何かが起きたことを暗示しているんだが」

作田は、口ごもった。

「あの、『冥き眩暈』というのは、何のことなんでしょう？」

句に没頭している様子の菜央が、訊ねる。

「うん。これは、あくまでも私の想像だ。そう思って聞いてほしい」

作田は、唇を湿すために、すっかり氷が溶けた水割りを口に運んだ。

「窓辺でウィスキーを飲んでいたとき、龍太郎くんを支配していた感情は怒りだったはずだ。だが、坂根さんがバンガローを出るところを目撃し、心配になって後を追った。森の中では、無意識を支配する母親コンプレックスの影に脅かされたが、暗い浜辺で彼女の姿を発見して、深い安堵と歓《よろこ》びに包まれた。このときには、当初感じていた怒りは、すっかり消え失《う》せていたことだろう」

菜央は、真剣な目で、一言一句に聞き入っている。

「しかし、彼の期待していた和解のシーンは、現実のものとはならなかった。棘《とげ》のある言葉。非難。罵声。手ひどく期待を裏切られて、傷つけられた彼の心の中では、いったんは収まって燠火《おきび》となっていた怒りが、再び激しく燃えさかったはずだ」

菜央は、目を見開いた。

「そして、天の雷鳴に呼応するように感情が爆発して、抑制が吹き飛んだ」

作田は、一拍おいてから続ける。

「『眩暈』とは、頭がクラクラして我を忘れるまでに強烈な、脳内の電気信号――つまりは、怒りの爆発だ。いわば脳内の稲妻だからこそ、天の『雷鳴』と響き合ったんだろう」

「でも、『冥き』って、どういう意味なんですか？」

「『冥き』とは、一般に使われる『暗き』よりもさらに真っ暗で、物理的な暗さとは違って、最後の句の『**無明**』とも通底する、無知蒙昧《もうまい》な精神の暗黒を指しているんだと思う」

「よくわかりません。それって、結局何なんですか？」

「人間の宿痾《しゅくあ》である、同族に対する攻撃衝動だよ」

菜央は、しばらく沈黙していたが、納得できないという表情だった。

「でも、この句では、実際に何か事件が起きたかどうかは、わかりませんよね？」

「たしかに、これだけではね」

作田は、句集の上に老いた指を滑らせた。

「しかし、次の句を読むに至り、そこから実際に、重大な事態に発展したのではという危惧《きぐ》を抱かざるを得なかった」

スコールに白きこぶしは濡れそぼつ

「『スコール』は夏の季語だ。前句の『**雷鳴**』を先触れにして、スコールが降ってきたんだ。『夕立』ではなく『スコール』としたのは、亜熱帯気候の沖縄であることと、降雨の激しさを表現している。雨粒が白い花に跳ねて飛沫《しぶき》になり、花や枝からはポタポタと雫《しずく》が滴っている。そんな様子が目の前に浮かんでくるね」

作田は、うっすらと目を閉じた。

「前の句で、龍太郎くんは、ついに感情を爆発させてしまった。そして、何かが起きたんだ。この句は、それから少し時間が経過した後の状況を詠んだものだ」

作田は、半分試すような気分で教え子を見やる。

「この句のベースとなっている感情は、何だと思う？」

「悲しみ、でしょうか？」

「雨を涙に重ねるというのは、演歌並みにベタな表現だけどね。スコールのように激しい雨は、とめどなく溢れる涙であり、激しい悲しみを表現している」

菜央は、かすかにうなずいている。

「その一方、『白きこぶし』の花は、スコールに打たれて濡れそぼっている。うなだれているような姿に仮託されているのは、龍太郎くん自身の思いだろう」

「兄が、何かを強く後悔していたことはわかります」

菜央は、目を上げた。

「ですが、この句のどこが、先生の言われるような大事件を示しているんでしょうか？」

作田はうなずいて、堆く積まれた本の山の中から植物図鑑を抜き出すと、指に唾《つば》を付けて、ページを繰った。

「まず、この句の最大の矛盾点について話そう。そもそも、季節がめちゃくちゃなんだよ。『こぶし』は仲春《ちゆうしゆん》の季語だから、あきらかな季違いだし、この図鑑では、実際に花が咲くのも、三月、四月となっているね。龍太郎くんたちが沖縄へ旅行した七月頃には、咲いているわけがない」

「沖縄では、ちょっと季節がずれてるってことはないんですか？」

「それは、話が逆だよ。暖かい沖縄なら、本土より早く咲くはずだ」

作田は、菜央の錯覚を訂正する。

「じゃあ、この句は、まるっきりデタラメなんですか？」

「いや、そうとも言えない」

作田は、にやりとした。

「季違いであるのはたしかだが、あえて、これほどわかりやすい季語を用いているのだから、確信犯としか思えないんだ」

「わざとなんですか？　でも、どうして？」

「龍太郎くんは、またしても、この二つの季語のうち一つは季語ではないことを、仄《ほの》めかしているんだよ」

作田は、額に手を当てて、考えをまとめた。

「では、どちらが本物の季語なのか。『スコール』だったら、『白きこぶし』とは龍太郎くんが見ている幻影にすぎないという解釈ができる」

菜央は、ポカンとした表情になった。

「その場には、白い『こぶし』の花が咲いた木など存在しなかった。だが、龍太郎くんには、その姿が見えていたんだ。おそらく、白い『こぶし』の花とは、坂根さんとの大切な思い出に深く関わっているか、あるいは、坂根さん本人の象徴なのだろう」

「でも、幻影なんて、俳句でありなんですか？」

菜央は、不服そうに言った。

「ありかなしかで言えば、なしだろうね。だが、この解釈には、一つだけ有利な点がある」

作田は、半眼になって思考に集中する。

「かりに、白い『こぶし』の花が、本当にその場にあったとしよう。すると、不可解な問題が発生するんだ。そうだな、まずは時間経過から考えてみよう」

「時間の、経過ですか？」

菜央は、あきらかにピンときていない声で繰り返す。

「最初に一読して、てっきり朝になったものと思った。だが、前句の『雷鳴』からすると、

『スコール』はその直後のことではないかと思い直した。もしそうだったら、まだ夜は明けていないことになる」

深刻な事件について考察しながら、作田は、皮肉にも生き返ったような気分になっていた。ふだんは深い霧がかかっているような思考が、面白いようにつながっていく。

「しかし、ここで思い出してほしい。この晩は新月だったんだよ。夜が明けていないのなら、たとえ白い花とはいえ、はっきりとは見えないんじゃないだろうか?」

「『紗』のときみたいに、星明かりで、うっすらと見えたんじゃないですか?」

「『スコール』が降っていたんだ。このとき、天は雲に覆われて、星明かりすら届かなかったはずだ。まして、『白きこぶし』の花が『濡れそぼ』っている様子が見えるわけがない」

「じゃあ、懐中電灯で照らしたとか?」

「まあ、その可能性もなくはない」

作田は、認める。

「だが、写真をやった人間ならわかるが、白い花に強い光を当てると、白飛びして、細部など見えなくなってしまうんだ。とても俳句を詠むような風情ではないんだよ」

菜央にも、ようやく意味がわかったらしかった。

「つまり、幻影の花だったからこそ、真っ暗な中でも、はっきり白いと書けたということなんですね?」

「うん。とはいえ、やっぱり、この解釈は強引すぎると思う。『白きこぶし』が幻影であると明示するものは、どこにもないのだから」

作田は、あっさりと自説を引っ込める。

「二つの季語を天秤《てんびん》にかけてみると、別の解釈が可能になるんだ。沖縄では、『スコール』は夏場に多いものの、一年中発生している。その一方で、『こぶし』の花が咲く季節となると、仲春限定だ。ならば当然、『こぶし』の花の方が、優先されなければならない」

作田は、自信たっぷりに講義する。

「これは、季語というルールが内包する問題点と言えなくもない。一年中見られるものでも、いったん季語として歳時記に載ってしまえば、別の季節に詠むことはできなくなってしまう。だが、現実に、春先に白い『こぶし』の花がスコールに打たれている光景を見ることは、ふつうにあるはずだ。それをそのまま詠んだと考えるしかないだろう」

菜央は、ますます混乱したようだった。

「『こぶし』の花が、季語として優先されると、どうなるんでしょうか？」

「重大な違いが生じるんだ。季節が春なら、この句を詠んだのは、前の句までの夏ではなく、半年以上たった翌春か、さらにもっと後ということになるからね」

菜央は、ポカンと口を開けた。

「龍太郎くんは、時間をおいてから現場を訪れた。当然、もはや悪天候の新月の晩ではない。白い『こぶし』の花もよく見えるだろう。問題は、なぜ再訪したのかということだが」

作田は、乾いて張り付いた唇を舐《な》めた。

「一つだけ確認しておきたいんだが、坂根さんは、この旅行の後で、いなくなってしまったと言ってたね？　その後、まったく所在はわからないの？」

菜央の表情が硬くなった。

「それは……お話ししないといけませんか？」

「できれば」

いったい、何があったというのだろうか。どうやら、これは、もっと早くしておくべき質問だったようだ。

「瞳が失踪してから、数日して、遺体が発見されたんです」

菜央は、悲痛な声でつぶやく。

「どこで？」

作田は、息を呑んで訊ねた。

「沖縄本島の海岸です。残念ですが、死因は特定できませんでした。警察の発表では、旅行に行った島で夜間の遊泳中に溺《おぼ》れ、引き波にさらわれたという結論だったんですが」

これは、いよいよ深刻な話になってきた。なぜか「ずっとここにいるんだよ」という声が、耳朶によみがえる。

「だとすると、この句に隠されているメッセージは、本物なのかもしれないね」

「メッセージって何のことですか？」

菜央は、驚いたように訊ねた。

「どうやら、これは折句《おりく》になってるんだよ」

そう聞いてもピンときていないようなので、説明してやる。

「在原《ありわらの》業平《なりひら》の『かきつばた』の和歌を覚えていないかな？　たしか授業でやったはずだがね。『から衣　きつつなれにし　つましあれば　はるばる来ぬる　たびをしぞ思ふ』」

「何となくは。うろ覚えですが」

菜央は、どこかあやふやな様子だった。

「業平が、都落ちするときに、京に残してきた妻を思って詠んだ歌だ。五七五七七の頭文字を取ると、『かきつばた』という花の名前になっているんだよ」

「ということは、この句でも、五七五の頭文字を縦読み……じゃなくて、横読みすればいいんですか？」

菜央は、句集を睨む。

「ス、し、ぬ？」

「少々強引かもしれないが、スコールを、アルファベットにしてごらん」

「S、し、ぬ」

菜央は、ギョッとした表情になった。

「S死ぬ」

作田は、溜め息交じりに言った。

「Sというのは、たぶん、坂根瞳さんを指しているんだろう」

4

「先生。本当は、あの晩、何があったんでしょうか？」

菜央の声は暗かった。

「実際に起こったことを、正確に特定するすべはないよ」

作田は、あえて突き放すように言う。

「現場にいたのは二人だけだが、二人ともすでに亡くなっているわけだからね。手掛かりは、龍太郎くんが残した俳句だけだ」

「それなんですが」

菜央は、沈鬱な調子で続ける。

「これまでの解釈は、俳句に詠まれていることがすべて本当だという前提じゃないですか？　だけど、中には、嘘やデタラメが含まれているかもしれないわけでしょう？　それどころか、もしかしたら、最初から最後まで、すべてフィクションなのかも」

作田は、老眼鏡を取って、古い眼鏡拭《ふ》きで曇ったレンズを拭う。

「そんなことはないという証明はできない。しかし、私は、これらの句は、事実に即しているはずだと確信している」

「わかりません。どうして、そんなふうに確信できるんですか？」

「私は、この句集を読んで、龍太郎くんは告白をしたかったと強く感じた。そこには、韜晦《とうかい》や隠蔽《いんぺい》はあっても、まるっきりの嘘はないはずなんだ。そんなことをするくらいなら、そもそも告白する必要がない」

「ですが、どうして、わざわざ、俳句で告白しなければならなかったんでしょう？　先生は、さっき、やむにやまれぬ衝動だっておっしゃいましたけど、あまりにも回りくどいというか、わたしには、気持ちが想像できません」

それはそうだろう。作田は、真摯《しんし》な目をした乙女を見て、つくづく思う。

君はまだ、人生で一度もそういう経験をしていないはずだ。私はこれまでに、幾度となく、そうした狂おしい思いに駆られてきたんだよ。心の奥底にどす黒く堆積している感情の澱《おり》を、俳句という形で吐き出すことによってしか、正気を保つ方法がなかったのかもしれない。

「これはもう、俳人の性《さが》と言っていいだろう。何かで感情を強く揺さぶられる経験をしたとき、俳人は俳句を、歌人は短歌を詠まずにはいられなくなるもんなんだ」

作田は、例として自身の体験を話したかったが、残念ながら、何一つ出てこなかった。

「たとえば、阪神《はんしん》・淡路《あわじ》大震災とか、東日本大震災の直後を考えてごらん。いったいどれだけの数の俳句や短歌が、一斉に詠まれたことだろうか」

菜央は、口をつぐむ。今も、信じたくないという気持ちと真実を知りたいという欲求とが、せめぎ合っているようだ。

「私には、おそらくこんなふうだったんじゃないかと、想像していることがある」

半ば背中を押すような気持ちで、言ってみる。

「聞かせてください」

菜央は、囁《ささや》くように言った。

「何度も言うが、これは単なる私の想像だよ」

作田は、一応断りを入れてから、続ける。

「龍太郎くんは、真っ暗な海岸で紗が輝くのを発見して、高鳴る鼓動とともに歩いていった。謝ろう、と思っていたことだろう。坂根さんに許してもらえたら、楽しい旅行を続けることができる。埋め合わせに、何かプレゼントをしてもいい。そんなことを考えているうち、自然に足取りは速まった」

菜央は、黙って聞いている。

「しかし、声をかけたときの坂根さんの反応は、彼の甘い期待を裏切るものだった。彼女は、終始不機嫌で、取り付く島もなかった。龍太郎くんは、最初のうちは懸命に彼女を宥めようとしていたことだろう。ところが、何を言っても、返ってくるのは険のある言葉だけ。そして、とうとう、彼の怒りが爆発してしまった」

「それは、さっきうかがいました」

菜央が、口を尖らせて言う。

「うん。もうちょっとだけ、我慢して聞いてくれ」

作田は、老眼鏡をかけ直した。

「龍太郎くんは、坂根さんに暴行を加えてしまったんだろうな。それは、平手打ちのような、さほどのダメージは伴わないものだったかもしれない。とはいえ、殴られた女性からすると、ひどいショックだったろう。坂根さんは、龍太郎くんから逃れようと海に入った」

作田は、菜央に訊ねる。

「坂根さんは、水泳は得意だったのかな？」

菜央は、うなずいた。

「小学生の頃に水泳教室に通ってて、バタフライもできるって自慢してました」

「そう。龍太郎くんは？」

「クロールで十メートルくらいは泳げましたが、それ以上は」

やはり、想像したとおりだったようだ。

「坂根さんは、龍太郎くんが追ってこられないくらいの場所で、立ち泳ぎしていた。いくら、戻ってこいと言っても、いっこうに言うことを聞かない。龍太郎くんは、押し問答に疲れて、勝手にしろと言ってその場を立ち去りかけたが、坂根さんがいくら水泳が得意だといっても、新月の真っ暗な海だ。やっぱり心配になって、その場に戻った。……ところが、彼女の姿は、すでに、どこにもなかった」

菜央は、口元を手で覆った。

「その後の龍太郎くんの心情を思うと、胸が潰《つぶ》れる思いだよ。坂根さんの遺体が発見されて、事故という結論になり、彼は訴追されることはなかった。彼は、警察に対して、本当のことは言わなかったはずだ。喧嘩のことはともかく、少なくとも暴行の件は」

菜央は、下を向いて、何度かかぶりを振った。

「翌春、彼は、その海岸に行った。おそらくは献花を手にして。折しもスコールが降り始め、海岸にあったコブシの花を打った。これは、そのときの様子を詠んだ句だ」

菜央は目を上げた。切れ長の目の視線は鋭く、まるで作田を睨んでいるかのようだった。

「今の話は、ただの想像だっておっしゃいましたよね？　だとしたら、実際に起きたことは、まったく違っていた可能性もあるんじゃないでしょうか？」

「その通りだよ。しかし、次の句で、龍太郎くんは懺悔《ざんげ》している」

作田は、句集を指さした。

俳人となりてかいごの花あやめ

「季語は『**花あやめ**』で仲夏だ。ここにも大きな問題が潜んでいるが、後回しにしよう」

作田は、どんどん解説を進める。メモさえ取らないで、すらすらと話せている自分自身が、信じられなかった。

「この句を見て思うのは、詠み手の意識が場面を離れてしまったことだ。ここまでの十句は、一連の出来事を順番に詠んでいた。しかし、ここへ来て、龍太郎くんは、一歩退《ひ》いた場所から状況を俯瞰《ふかん》しているようだ。まるで、現実から逃避するように」

「たしかに、静かな句に見えます。さっきまでの激情は、どこへ行ったのかと思うくらい」

菜央は、つぶやいた。

「でも、どうして、これが懺悔の句なんですか？」

「では、季語の『**花あやめ**』から読み解いていこう。もちろん、アヤメは知っているね？『**あやめ**』という名前は、古くは菖蒲《しょうぶ》を指していたんだ。それと区別するために、アヤメは

『花あやめ』と呼ばれていた。やがて、アヤメと似た花——ハナショウブやカキツバタなども、十把一絡《から》げにアヤメと呼ばれるようになった。……たしか、あれは」

何という花だっただろう。作田は、さっきの植物図鑑を取り上げて、パラパラとめくる。

「うん、アイリス・オクラレルカだ！」

作田の脳裏に、図鑑の写真よりも鮮明に長大アイリスと呼ばれる紫色の花の映像が浮かぶ。どういうわけか、綺麗にラッピングされた花束になっている。まさか、「贈られるか」という駄洒落でもないだろうが。

菜央を見ると、聞き慣れない名前らしく、ポカンとしている。

「沖縄に自生している、アヤメ科の花だよ。実際、アヤメにかなりよく似ている。おそらく、沖縄には、本土と同じアヤメはないはずだ」

かすかな記憶を、何とか辿《たど》ることができた。

「とはいえ、アヤメは、アヤメ科の花の総称として使われてきた経緯があるからね。沖縄で、アイリス・オクラレルカをアヤメだとして俳句を詠んだところで、何ら差し支えないんだよ。しかし、この句の場合、そうだったとすると、別の問題が生じる」

菜央は、眉を顰めた。またですかと思っているような感じだった。

「アイリス・オクラレルカが開花するのは……うん、三月下旬から四月下旬ということだね。やはり、沖縄旅行の時期とは合わない」

「じゃあ、『花あやめ』は、そのアイリス何とかじゃないんですか？」

「これは、むしろ象徴と捉《とら》えるべきだろう。アヤメ属の花は、すべてアイリスという学名が付いているんだが、英語でアイリスとは、どういう意味か知ってる？」

「さあ。アイリスオーヤマとか、目薬なんかもありましたけど」

さほど英語は得意ではなかったらしく、企業名や商品名しか出てこない。

「アイリスには、目の虹彩《こうさい》という意味があるんだよ」

菜央は、眉を顰めた。

「まさか、瞳のことだっていうんですか？」

作田は、うなずいた。

「そう考えるのが妥当だろう。『花あやめ』とは、坂根瞳さんを指しているんだ」

菜央は、句集を持ち上げてためつすがめつしている。

「だとしても、やっぱり、意味がわかりません」

「『かいごの』は、老人介護の『介護』とは思えないから、後悔するという、『悔悟』だろう。龍太郎くんは、坂根さんに関して、強く悔悟することがあったんだ」

菜央は、首を捻っている。

「ですけど、変な句だっていう印象は変わりませんね。だいたい、『俳人となりて』なんて、八音も使って、どうしてここで言う必要があるんですか？」

「これは、古くからある諧謔《かいぎやく》なんだよ」

作田は、自嘲《じちよう》するように唇を歪《ゆが》めた。

「『俳人』という言葉を分解すると、『人非人《にんぴにん》』になる。人にして人に非《あら》ずだ。龍太郎くんは、自分は人非人になってしまったと慚愧《ざんき》しているんだ」

菜央は、衝撃を受けたようだった。

「つまり、瞳にひどい仕打ちをして、それを悔いているという図式なんですか？」

「アヤメの花言葉は、この図鑑を見ると、『希望』とか『愛』、『よい便り』、『メッセージ』、『あなたを大事にします』だね。龍太郎くんは、彼女を大事にするどころか暴力をふるって、結果的に死に至らしめた自分自身を、許せなかったんだろうな」

菜央は、しばらく魂が抜けたようにぼんやりしていたが、ぽつりと言う。

「一つ、疑問があるんですけど」

「うん、何だろう？　言ってごらん？」

「なぜ、『かいご』は、平仮名で書かれているんでしょう？」

その瞬間、作田の背筋に悪寒が走った。

「いい質問だ。この句を最初に見たとき、やけに平仮名が多いとは思わなかった？」

「ええ。漢字は、『俳人』と『花』の二つだけですよね。あっ、そういうことですか？」

作田は、察しのいい教え子に向かって微笑んだ。

「その通りだよ。龍太郎くんは、この句の中で二人の存在だけを際立たせたかったんだろう。人非人となった彼自身、そして、花のように美しかった坂根さんを」

また、沈黙が訪れた。

部屋の中で聞こえるのは、エアコンが作動する音だけだったが、戸外では、依然として雨が降り続いている。雨粒は老朽化した屋根を打ち、窓ガラスとサッシを叩いているようだった。まるで、誰かを罰しようとしているかのように。

「兄がしたことは、本当に、それだけだったんでしょうか？」

ひどく難しい質問だった。

「『花あやめ』は、間違いなく坂根さんの喩えだろう。そして龍太郎くんは、彼女を、いわば手折《たお》ってしまったわけだ。その正確な意味は、この句だけでは判然としないがね」

たぶん、平手打ちよりは、もっとひどいことをしたんだろうなと、作田は思う。

「二人の間に何が起きたにせよ、お互いに、もう少し相手の言葉に耳を傾けて、互いの思いを汲み取ってさえいたら、こんな結末には至らなかったかもしれないね。まあ、若さ故と言ってしまえば、それまでなんだが」

作田は、妻だった治子のことを思い出していた。激しい諍《いさか》いの果て、関係は修復不能になり、ついに出ていってしまった。

涙を浮かべて作田を非難する治子の言葉が、まったく耳に入ってこない。激しく罵倒する、口パクのような映像のみだ。いったい、何を言っているのだろう？

「では、いよいよ最後の句だ。すでに結論は出ていると思うが、一応は見てみようか。これに関しては、正直なところ、よくわからない部分も残っている」

いらへなき無明の闇や皐

「『無明《むみよう》の闇』とは、仏教の言葉だ。明るくない闇という同義反復ではなくて、御仏《みほとけ》の叡智《えいち》と救いから隔たった、無知蒙昧な衆生《しゆじよう》の心を意味している」

「ということは、兄は、本当に、闇堕《やみお》ちしてしまったんですね？」

菜央は、気落ちした声で訊ねる。

「そういう表現が妥当かどうかは、よくわからないね。しかし、龍太郎くんの意識の中では、彼は昏迷《こんめい》の闇を彷徨《さまよ》っているようだ」

菜央は、悲しげに首を左右に振った。

「この句は句集の掉尾《ちようび》を飾っていますし、何となく、タイトルの『**皐月闇**』とも絡んでいるような気がするんですが」

この娘の指摘は、今回も急所を突いている。

「そうだね。問題は、やはり最後の一文字だろう。これをどう読むかなんだが」

作田は、『皐』の文字を指す。

「『さつき』と読ませたいのなら、本来は座五の位置に三文字しかないから、尻切《しりき》れトンボの感は否めないな。もしかすると、『闇』を、『くらやみ』か『くらがり』とでも読ませるのかもしれないが」

それなら、破調ではあっても、一応十七音に収まっている。

「それに、植物の『さつき』ならば、『皐月』や『さつき』、『杜鵑花』と書くことが大半で、『皐《コウ》』一文字というのは、きわめて珍しいね」

作田は、卓上にあった紙切れに漢字を書いて説明する。

「サツキって、沖縄に生えているんでしょうか？」

菜央が、急に目を上げて訊ねる。アヤメのことがあったので、思いついたらしい。

作田は、植物図鑑で調べようかとも思ったが、その必要はないだろうと思い直す。

「わからないが、かりにあったとしても、開花時期の問題がある。サツキは仲夏の季語だが、龍太郎くんたちが沖縄旅行をしたときに、咲いていたかどうかは疑問だな」

「だったら、植物じゃなくて、五月《ごがつ》のことを指してるんじゃありませんか？」

「だが、沖縄旅行は五月ではないし、もしそういう意味だったら、なおさら『月』を加えて、『皐月』としそうなものだ」

作田は、一言のもとに却下する。

そのとき、『皐』という漢字には、何か違う別の意味があったはずだという、確信めいた思いが湧き上がってきた。

白光の溢れる宏大《こうだい》な台地……。うろ覚えだが、そんな意味ではなかったか。作田の脳裏に、

CGで作ったような壮大なイメージが広がった。

いや、さらに、もう一つ、まったく別の意味があったはずだ。それは……。

「『いらへなき』って、どういう意味なんでしょうか？」

急に、菜央が訊ねる。

「『応《いら》え』――つまり、答えがないということだよ」

「それくらいは、わかります。だけど、呼びかけているのは作者でしょうが、応答しないのは誰なんですか？」

「それは、坂根さん以外にないだろうね」

作田は、考えながら答える。

「龍太郎くんは、闇に向かって虚《むな》しく呼びかけ続けるが、応えは返ってこない」

「瞳の姿が、消えてしまったからですか？」

「そうとしか、考えられないな」

作田は、溜め息交じりに言うと、まとめに入る。

「私に手伝えるのは、ここまでだよ。その先は、君の判断だ。お母さんの言葉にしたがって、この句集は焼却すべきじゃないかな？」

だが、菜央は、いっこうに納得した様子を見せなかった。

「あの、今気がついたんですけど」

「うん？」

「この一句だけは、旧仮名遣いで書かれていますよね？　それ以外は、文語体の句でも現代の仮名遣いなのに。どうしてなんでしょうか？」

そうだったかな。作田は、あわてて十三句を見直す。

「『婚ひ星』も、一応は旧仮名だったけどね。結局、『いらへ』の『へ』一字のことだろう？『いらえなき』よりは字面がいいと思って、選んだんじゃないのかな」

そう言ってから、さすがに適当すぎる答えだったたと反省し、付け加える。

「俳句において、歴史的仮名遣いを用いるかどうかは、難しい選択なんだよ。結局のところ、詠み手の感性に委《ゆだ》ねられているというか、気分次第と言っていい。私自身、歴史的仮名遣いで書いたり、現代の仮名遣いで書いたりと、定まらなかったね」

「そうですか」

菜央は、あきらかに気落ちしている様子だった。

作田はしばらく、黙ってその様子を見守った。

暑くはないが、除湿の効果はあまりなく、じっとり汗をかいている。妙に落ち着かなくなり、氷が溶けて結露したタンブラーに手を伸ばした。

「この句集には、あとがきがないんです」

菜央が、ポツリと言った。

「うん？　そうだね」

「この句が本当に最後で、その後は、何のメッセージもありません。瞳が失踪して二年後に、兄は自ら電車に飛び込み、死を選びました。ですから、この句があとがきで、兄の辞世の句のようなものなんです」

「そうか。それは、本当に辛かっただろうね」

作田は、心からの同情を込めて言う。

肩を落としている菜央の姿が、少女に戻ったかのように、か細く可憐《かれん》に映った。兄の自殺に、さぞかし深く傷ついているのだろう。

「しかし、心を強く持つんだ。……君は、けっして一人じゃないからね」

作田は、そう言って手を伸ばし、菜央の肩に軽く触れた。

その瞬間、菜央は、思ってもみなかったくらい激烈な反応を見せた。座ったままの姿勢で、電気に打たれたかのように、飛びすさったのだ。

作田はショックを受けた。邪《よこしま》な思いで触れたわけではないのは、この娘にもわかるはずだ。なぜ、そんな反応をするのかが、まったく理解できなかった。

この年になって誤解されるとは、思わなかった。作田は、悲しい思いで溜め息をついたが、掌にはまだ、菜央の柔らかい肩の感触が残っていた。

菜央は、少し離れた位置から、上目遣いにちらりと作田を見た。自分の行動が非礼だったと反省しているのだろうか。もしそうなら、咎《とが》めようというつもりは毛頭なかった。もちろん、何か他のことを考えていたため、反射的に出た行動にすぎないのだろうが。

ややあって、菜央は口を開いたが、出てきたのは謝罪の言葉ではなかった。

「覚えていらっしゃいますか？　合宿の晩だったと思うんですけど、先生は、俳句の本質とは何かということを、初めて教えてくれました。あのときのお話は、本当に心に沁《し》みましたし、今も強く印象に残っています」

昔を懐かしむような、しみじみとした声音だった。

「そうだったかな。うっすらと覚えてはいるがね」

たしか、高尾山の合宿で話したんだっけ。今思えば、あの頃が、最も純粋に俳句を楽しめたような気がする。

「先生は、こうおっしゃったんです。もしも人間が不死の存在だったなら、俳句を詠むことはなかっただろうと」

その通りだ。作田は、感激していた。

遠い日に、たった一度話したことが、教え子の胸の奥に、これほどしっかりと刻み込まれていたとは。これこそ、教師冥利《みょうり》に尽きる瞬間ではないだろうか。

「じゃあ、もしかして、その理由も覚えてる？」

「もちろんです」

菜央は、笑顔になった。よかったと作田は安堵する。さっきのことは、やはり、偶発的な過剰反応にすぎなかったのだろう。

「先生は、すべての俳句は、この惑星の上で過ごす短い人生の断片に対する、限りない愛惜の情から生まれるものだとおっしゃいました。だからこそ、ほんの小さな情景や季節の描写が、いかに貴重でかけがえのない瞬間かを思い起こさせて、深く心を打つんだと」

作田は、深くうなずいた。胸が熱くなる思いだった。

「その通りだ。辞世の句は本来、その掉尾となるべきものだが、死が間近に迫った人間には、虚心に句を詠むことなどはできない。ただ慌ただしく別れの挨拶をするだけだ。絶筆となった一句だけではない。人生で詠むすべての俳句の本質が、いわば辞世の句なんだよ」

あのとき、車座になって聞いていた俳句部員たちは、一様にポカンとした表情をしていた。その中で唯一、菜央だけが、食い入るように聞いていたことを思い出す。

「わたしも、あのとき、先生の思いに心の底から共感しました。……ですけど、世の中には、それとは対極にいるような人間も存在するんですね」

菜央は、突然、別人のように暗く厳しい口調になった。

「他人《ひと》の命を奪う大罪を犯した人間の世界は、永遠に無明の闇に包まれます。彼らは二度と、人生の瞬間を愛《いと》おしむ俳境に戻ることはできません」

「うん？　そんなことは……」

「人殺しの俳句は、空虚で、索漠《さくばく》としていて、ただ恐ろしい。ここに並んでいるのは、どれも、そんな句ばかりです。形式こそ俳句ですが、古傷に触れるがごとく自らの犯罪行為をなぞる、醜悪な自己満足に溢れた呪文《じゅもん》にすぎないんです」

「何も、そこまで言うことはないよ」

作田は当惑した。兄に対してはいろいろ複雑な思いがあるのかもしれないが、だとしても、いったい、どうしてしまったというのだろう？

「これらの句に対する先生の解釈は、たいへん面白かったし、説得力がありました。だけど、一部に、どうしても違和感が残るんです。わたしも今、自分なりに考えたことがありました。今度は、わたしの解釈を聞いていただけますか？」

菜央は、まっすぐに作田の目を見つめる。

「これらの句には、作者を駆り立てていた動機がほのめかされているようですね。ですけど、それは、本当に怒りだったんでしょうか？」

5

作田は、鼻白んだ。それでは、これまで縷々《るる》話してきたことを、真っ向から否定するようなものではないか。

「むろん、たしかなことは、誰にも言えないだろう。最初に、あくまでも私の解釈だと断っているじゃないか？」

「そうですね。もちろん、わたしにも否定する根拠はありません。これから申し上げるのは、わたしなりの解釈です」

菜央は、句集のページを繰って、作田が分析した最初の句に戻る。

夏銀河うるまの島の影黒く

「これは、そもそも、本当に婚前旅行のときの句だったんでしょうか？」

「どういうこと？　だって、君がそう言ったんじゃないの？」

作田は、呆気《あっけ》にとられていた。

「わたしはただ、二年前に兄が瞳と沖縄へ旅行したと言っただけです。この句が、そのときに作られたものかどうかは、直接兄から聞いていないので、わかりません」

菜央は、耳を疑うようなことを言い出した。

「だったら、私には、なおさらわからないよ。沖縄旅行のときでないのなら、いつの句だって言うのかな？」

「もしかしたら、俳句部で沖縄合宿をしたときの句じゃないかと思うんです」

「何だって？」

作田は、完全に面食らっていた。

「しかし、これ以降の句は、どれも沖縄旅行のときのものなんだろう？　だったら、これだけ別というのは、不自然だろう？」

「そうですね。でも、もしかすると、これ以降の句も、全部そうなのかもしれません」

菜央は、平然と爆弾発言を続ける。

「そして、先生がおっしゃったとおり、この句には、それ以降に起こった恐ろしい出来事への予感が込められているんじゃないでしょうか?」

「恐ろしい出来事って、何のこと? 沖縄合宿では、別に何もなかったはずだ」

作田は、怯えを感じていた。今にも、現実がガラガラと崩壊するのではないかという。

「本当に、覚えていらっしゃらないのですか?」

菜央は、静かな目で作田を見据える。

「何のことだ? 忘れていることは、いろいろあるだろうが、私は、さっきも言ったように、認知症なんだよ」

「ええ、心からお気の毒だと思います。加齢も、認知機能の衰えも、人間には、どうしようもないことですものね」

菜央は、同情しているように目を伏せる。

「今申し上げたことは、ご放念ください。おそらく、わたしの思い過ごしだったんでしょう。では、次の句に行きましょうか。まだ十二句もありますから」

水割を呷る出窓の夜風かな

「あえて季語を入れなかったのは、先生がおっしゃったように、夏の暑さではなく、詠み手の内に籠《こ》もった熱気を表現したかったからでしょう」

菜央の口調は、聞き手だったときとは一変して力強かった。

「ですが、その正体は、先生がおっしゃったような、怒りではないと思います」

「だったら、何だというのかね?」

作田は、むっとしながら訊ねる。

「水割りを呷っているのは、アルコールの鎮静作用により、それを懸命に鎮めようとしているのではないでしょうか？」

菜央は、作田の質問を無視して続ける。

「そのことは、次の句を見ても明らかだと思います」

風死して風鈴のごとグラス鳴る

「どうして、グラスが鳴るのか？　これも、先生が言われたとおりで、半ば無意識にグラスを揺らしているからでしょう」

菜央は、淡々と続ける。

「ですが、そうさせていたのは、怒りではなく、欲望なんだと思います」

息が詰まるような感じがした。

「欲望？　いや、しかし、そんな解釈は」

作田は無意識にタンブラーをつかみ、口に運んだが、ほとんど水の味しかしなかった。

「欲望の対象は瞳です。詠み手は、瞳が同じバンガローに泊まっていると思って、抗しがたい興奮が沸き上がってきたんでしょう。そのため、グラスがカタカタと鳴っていたんです」

「しかし、そもそも、龍太郎くんと坂根さんは、婚前旅行に行っていたんだろう？」

どうも話がおかしいと思い、作田は確認する。

「ええ。兄は、瞳に恋い焦がれていました。一方で、瞳は、それほどでもなかったようです。いわば片想いの相手と旅行に行ったわけですから、それほど不思議ではありません」

菜央は、はぐらかすような笑みを見せる。

「句集に戻りましょうか。窓辺にいた作者は、偶然ですが、バンガローから出ていく瞳の姿を目撃しました」

婚《よば》ひ星きらめき過ぐる夜半の夏

「この句に漂う奇妙な艶《なま》めかしさは、やはり、作者の性的なファンタジーの故だと思います。とても、喧嘩した直後の視線とは思えません」

「まあ、言わんとすることはわからないでもないんだがね、やっぱり『婚ひ星』という言葉に引きずられているような気がするな」

あまり話が逸《そ》れすぎないように、作田はやんわりと釘《くぎ》を刺す。

「そうでしょうか？」

菜央は、首をかしげるような仕草をする。

「わたしは、この句と、『紗ほのかに』の句を見て、単にエロチックというだけじゃなくて、どこまでも自己中心的で、厨二《ちゅうに》病的なメンタリティを感じたんです。フロイト風に言うなら、口唇《こうしん》期的っていうか」

「その口唇期の解釈は、俗説以外の何物でもないよ」

まさかフロイトが出てくるとは思わなかったため、作田は苦笑する。

「すみません、生かじりで」

菜央は、素直に頭《こうべ》を垂れる。

「ともあれ、作者は、瞳の後を追って出ました。そして、バンガローを振り返ったんです」

作田は、うなずいた。

「そうだね。さっき、私もそう推理した」

「ですが、問題は、作者が振り返った理由なんです。先生がおっしゃったとおり、ふと自らを省みただけかもしれません。ですが、瞳の後を追おうと気がせいている最中《さなか》に、そんな余裕が生まれるものでしょうか？」

作田は、ぐっと詰まってしまう。

「どうだろうね。緊張の中で、ふと心が静かになることも、あるんじゃないかな？」

まさか、そんなところで反論を受けるとは、予想もしていなかった。

「私としては、最後に一瞬でも、彼に冷静になるチャンスがあってほしかったというだけだ。多分に私の願望が含まれている想像だが」

「仮説としては、いちがいに否定はできないのかもしれません。ですが、現実には、人間は、そういう忙《せわ》しいタイミングで、我に返ったり反省したりするとは思えないんです」

「じゃあ、龍太郎くんは、なぜ振り返ったというのかね？」

作田は、ついムキになって、質問する。

「これから獲物を追おうというときに、背後を振り返ったのなら、理由は一つだと思います。背後から誰かに見られていないか、確認するためでしょう」

作田は、絶句した。

「ちょっと、待ってくれ。認知症のせいかな、わけがわからないんだが」

混乱して、つい弱音を吐いてしまう。

「龍太郎くんと、坂根さんは、二人だけで婚前旅行に行ったんじゃなかったの？」

「そう聞いています」と菜央。

「だったら、警戒してバンガローを振り返るなんて行為は、どう考えたって無意味だろう？そこには、誰もいないはずじゃないのかね？」

当然の反論だろうと思ったが、菜央は動揺を見せなかった。

「そうですね。ですが、この句を見るかぎり、このとき、バンガローには誰かがいたはずだという印象を持ちました」

「そんな。いったい、誰がいたって言うの？」

「わかりません」

菜央は、謎めいた笑みを浮かべる。

「ともあれ、作者は、誰にも見られていないと確認すると、森の中で追跡を開始しました」

作田の疑問は置き去りにされたまま、菜央は次の句へと移る。

ガジュマルの気根の影と灯蛾の影

「この句についての先生の心理学的な分析は、興味深かったです。マザーコンプレックスは、男性にとって、そこまで深刻な問題なんですね」

作田は、黙ってうなずいた。

「ですが、ガジュマルの木には、ひょっとしたら、もう一つ別の含意があったんじゃないかと思うんです」

今度は何を言い出す気なのか。作田は、黙って続きを待った。

「理由は二つあります。一つは、先生がおっしゃったように、作者は、この晩に起きた一連の出来事の結末を知ってから、この句を詠んでいるということです」

菜央の口調は、さっきまでとは様変わりして、確信を持っているように聞こえた。

「作者は、道すがらガジュマルの木が生えているのを見ました。瞳の後を追って森に入って、たまたま垣間見た光景を切り取って詠んだかのようです。しかし、本当に、それだけだったんでしょうか？　実は、ガジュマルの木には、これから起きる事件への予感が投影されており、だからこそ、わざわざ、こんな句を詠んだんじゃないでしょうか？」

「それは、まあ、そうかもしれないが」

いったい、何がどう投影されているというのか。

「もう一つは、ガジュマルやベンガルボダイジュ、インドボダイジュ、バニヤンツリーなどに共通する異名です。先生も、もうちょっとで、思い出されるところだったじゃないですか？たった今発見したんですが、この本の中のコラムに、ちゃんと書かれてますね」

菜央は、植物図鑑をめくる。

「あっ、それは」

作田は、ポカンと口を開けた。思い出せないことに苛立ちこそあったものの、それ以上に、思い出すことに恐怖を感じていた。

「熱帯のイチジク属の木や、蔓《つる》植物の一部には、種子が鳥などにより別の木の上に運ばれて、そのまま着生して地面に気根を伸ばし、さらに宿主となった樹冠を覆いながら生長するものがあるんですね」

菜央は、作田の狼狽《ろうばい》など知らぬ様子で、植物図鑑を見ながら淡々と続ける。

「日光を遮られた木は枯死してしまい、着生した木が、元の木に代わってそびえ立つんです。なので、これらの木々は、**絞め殺しの木**《ストラングラー・ツリー》と呼ばれているそうです」

作田は口を開きかけたが、言葉は何も出てこなかった。

菜央もまた、しばらく沈黙を続けていたが、どういうわけか、この不吉な名前に対しては、それ以上触れようとはしなかった。

「そして、次の句にもまた、不可解な点があります」

漆黒の海辺に紗ほのかに

「真っ暗な海辺で、瞳のブラウスが光って見えた。わたしも、その解釈が正しいと思います。先生は、『**ほのかに**』とある以上は、懐中電灯の強い光で照らしだしたのではなく、かすかな星明かりを反射したのだとおっしゃいました」

「まあ、そう考えるのが妥当じゃないのかな」

作田の声は、自分でも驚くくらい嗄《しやが》れていた。

「でも、だとすると、一つ疑問が生まれます」

菜央は、柔和な声で鋭い問いを発する。

「作者は、いつ、そしてなぜ、懐中電灯を消したのでしょう？」

「それは、わからないな。そんなことが、どうして問題になるの？」

作田は、戸惑っていた。

「もしも、いなくなった瞳を捜しに出てきただけなら、懐中電灯で周囲を照らしながら捜索を続けるはずですが、作者はおそらく、海岸に出る少し前に懐中電灯を消したんだと思います。

だから、闇に目を慣らす時間的余裕が生まれて、星明かりを反射した『紗』の輝きを遠くから認めることができたんです」

「だったら、君の推理を聞かせてほしいね」

作田は、腕組みをした。

「龍太郎くんは、なぜ、海岸を目前にして懐中電灯を消す必要があったのかな？」

「この問いにも、現実的な答えは一つしかありません。作者は、瞳を見つけようとしていた。でも、瞳からは見つかりたくなかったんです」

「しかし、それはだね」

作田は、口ごもった。

「別に、おかしいことじゃないだろう？　坂根さんとは喧嘩をしていたんだから、懐中電灯の灯りが見えたら、彼女は逃げてしまうかもしれない。龍太郎くんは、そばまで近づいてから、声をかけようと思ってただけじゃないのかな？」

「そうかもしれません」

菜央は、言葉を切って、首をかしげた。

「あるいは、作者には、まったく別の意図があったのかもしれませんが」

作田は、ぎょっとした。

「さっき、君は、龍太郎くんが『獲物を追おうとしている』とか言っていたね？　まさかとは思うけど、彼を常習的な犯罪者だというふうに疑ってるの？」

菜央は、笑みを浮かべた。

「その答えは、おそらく、最後まで行けばわかると思いますよ」

潮騒ぐ朔日の夜に汗拭う

「この句に描かれている状況はシンプルですが、作者の心情が、解釈の肝になる。たしかに、わたしも、そう思います」

菜央は、俳句に目を落としながら、検察官のように冷徹な口調で言う。

「それに、この『汗』が精神的な発汗だというのも、先生のおっしゃるとおりだと思います。でも、その原因をストレスに求めるのは、どうなんでしょうか？」

「何か、別に原因があるというのかな？」

作田は、老眼鏡の上から菜央を見やる。今度は、いったい何だというのだろう。可愛がっていた生徒から、いきなり反旗を翻された気分だった。

「『潮騒ぐ』――『潮騒』という言葉には、三島由紀夫《みしまゆきお》の小説からの連想で、性的な雰囲気がまとわりついています」

菜央は、意外なところから切り込んでくる。

「それも、無垢《むく》で、うら若い女性への欲望です。三島作品では嵐の晩ですが、暗い海岸で聞く潮騒という状況は似ていますね。血潮が騒いで、胸が騒ぐんです。作者は、沸き上がってきた性的な興奮から『汗』を拭ったんじゃないでしょうか？」

「どうだろうね、それは」

作田は唇を歪めて、賛成できないという思いを表した。

「たしかに、面白い解釈だよ。しかし、その根拠が、冒頭の一語が小説のタイトルを思わせるからというだけでは、飛躍しすぎのような気がするけどね」

「いいえ、もう一つあります。『朔日』です」

菜央は、揺るがなかった。

「男性は月齢に無関心ですが、わたしたち女性は、太古からのリズムに縛られていますから、敏感なんです。新月と満月の日に出産数が増えるのは、統計的にもたしかめられた事実です。さらに、新月は女性の排卵日とも関連しています。だったら、男性のリビドーも高まる日なんじゃないでしょうか？」

作田は、辟易《へきえき》した。初心《うぶ》で清楚だと思っていた教え子から、そういう生々しくて性的な話は聞きたくない。

「考えすぎじゃないのかな？　その晩が新月だったのは、たまたまそうだっただけだろう？　それに、龍太郎くんは、君の言う月齢には無関心な男性だ。『朔日』に、そこまで深い意味を持たせているとは考えにくいんだが」

「そうですか。では、この後の展開を見てみましょう」

菜央は、特に反論しようとはせずに、次の句へと進む。

湿風に古傷疼く汀かな

「わたしは、『古傷』とは、トラウマではなく、文字通りの古傷のことだと考えました」

「なぜ、そう思ったの？」

「ここでは『湿風』が吹いて、『雷鳴』が轟き、それから『スコール』が降ります。つまり、現場には低気圧が近づきつつあったんです」

菜央は、まるでリハーサルをしていたかのように、すらすらと説明する。

「これは、いわゆる天気痛ではないでしょうか。気圧が低くなったら、交感神経が刺激されて痛み出すという」

「たしかに、古傷は気圧に左右されるようだね。私も、交通事故で膝に古傷を抱えているが、今日みたいな日には、ひどく痛むことがある」

作田は、今もじんじんとしている左膝をさすった。

「しかし、龍太郎くんは、過去に、そんな大怪我を負ったことはなかったんだろう？」

菜央は、曖昧な笑みを浮かべただけで、その質問には答えなかった。

「古傷の疼きとは、辛いものなんでしょうね。ですが、ここでは作者の気分は昂揚しており、それすら快感に変わりつつあるんじゃないでしょうか？」

作田は、ポカンと口を開いてしまう。

「先生は、前の句が失望を表し、これは絶望の句だとおっしゃいました。でも、わたしには、どうしても、そうは思えませんでした」

反論したかったが、言葉が出てこない。

「このとき、作者の心を占めていたのは、希望でも、失望でも、絶望ですらありませんでした。瞳に対する、ひりつくような欲望だったんです」

この娘は、何を言っているんだ。作田は、奇妙なものを見る思いで菜央を見た。

「波打ち際で古傷の痛みに耐えている作者に、海から生暖かく湿った風が吹き付けてきます。『汀』は、陸と海の境ですが、ここでは、男と女の間の境界線をも示しています。作者は今、その一線を踏み越えようとしているんです」

「馬鹿な。そこまで行くと、考えすぎというより、単なる妄想だよ」

作田は、一笑に付そうとしたが、笑うことができなかった。

「そして、ついに、その瞬間が訪れました」

雷鳴や冥き眩暈を解き放ち

「突如として、天から激しい『**雷鳴**』が聞こえてきます。そして、それがきっかけとなり、『**冥き眩暈**』が解放されてしまうんです」

「うん、そうだね」

「しかし、それは、単純な怒りとか、暴力の衝動などではありません。『**眩暈**』とは、理性をかなぐり捨てて欲望に身を任せようとする瞬間、心に走る激震を意味しているんです」

違う、そうじゃない。作田は、弱々しくかぶりを振る。

「男性の性衝動は、テストステロンの特性なんでしょうか、攻撃衝動とも深く結びついているようですね」

菜央の声は、ひどく暗かった。

「この後で、何かが起きました。何か恐ろしい出来事が。すべてが終わった後を詠んだのが、次の句です」

スコールに白きこぶしは濡れそぼつ

「先生は、この句は、それまでの句から、少なくとも半年が経過して、春に詠まれたものだとおっしゃいました。しかし、残念ながら、その解釈には致命的な誤りがあります」

「誤り？　どこが間違っていると言うのかね？」

作田は、むっとした。

「さっき、これを見ていて気付いたんです。問題は季節だけではありません」

菜央は、また植物図鑑を掲げる。

「この本にある記述を信じるならば、そもそも、コブシは沖縄には分布していないんですよ。気温が高すぎて生育が難しいのではないでしょうか」

作田は、衝撃を受けていた。

「待ってくれ。たしかに、それは気付かなかった。だったら、この句は、春に本土で詠まれたものということになるな」

「いいえ。『湿風』、『雷鳴』、『スコール』という順序で考えるなら、それまでの句と同様に、この句も同じ晩に詠まれたと考えた方が、ずっと自然です」

菜央は、にべもない。

「しかし、そうだとすると、不可解な点がある。かりに海岸にコブシに似た木が生えていて、誤認したとしよう。さっきも言ったとおり、その晩は新月で、しかもスコールが降っていて、星明かりすらない。『白き』とか『濡れそぼつ』という様子は、どうして見えたのかね？」

「どちらも、『見えた』のではなく、別の感覚から得られた情報ではないでしょうか」

「別の感覚って？　まさか、超能力というわけじゃないだろうね？」

作田は笑ったが、菜央はニコリともしなかった。

「触覚です」

「つまり、花に手で触れたっていうことかね？」

「いいえ、そうではありません」

菜央は、首を横に振った。

「『湿風』の句にもミスリードがありましたが、この句は、意図的に偽装されているんです。

ぱっと見では誤読するが、矛盾点を突き詰めれば、真実の意味に到達できるように」

「悪いが、もう、何を言っているのか、さっぱりわからないよ」

作田は、お手上げというように、左右に首を振った。

「それでは、ヒントを差し上げましょうか。俳句では、平仮名で『こぶし』と書くよりも、むしろ漢方薬の名前でもある『辛夷《しんい》』の表記の方が好まれますよね。漢字で書いてあったら、誤読される心配がないからです。それに、コブシという名前は、蕾《つぼみ》が赤子の拳に似ていることから来たという説があるようですね」

「え？　じゃあ、これは」

作田は、はっとした。

「ええ。この句の『こぶし』は、花のことじゃなく、人の握り拳のことなんです」

しばらく、沈黙が訪れた。

窓の外から聞こえていた雨音が、ちょっとだけ大きくなったようだ。エアコンの効きは悪く、じっとりと湿気が感じられる。

「つまり、作者は、スコールに打たれつつ、びしょ濡れになった自分の拳を眺めているということかね？」

「わたしは、そう考えています」

「しかし、だとしても、少し疑問があるんだが。いくら自分の拳でも、真っ暗な中で、色までわかるものだろうか？」

菜央は、うなずいた。

「たしかに、なぜ『白き』と言えるのかという問題がありますね。でも、拳が白くなるのは、固く握りしめた状態じゃないですか？　自分の拳ならば、そういう場合、目には見えなくても白くなっているとと想像できるはずです」
作田は、菜央の言葉を嚙みしめた。じわじわと敗北感が押し寄せてくる。

「『白き』も『濡れそぼつ』も、目で見たわけじゃなかった……。触覚や身体感覚によって、わかったということなのか」

「わたしは、そう解釈しました。もっとも、このときも、ときおり稲妻が光っていたとすれば、一瞬だけ垣間見えた可能性はありますが」

作田は、呆然《ぼうぜん》としていた。

「作者は、拳を固く握りしめています。その様から感じられるのは、強い怒りと攻撃性です。ですが、スコールに打たれて佇んでいる姿からは、激しい後悔のようなものも感じ取れます。何か、取り返しのつかないことをしでかしてしまった後のように」

菜央は、かすかな吐息を漏らした。

「瞳の姿は、すでにどこにもありません。この句に漂う感情は悲しみですが、本当の主題は、狂おしいまでの悔恨なんです」

「悔恨……坂根さんに暴行を加えたことか。彼は、どうしようもなく、そのことを悔いているわけだね」

だが、菜央は、作田の予想に反して、首を横に振った。

「それだけではありません」

「それだけじゃない？　だったら、龍太郎くんは、いったい何をしたというの？」

「この句の作者は、自らの手で瞳を殺したんです。そして、そのことを、次の句で、はっきり告白しています」

「坂根さんを、殺した？」

作田は、仰天した。

「待ってくれ。私には、そこまでは読み取れなかった。『人非人となって』という上五から、何か取り返しのつかないことをしたことは感じ取れたがね」

酔っ払っているわけでもないのに、妙に舌がもつれる。

「これらの句は、ほとんどパズルか暗号のようなものでした」

菜央は、かすかに首を横に振った。

「この句は、瞳を花あやめに喩えて、幸せにできなかったことに対する悔悟を示していると、先生はおっしゃいました。ですけど、手掛かりはわずか十七音で、実際に何があったのかは、曖昧模糊《もこ》としています。わたしは、正直に言って、その解釈にはどうしても納得できませんでした」

「どのへんが、納得できなかったのかな？」

菜央は、今も親友を失ったショックから立ち直れておらず、誰かを糾弾せずにはいられない気分なのだろうか。

「『花あやめ』です」

菜央の答えは、意表を突くものだった。

「さっきも言ったとおり、仲夏の季語だが、それがどうかしたの？」

「ずっと不思議だったんです。そもそも、罪の告白に季節が必要でしょうか？」

「しかし、それは」

俳句だからと言うしかないだろう。作田には、この娘がいったい何を言いたいのか、見当も付かなかった。

「この句を見れば、俳句の経験者ほど、『**花あやめ**』と読んでしまうことでしょうね。でも、実際には、これは季語でもなければ、瞳の喩えでもなかったんです」

作田は、黙って続きを待ったが、自分の膝が小刻みに震えているのに気がついた。

「さっき、わたしは、先生にお訊ねしました。作者はなぜ、『**かいご**』を漢字で書かなかったんでしょうと。先生は、この句の中で、作者は、二人の存在だけを際立たせたかったからだとおっしゃいました。たしかに、とても美しい解釈です。ですが」

菜央は、ふっと溜め息をつく。

「それは、真実を覆い隠す煙幕にすぎません」

「待ってくれ。私なりに、精一杯、真実に迫ろうと努力はしたんだよ。何かを隠すなどというつもりは」

「もし『**かいごの**』で切ったら、残るは『**花あやめ**』ですから、先生のような解釈しかないでしょう。でも、切る箇所はそこじゃなかったんです」

菜央は、作田の言葉を平然と遮る。

「正しくは、『**かいごの花**』で、切るべきでした」

作田は、驚愕《きょうがく》のあまり、固まってしまった。

「先生は、漢籍にもお詳しいから、ご存じなんじゃないでしょうか？」

「……唐《とう》の玄宗《げんそう》皇帝が、楊貴妃《ようきひ》を喩えて言った言葉だ」

作田は、動揺を抑えて、何とか言葉を絞り出した。

「『**解語の花**』とは、言葉のわかる花、つまり美人のことですね」

「そうだ。玄宗皇帝は、宮中の池に白い蓮《はす》の花が咲いているのを見て、蓮の花も解語の花にはとうてい及ばないと言ったという」

老いた心臓は、さっきから早鐘を打っている。

「つまり、この句をわかりやすくリライトすると、こうなります」

菜央は、ボールペンを取ると、メモ用紙に句を書き直し、作田に見せた。

人非人となりて解語の花あやめ

「こうなると、最後の『**あやめ**』は、動詞であると考えるよりありません。つまり、作者は、瞳を『**殺《あや》め**』たと、ここで告白してるんです」

「……信じられん。まさか、そんな解釈があったとは」

作田は、頭を垂れて嘆息する。

「そう考えたとき、『**俳人**』と『**解語の花**』の持つ隠れた関係も、ストンと腑に落ちました。『**俳人**』は、ここでは『人非人』の言い換えにすぎませんが、本来なら、言葉によって世界を切り取り、表現する人を示す言葉です。そして、『**解語の花**』とは、美しい花でありながら、それを受け止め、理解できる存在だったはずなんです」

何と悲しい対比だろうかと、作田は思った。言葉を介してわかり合えるはずだった二人が、コミュニケーションのすれ違いから、悲劇を招いてしまったのだ。

「まるで謎々のような句なのに、わたしには、なぜか、作者の慟哭《どうこく》が伝わってくるような気がしました。でも、不思議ですね」

菜央は、探るような目で作田を見る。

「先生なら、今わたしが言ったことくらいは、一目で読み解けるはずだと思ったんですけど、なぜ、『かいごの花』には、気付かれなかったんでしょうか？」

「それは、何というか、盲点になっていたのかもしれないが。……いや、待ってくれ」

作田は、追い詰められた気分になって開き直った。

「私は、認知症の老人だ。こんなものに気付かなくても、非難される謂《いわ》れはない」

「非難するつもりはありません」

菜央は、軽くかわす。

「それでは、ついに最後の句です。謎はたった一つ、最後の一文字でした」

いらへなき無明の闇や皐

「上五と中七は、字数通りです。なのに、下五だけが唐突に漢字一文字で終わっているのは、どうしてなんでしょうか？」

「そこが最大の謎だったよ。あえて最後をぶった切ることで、喪失感を表現したかったのかもしれないが」

作田は呻《うめ》く。失点を取り戻したいが、ここへ来て歯切れの悪いコメントしかできないのが、歯がゆかった。

「わたしは、もしかしたら、サツキの花は瞳の象徴なのかとも考えました」

菜央は、宙に目を泳がせながら言う。

「ですけど、アヤメの場合よりもっと無理があると思いました。この図鑑を見ると、サツキは渓流植物で、岩場に生える清楚な花です。花言葉は『節制』。自由奔放な瞳のイメージとは、差がありすぎます」

たしかに、その通りだろうと作田も思う。

「字数の問題に戻りましょうか。『闇』を、『くらやみ』や『くらがり』と読ませた場合には、トータルで十七音にできますが、『無明の闇』という成語が存在する以上、やはり無理筋だと思います」

「本当は、座五は『皐《さつき》かな』としたかったが、直前に『や』という切れ字があるために、そうはできなかったんじゃないかな?」

菜央が、もっともな指摘をする。

「だったら、『いらへなき無明の闇の皐かな』とでもすればよかったはずです」

「わたしは、これは『サツキ』と読むのではないという結論に達したんです。下五ですから、五文字である可能性が高いでしょう」

「五文字? 『皐《コウ》』をどう、五文字で読むんだね?」

「この文字が意味するのは、植物のサツキではなく、五月のことでもありません。この句は、『花あやめ』の句と同じく無季の句なんです」

「うん? ならば、いったい何だって言うの?」

作田は、腕組みをした。

「そこで関連してくるのが、ほとんどの句は現代の仮名遣いなのに、どうして、この句には『いらへなき』という歴史的仮名遣いが用いられているのかという疑問です」

作田は、ゆっくりと頭《かぶり》を振った。もはや、お手上げに近い。

「私には、わからないよ。なぜだと言うのかな?」

その問いに対する菜央の言葉には、確信がこもっていた。

「これは、あくまでもわたしの想像ですが、この句の精神世界が、現代のものではないことを暗示しているんだと思います」

精神世界？　現代のものではない？　いったい、何の話だ？

「国語辞典や古語辞典を見ても、作者がこの文字に込めたであろう意味はわかりませんでした。ですが、漢和辞典に、鍵となる記述があったんです」

菜央は、ショルダーバッグからコピー用紙を取り出した。印刷されているのは、漢和辞典の項目らしい。そこには、こうあった。


会意。白と、夲《とう》とから成る。白光が放出するさまにより、しろい意を表す。「皞《カウ》」の原字。借りて、魂呼《たまよ》びの声の意に用いる。


「それで、魂呼びについて調べてみました。『小右記《しょうゆうき》』に、藤原《ふじわらの》道長《みちなが》の娘嬉子《きし》が死んだとき、陰陽師《おんようじ》の中原《なかはらの》恒盛《つねもり》らを呼び、中国の故事に倣って『魂呼《たまよばい》』という蘇生の儀式をさせたという記述があります。屋敷の東の屋根に上り、衣を振って三回名前を呼んだそうです」

作田は、また、かすかに首を振った。ここまで飛躍されると、ついていけそうにない。だが、この娘の言っていることは、あながち……。

「俳句で、読み方やルビは作者の自由ですが、本来認められている読み方ではありませんから、この句には、せめて、こうルビを振るべきでした」

菜央は、句集の上に、直接ルビを書き加える。

いらへなき無明の闇や　皐《たまよばひ》

「迷妄の闇に向かって、魂呼びをする声だけが虚しく響いている。これは、瞳を殺した犯人の慟哭の句だったんです」

6

「なるほど。多少飛躍しすぎているきらいはあるものの、たしかに、それが真相だったという可能性はあるね」

作田は、長い吐息をついた。

「よく、そこまで読み解けたね。龍太郎くんのことは、どう言ったらいいのかわからないが、これで、すべての謎は解けたわけだ。もう、この句集のことは忘れて、先に進んだ方がいいと思うよ」

「いいえ、まだ、すべての謎が解けたわけではありません」

菜央は、キッパリとした声で撥《は》ね付ける。

「というと?」

作田は、彼女の態度を訝《いぶか》しんだ。

「『**夏闇に**』の句なんですが、わたしはやはり、そのとき、バンガローには誰かがいたのではないかと思うんです」

「私には、今でも、無人だったとしか思えないがね」

作田は、苦笑する。この娘は、詠み手がただバンガローを振り返ったというだけで、妄想を膨らませているようだ。

「それから、もっと根本的な疑問を持たれませんでしたか？　そもそも、瞳は、何のために、夜中に外出して、海岸へ行ったのでしょう？」

「それは、たしかに不思議に思ったが、単に外の空気を吸いたかっただけじゃないのかね？あとは、めったに来られない沖縄の夜を満喫したかったとか」

あるいは、酒を飲み、タバコを吸いたかっただけかも。

「でも、それだけの理由で、懐中電灯一つで真っ暗な森を抜けて、数百メートルは離れている海岸まで行くでしょうか？　いくら瞳が勝ち気な性格でも、女の子ですから、かなりの恐怖を克服しなければならなかったはずです」

「そう言われると、自信がなくなってくるが」

作田は、あくびをした。退屈しているわけではないが、酷使した脳が疲労して、酸素不足に陥っているようだ。

「しかし、だったら、どんな理由が考えられると言うのかね？」

「逢《あ》い引きです」

作田は、ポカンと口を開けた。

「待ってくれ。どういうこと？　誰と？」

「彼女は、恋人と、海岸で待ち合わせをしていたんです。そう考えないかぎり、彼女の行動の説明が付かないとは思いませんか？」

菜央は、自信たっぷりに断言する。

「坂根さんは、龍太郎くんと婚前旅行に行きながら、深夜の海岸で別の男性と逢瀬《おうせ》を愉《たの》しんでいたと言うのかね？」

ますます開いた口がふさがらなくなった。作田には、今どきの若い娘の倫理観は、とうてい理解不能だった。

菜央を見ると、句集をめくっている。

「さっきチラッと見て、スルーしていた句です。もう一度、ご覧になってください」

自分の句集の向きを変えて、作田の前に置いた。

白南風やハートロックに君想う

「これが、どうしたというの？」

初々しい恋の句ではあるものの、あらためて見ても、凡作だという以外の感想はなかった。季語の『**白南風**』と『**ハートロック**』という固有名詞で、上五と中七を使い切っているため、かろうじて創作したと言えるのは『**君想う**』という座五だけである。

「本当は、この句は、兄の作品ではありません」

「え？　じゃあ、誰が詠んだの？」

「瞳です」

菜央の言葉に、作田は呆気にとられた。

「たしかに、そう言われれば、そんな雰囲気の句だけど。でも、それがどうして龍太郎くんの句集に入っているの？」

「さあ、どうしてでしょうか。でも、わたしは、この句が書かれている手紙を、彼女から直接手渡されたんです」

「ならば、間違いなく坂根さんの句だろうね。うん？　しかし」

作田は、途中で気がつき、眉根を寄せた。

「ええ。瞳の恋人は、わたしだったんです」

菜央は、真っ直ぐな目で作田を見る。

「そうなの。いや、もちろん、愛の形はいろいろあるだろうし」

相手が同性でも、驚く時代ではない。しかし、兄妹で同じ女性を取り合っていたとしたら、さすがに、インモラルにも程があるだろう。

「驚いたな。でも、君は、その晩どうしていたの?」

「瞳とは夜中に海岸で会う約束をしていたんですが、眠かったし、まだ時間があると思って、つい、うとうとしてしまったんです。はっと気がついたときには、もう約束の時間をとっくに過ぎていました」

菜央は、細かい説明は省いて、いきなり核心に入る。

「あわてて、バンガローを出ました。森の中の真っ暗な道を懐中電灯で照らしながら、海岸へ急ぎました。どんなに遅くなったって、瞳がわたしを待っていることは、わかっていました。瞳は、そういう娘なんです」

バンガロー? 三人は一緒に泊まっていたということか? 疑問だらけだったが、作田は、黙って続きを待つ。

「ところが、その途中で、凄《すご》いスコールが降ってきたんです。わたしは、ガジュマルの木の下で雨宿りをしました。今考えても、悔しくてしかたがないです。なぜ、雨なんか気にしないで、瞳に会いに行かなかったのかって。彼女を救うには、間に合わなかったかもしれません。逆に、わたしも殺されていた可能性もありました。それでも、あのときすぐに行っていたら、もしかしたら、運命は変わっていたかもしれないんです」

菜央は、一瞬、激情を露わにしかけたが、すぐに冷静な口調に戻った。

「スコールは、すぐに止むだろうと思っていましたが、意外なくらい長時間降り続けました。どうしようかと思って、海岸へ続く道の方を見たとき、灯りが近づいてくるのが見えました。わたしは、とっさに自分の懐中電灯を消しました」

「それは、どうして？」

「勘が働いたとしか、言いようがありません。第一に、向こうから来るのが瞳でないことは、確信できました。彼女は、わたしを海岸で待っていたんです。わたしが必ず行くということは、わかっていたはずです。だから、そんなに早く引き返してくるはずがないんです」

「だが、様子を見に来ることなら、あり得たんじゃないかな？　あの道は、まず行き違いにはならないだろうし」

「あの道？」

「いや、つまり、一本道だったんだろう？　そうでなければ、夜中に懐中電灯の灯りだけで、行ったり来たりできるはずがない」

「それでもなお、あれは絶対に瞳ではあり得ませんでした。瞳は自由奔放な性格でしたけど、わたしとの約束だけは、破ったことも疑ったこともありませんでした。わたしが行くまでは、忠犬のように、その場を動かなかったはずなんです」

二人は、それだけ固い絆《きずな》で結ばれていたということが言いたいのか。

「ですが、だとしたら、向こうからやってくるのは、誰なんでしょうか？　こんな真夜中に、こんな人気のない場所をうろついている人間は、いったい何が目的なんでしょう？」

菜央は、言葉を切って、作田を見た。

ぞくりと、背筋に戦慄《せんりつ》が走った。この娘は、殺人者とニアミスしたのだ。しかも、それは、双子の兄だったのかもしれない。

「わたしは、息を殺して、ガジュマルの木の後ろに隠れました。たくさんの気根のおかげで、わたしの姿は見えなかったはずです。ですが、その状態では、わたしも相手の姿を見ることができませんでした。懐中電灯の灯りは、ゆらゆらと揺らめきながら、バンガローの方に戻っていきました」

菜央は、深い溜め息をつく。

「それが誰なのかも気になりましたが、わたしは海岸へと急ぎました。瞳に何かあったんじゃないかという胸騒ぎが止みませんでした。でも、絶対にそんなはずはないって、懸命に自分に言い聞かせながら。瞳は心細い思いをしている。わたしの顔を見たら、『遅い！』って叫んで、飛びついてくるはずでした。そうなったら、ひたすら謝ろうって、固く心に誓っていました。もう一度彼女の顔を見られたら、声を聞けたら、何でもするつもりでした」

菜央の声が、かすかに潤んだ。

「でも、真っ暗な海岸をいくら捜しても、彼女は見つかりませんでした。残されていたのは、彼女のサンダルと、中身がちょっとだけ残ったチューハイの空き缶と、百円ライター。それに、セーラム・ライトの吸い殻だけでした」

菜央は、声を詰まらせた。

作田は、精一杯の同情を込めて言う。

「そうだったのか。恐ろしく、悲しい経験をしたんだね」

「だが、私は少々混乱しているようだ。だから、教えてもらいたいんだが、君たちは三人で、沖縄旅行へ行ったの？」

「いいえ、違います。もう一度伺いますが、本当に、覚えていらっしゃらないのですか？」

菜央は、静かな目で作田を見返す。

「えっ、何のこと？」

作田は、得体の知れない不安に襲われていた。

「瞳が失踪したのは、俳句部で、沖縄合宿に行ったときなんですよ？　当時は、メディアにも騒がれたし、先生は、警察の事情聴取も受けられたはずですが」

「何を言ってるんだ。そんなはずが」

作田は、絶句した。

どうしたことだ。次々に、彼女の言ったことを裏付ける記憶が、よみがえってきたのだ。

エアコンが効いておらず、狭苦しい沖縄県警の取調室。目の前にはマジックミラーがあり、絶えず見えない視線に晒《さら》されている感覚があった。

傍若無人に押し寄せてマイクを突きつける、記者やレポーターたち。額に脂汗が光る深刻な表情の教頭と、顔面蒼白《そうはく》で今にも倒れそうだった校長。だが、さらに痛ましかったのは、顔を覆って泣き崩れていた、瞳の若い両親の姿だった。

「だが、ちょっと待ってくれ」

作田は、額に手を当てて、状況を整理しようと試みる。

「だったら、龍太郎くんと坂根さんが沖縄に婚前旅行に行ったという話は、真っ赤な嘘だったということかね？」

「申し訳ありません」

菜央は、深々と頭を下げる。

「先生には、いっさい先入観のないまっさらな気持ちで、これらの句を読み解いていただきたかったんです」

そんな馬鹿な……。まるで、それまでは堅固だと思っていた足下の大地が崩れ、底なし沼のようにズブズブ沈み込んでいく気分だった。

この娘は、何のつもりで、こんなふざけた真似をしているのか。

「あの事件は、私にも責任がある。忘れていたことは、本当に申し訳ないと思うよ」

不快感を伝えたいと思うのに、出てきたのは、哀れっぽい声だった。

「しかし、何度も言うがね、私は認知症なんだよ」

「本当にお気の毒です。人間には、どうしようもないことですから」

菜央は、同情しているように目を伏せる。

「でも、先生には、今一度、すべてを思い出していただきたいんです。瞳のために」

菜央は、しおらしく言う。どうして、それが坂根瞳のためになるのかはよくわからないが、作田はうなずいた。

「その他、わかっていることを、お伝えしておきます。わたしと待ち合わせをしていた晩に、瞳がバンガローを出るところを川本真帆《かわもとまほ》という生徒に目撃されています。缶チューハイを手に持っていたことも証言しています」

「その、川本さんは、坂根さんを止めなかったの？」

どんな生徒だったか思い出そうと努めたが、何の記憶もなかった。おそらく、これといって特徴のない不器量な娘だったのだろう。

「『ちょっと散歩してくる』から、絶対に誰にも言うなと、半ば脅しのような口止めをされたようなんです。しかし、翌朝になっても瞳が帰ってこなかったので、怖くなり、真帆は先生に報告しました」

「そうだったかな」

我ながら頼りない返事だと思うが、覚えていないものはしかたがない。

「先生は、俳句部員たちには予定通り俳句を作るようにと言い残して、合宿所の管理人さんと一緒に警察へ行ったはずです」

具体的な行動は思い出せないが、うっすらと、そのときの感覚がよみがえった。

背筋を気持ち悪く濡らす冷や汗。真夏の沖縄なのに、手足の先が氷のように冷たくなった。呼吸が苦しくなり、沸き上がるパニックを必死に押さえつけていた。

もちろん、教師としての責任感や、失踪した坂根瞳を心配する気持ちからだったと思うが、はたして、それだけだったのだろうか。

「先生は、警察の人たちと戻ってきましたが、その後のことは、あまりにもあわただしくて、よく覚えていません。合宿は打ち切りになって、わたしたちは、荷物をまとめて島を出ると、いくつかの便に分かれて東京に戻りました。……ですが、はっきりと記憶に残っているのは、あの朝早く、先生が」

「ちょっと、待ってくれ。その前に、君は、どうしていたんだ？」

作田の突然の質問に、菜央は首をかしげた。

「君は、深夜のうちに、坂根さんが姿を消したことを知っていたはずだ。なのに、どうして、そのことを誰にも言わなかったんだ？」

「言えませんでした」

菜央は、目を伏せる。

「怖くなったんです。真夜中に、何をしに海岸へ行ったんだって訊かれても、答えられないと思いました。それに、下手をしたら、わたしが犯人だって疑われるんじゃないかと」

「犯人？　その時点では、まだ、何があったかわからなかった。坂根さんは、生きていたかもしれないだろう？　だとすれば、事は一分一秒を争う。君は、バンガローに帰ったら、すぐに私に報《しら》せるべきだったんじゃないかね？」

「そうすべきだったと思います。でも、わたしの中では、確信があったんです。瞳は、すでに死んでいると」

「そんなことが」

どうしてわかるんだと、危うく声を荒らげそうになった。

「それに、先生に何も言えなかった理由は、もう一つあります」

菜央は、切実な声で続ける。

「わたしが森の中ですれ違った、例の灯りです。バンガローの方へ行ったのは確認しました。犯人はバンガローにいる誰かなのかもしれません。もしそうなら、うかつに誰かに話すことはできないと思ったんです」

……つまり、私もまた、容疑者の一人だったということなのか。

「しかし、犯人は、たまたま、そっちの方へ行っただけかもしれないだろう？　いくら何でも、合宿の参加者の中に犯人がいるはずがないとは思わなかった？」

「あの先は、バンガロー以外に、何もありません」

菜央の返答に、作田は、しばし二の句が継げなかった。

「なるほど。君がすぐに声を上げられなかった理由は、理解できるかもしれない。とはいえ、その後、機会はいくらでもあったはずだ。どうして、警察に行って、君が見たことを、すべて言わなかったの？」

「時がたつにつれ、ますます言いづらくなってしまったんです。報道も過熱する一方でした。瞳が何のために海岸へ行ったのかということが、焦点の一つです。そんな中、わたしたちが、女の子同士で逢い引きをしていたなんて、明かせると思いますか？」

たしかに、その状況で真実を告白するのは無理だろうなと、作田も思う。何一つ悪いことをしていなくても、興味本位の取材や、面白半分のネットのいたぶりで、人生をメチャメチャにされてしまうかもしれない。

「数日後、瞳の遺体が沖縄本島の海岸に打ち上げられているのが発見されました」

菜央は、低い声でつぶやいた。

「全裸でした。ラメ入りのブラウスも、ホットパンツも、下着も身につけていませんでした。海岸では脱ぎ捨てられた服は発見されなかったので、サンダルを脱ぎ、服のまま海に入ったのではないかと推測されました。溺れた後、波に洗われているうちに服が脱げてしまったのではないかと」

性的な話題とは程遠いというのに、妙に生々しく、作田は動揺した。

「問題は、事件性の有無でした。瞳は、夜中に遊泳していて、誤って溺れたのか。それとも、何者かに殺害されたのか」

菜央は、ここで言葉を切って、作田をじっと見つめる。

「残念なことに、わずか数日でヨコエビなどの食害があって、首に扼殺痕《やくさつこん》か索状痕があったかどうかはわかりませんでした。ですが、警察が注目したのは肺の状態でした。肺気腫《はいきしゅ》はなく、肺にはほとんど海水が入っていなかったんです。これは、典型的な溺死《できし》の所見とは異なっています」

そんな殺伐とした話は聞きたくなかったが、作田は、黙って受け止めるしかなかった。

「先生は、おそらく、この段階で事情聴取を受けられたはずです。どんなことを訊かれたか、覚えておられませんか？」

「だから、まったく覚えていないんだよ」

作田は、少し大きな声を出して抗議したが、反応はなかった。

「警察は、当初は、殺人も視野に入れて捜査をしていたようです。ところが、海岸の周辺には人が住んでおらず、観光客が来るような場所でもありませんでした。島には、素行不良者とか不審者の情報もなく、いっこうに容疑者が浮かんできませんでした」

菜央は、下唇を嚙む。

「さらに、肺にはほとんど水が入らない、乾性溺水の可能性が指摘されて、急速に事故という結論に傾いたんです」

「それは、何のこと？」

「人が溺れるときに、最初に気道に水が入ったショックから意識を失ってしまい、それ以上は肺に水を吸い込まずに溺死することです。多くは飲酒後の事故で、たとえ缶ビール一本でも、危険だということでした」

「坂根さんは、飲酒をしていた」

作田は、白い無精ヒゲの浮いた顎を撫《な》でた。

「缶チューハイ……それもストロング缶だったら、缶ビールよりもアルコール度数は高いな。その可能性は充分ありそうだね」

「先生は、なぜ、ストロング缶だったとご存じなんですか？」

菜央は、間髪を容れずに訊ねる。

「えっ」

作田は、虚を衝《つ》かれた。

「たしかに、瞳が手にしていたのは、ストロング缶だったようなんです。ですが、わたしは、缶チューハイと言っただけで、一度もストロング缶という言葉は使っていませんが」

「それは」

派手なデザインに、『ＳＴＲＯＮＧ』という文字が見えた……。そう言いかけて、すんでのところで思いとどまる。どこで見たんだと訊かれるに決まっているが、答えようがないのだ。そのときの状況は、何一つ覚えていないのだから。


再び、チューハイのストロング缶を手にした女の子の姿が頭に浮かんだ。

周囲は真っ暗だった。懐中電灯の光に照らし出された女の子は、背を向けて作田を無視し、暴言を吐く。

「もう、キモいって！　近づくな！　シッシッ！　あっち行け、馬鹿！」

そして、振り返りざま、まだ中身の入った缶を投げつけてきた。


馬鹿な。今のは何だ？　冷や汗が背筋を流れ落ちる。

いや、ただ記憶が錯綜しただけだ。何の関係もない過去の映像の一コマが、偶然符合したにすぎない。

「思い込みだろう」

作田は、苦しい言い訳をする。

「何となく、そう思い込んでしまったんだよ。過去に、飲酒をしていた生徒がストロング缶を持っていたのが、強く印象に残っていたせいかもしれない」

「そうですか」

「それより、龍太郎くんは、どうしていたんだ？」

作田は、菜央の矛先を転じようとした。

「坂根さんが失踪した夜中から、朝までの行動は？」

「なぜ、兄の行動をお知りになりたいんですか？」

「決まってるだろう？　犯人は、龍太郎くんだからだ！　彼の詠んだ俳句が、全部あきらかにしているじゃないか」

「そうですね。この句集にある句、特に先生が選び出した十三句を詠んだのは、まちがいなく犯人だと、わたしも思います」

菜央は、持って回った言い方をした。

「だったら、何が問題なの？　もう、謎は残っていないと思うが」

「いいえ、最後にまだ一つ、最も大きな謎が残っています」

この期に及んでも、菜央は頑固に言う。

「これらの句を詠んだ人間は、本当に兄だったんでしょうか？」

今さら何を言っているのかと、作田は訝った。

「お兄さんを疑いたくないという、君の気持ちはわかるがね」

「そういう理由じゃないんです」

菜央は、ふっと息を吐いた。

「あの晩何が起きたのかは、だいたいわかりました。でも、そこから導き出される犯人像に、どうしても兄が合致しないんです」

菜央の言葉に、作田は啞然《あぜん》とする。

「合致しないって？　どうして？」

「たとえば、兄の語彙《ごい》に『**解語の花**』や『**婚ひ星**』なんていう単語があったとは、わたしには、とても思えないんです」

「たまたま、どこかで読んだということもある」

「いいえ、兄は、漫画以外の本は読みません。他の句を見たってそうですし、だいたい、『皐月闇』という人物としか考えられないんです。詠み手は、もっと年輩で、かなりの知識のあるタイトルのセンスが、まったくそぐわないんです」

「しかしだね、ここにある句は全部、龍太郎くんの句集にあったんだし……」

「それは、嘘です」

菜央は、笑みを含んで言う。

「兄が作ったというこの句集は、わたしがでっち上げた偽物なんです。この十三句はすべて、先生が『野分』に発表したものだったんです。『皐月闇』とは、そのときの表題でした」

7

「ちなみに、この句集には、瞳の『ハートロック』の句以外に、合宿で俳句部員たちが詠んだ句がいくつか採用されています。『美《ちゅ》ら島』、『巨大魚』、『御城《グスク》』、『フクギ並木』などですね。先生は小学生レベルの写生句だと酷評されましたが、中学生らしいとっても素直な句で、わたしは好きですよ」

菜央は、白い歯を見せた。

「いいかげんにしないか！」

作田は、低い声で遮った。

「君は、私を騙《だま》して、嬲《なぶ》り者にするために、わざわざ訪ねてきたのか？」

「いいえ」

菜央は、きっぱりと答える。

「わたしが伺ったのは、先生に、すべてを思い出していただくためです」

「何を、馬鹿なことを言ってる」

作田は、一喝しようとしたが、声に力が入らない。

「先生は、『**うるまの島**』の句を見たときに、その後で起こることを濃密に予感させるって、おっしゃいましたよね？　それは、句のせいではありません。先生ご自身が、すべてをご存じだったからです」

「それは違う。私は何も」

「あの事件は、瞳の無分別な行動による事故として処理されました。引率者であった先生は、戒告処分を受け、俳句部も廃部になってしまいました」

菜央は、淡々と続ける。

「先生は、精神的に、相当参られていたようですね。しばらくは学校を休まれていましたが、その間はずっと、メンタルケアを受けられていたとお聞きしました」

「当然だろう。坂根さんのことは、ずっと責任を痛感してきたんだ」

さっきまで忘れていた、針のむしろのような日々がよみがえってくる。

無作法にいつまでもインターホンを鳴らし続ける記者や、スマホを手にした訳のわからない連中が絶えず玄関前をうろつき、日中からカーテンを閉め切った生活をせざるを得なかった。

苛々がつのり、家庭内も、しだいに一触即発の状況になった。

外なる地獄など、内なる本物の地獄と比較すれば、何ほどのこともなかったが。

「先生は、悪夢と不眠に悩まされて、いくつかの心療内科を転々とした後、中谷クリニックという精神科を受診していますね」

菜央の言葉に、作田は、愕然としながら思い出した。

覚えがあったのも、当然のことだろう。あの男には診察を受け、何度も顔を合わせている。あのときの医師が、中谷英人だったのだ。

考えてみれば、当然の話だ。薄くなった生え際とか、口元のしわ、脂ぎった皮膚などが、新聞の広告写真でわかるはずがない。

「わたしは、中谷先生にも会いに行ったんです。すべてをお話ししたので、わたしの危機感を共有してくださったんじゃないかと思います。残念なことに、守秘義務があるということで、詳しいことは教えてもらえませんでしたが、当時から、俳句を使ったセラピーを活用されていたそうですから、先生も、中谷先生に、鬱屈した思いを俳句で吐き出すよう勧められたんじゃないですか？」

「君は、どうして、私が受診した病院のことまで知ってるんだ？」

「先生が、句と一緒に『野分』に載せたエッセイで読みました」

思い出せなかった。だが、書いたかもしれない。

「先生は、俳句の形でこっそり犯行を告白し、奇跡のように悪夢と不眠から解放されました。真実は誰にもわからないと高をくくられていたんでしょう。ところが、好事魔多しでしたね。抑圧が一時的に取り除かれたことで、先生の中に潜んでいた悪魔も、再び解き放たれてしまったんです」

悪魔だって？　私のことを、いったい何だと思ってるんだ？

「先生が、新入生の女の子にプリントを運んでほしいと頼んで、国語準備室の中へ誘い込み、レイプまがいの猥褻《わいせつ》行為をはたらいたのは、それからすぐのことでしたよね？」

「何を、馬鹿馬鹿しい。デタラメを言うんじゃない！」

だが、作田の脳裏には、涙を浮かべて非難する治子の顔が浮かんでいた。

それまでは我慢してきたが、教え子に悪戯《いたずら》して、懲戒免職になってしまった作田に対して、心底激怒しているのだ。

治子は、その日のうちに家を出ていってしまった。二日後には、離婚届が郵送されてきた。作田がそれに捺印《なついん》し、役所に提出して以降は、二度と顔を見ていない。

「母は、そのときには、すでに癌を患っていましたが、ある筋から、その話を聞いたんです。先生が、『作田賤男《しずお》』という俳号の同人であることは知っていたので、先生の句とエッセイが載った号の『野分』を読んで、恐ろしい疑惑を抱きました。母は、自ら学校に出向きました。そして、すぐに先生の正体を見破ったんです。帰ってくるなり、わたしにこう言いました」

菜央は、そのときの会話を、まるで舞台劇のように再現する。

「あの男が、本当に、あなたたちのいた俳句部の顧問をしていたなんて。身の毛がよだつわ。あいつは、最低の屑《くず》というだけじゃなくて、危険な怪物なのよ。あなたは、絶対に近づいたらダメだからね。わかった？」

「だけど、わたし、このままほっとくなんてできないわ！　瞳のことを考えたら、どうしても許せないの！」

「女が、たった一人で、狡猾な男に立ち向かおうと思えば、ときには、修羅にも悪魔にもなる必要があるのよ？　あなたに、そこまでの覚悟がある？」

「母は、理不尽な男社会の中で、ずっと闘い続けてきました。ですが、ここまで激烈な表現で誰かを非難したことはありませんでした。そんな母の言葉には、千鈞《せんきん》の重みがあったんです。それでも、わたしは、『はい』と答えました」

菜央は、微笑んだ。

「先生は、ほどなく、懲戒免職になりましたね。女の子の両親が、表沙汰にすることを望まなかったので、世間的には依願退職という名目で」

作田は、言葉を返すことができなかった。

「母は、亡くなる前に病室から親しい同人たちに電話をかけ、先生の正体を伝えたようです。先生は、満座の中で、生徒に対する猥褻行為について糾弾され、結社を追われたそうですね。そのときは、どんなお気持ちでしたか？」

私は、『野分』の同人だった。あの日までは。かすかな記憶がよみがえる。

激しい罵倒と怒号。全員から向けられた敵意と白眼視。耐えがたい屈辱にまみれて、結社を退会しなければならなかった。

あれは全部、萩原麻子の差し金だったのか。

「待ってくれ。たしかに、私は、あらぬ誤解を受けて結社を退会することになったが、すべて濡れ衣《ぎぬ》なんだよ！　信じてもらえないとは思うが、あの娘の方から誘ってきたんだ」

作田は呻いた。

「女の子の方から？　そうですか」

菜央は、また白い歯を見せる。

「では、瞳のときはどうだったんですか？　彼女も、先生を誘ってきたんですか？」

「冗談はやめてくれないか！　私は、何もやっていない！　君は、あんな俳句だけで、私を、人殺し呼ばわりするのか？」

作田は、たまりかねて叫んだ。

「君の解釈は、憶測というにも値しない。ただ単に妄想を膨らませただけだ！　それ以外に、何の根拠もないじゃないか」

「根拠はあるんですよ。わたしが、この目で見ましたから」

「何のことだ？」

菜央は、目を上げた。

「瞳がいなくなった翌朝、早くのことです。わたしは一晩中、一睡もできませんでした」

作田は、彼女の目を凝視した。いったい何を言うつもりだ？

「窓から外を見たとき、先生が佇んでいる様子が見えたんです。あんな姿の先生を見るのは、初めてでした。肩を落とし、目もうつろで、すっかり憔悴《しょうすい》しきった様子でした」

「それは、しかし、当たり前のことだろう？　生徒が一人、いなくなったんだよ？」

作田は、反論しようとした。

「いいえ」

菜央は、冷たくシャットアウトする。

「わたしが先生の姿を見たのは、真帆が瞳のことを先生に告げるより、前のことなんです」

頭をハンマーで殴られたような衝撃があった。

「わたしは、とても信じられない、というより、信じたくない気持ちだったんだと思います。ですから、ただの気のせいだと思い込もうとしていました。母から先生の俳句について聞き、真相を確信するまでは」

「そんな……違う、私は」

作田は絶句し、しばし沈黙が訪れる。

この娘は、いったい何者なのだろう？

見たところは、初心で真面目そうだし、礼儀正しくて、年長者の懐に飛び込むのがうまい。

その実、腹の中では何を考えているのか、まったくわからない。

一つの情景が、作田の意識に浮かび上がった。


林の中に佇む菜央が目に入る。

沖縄合宿の光景。事件が起きる前日の朝だ。

「どう？　いい句はできた？」

「なかなか、うまく詠めないんですが」

中学生の菜央は、はにかみながら句帳を差し出す。

だが、そこに書かれていた句は、一見して意味がよくわからなかった。

夏の朝小鳥が叫ぶ金の網

どうやら、菜央には、『小鳥』が秋の季語だという認識はないらしい。

メルヘンチックな句に見えるが、『金の網』というのは、何のことだろう？　太陽の光が、プールに反射でもしているのか？

「あれです」

菜央が指さした方に視線をやったが、何も見つからない。

「朝からずっと、林の中で句材を探していたんです。すると、一羽のメジロが、異常なくらいうるさく鳴いているのに気づきました」

「どうしたのかな？」

「ジョロウグモの金色の網に、かかっていたんです！　ジョロウグモは怖いくらい大きくて、すばやい動きで近づいてくると、メジロを糸でぐるぐる巻きにしてしまいました」

そんなことがあるのだろうか。ジョロウグモの仲間は、たしかに金色がかった網を張るが、いくら何でも、小鳥を獲物にできるほど大きくはないはずだ。

しかし、そう考えたとき、作田は、クモの姿を視界に捉えた。ふつうのジョロウグモとは、サイズがまるで違う。すぐそばには、無残に糸に搦め捕られた小鳥の死骸《しがい》があった。

「あれは、沖縄産のオオジョロウグモですよね？　それに、巣にかかっている小鳥は、たぶん、リュウキュウメジロじゃないでしょうか」

菜央は、得意げに教えてくれた。


今の私は、あのときの、メジロのようなものなのかもしれない。

作田は、身体が痺《しび》れるような感覚に襲われていた。

それから、はっと気がついた。紅茶やコーヒーに何かの薬を混入されていたのではないか。何か、致命的な毒物……トリカブトかフグ毒のような？

思わず、空になったコーヒーカップを凝視する。

「そんなふうに疑われるのは、心外です。飲み物には、何も入っていませんから。紅茶にも、コーヒーにも」

作田の心を読んだように、菜央は笑う。

「もっとも、水割りには、鎮静剤の代わりに、ウィスキーをかなり多めに入れておきました。

あくまでも、万一のための用心ですので」

作田は、がっくりと座椅子に身をもたせかけた。

「わたしが、なぜ先生を告発しなかったのか、おわかりになりますか？」

菜央は、真顔になって作田を見つめた。

「弁護士さんにも相談しましたが、有罪にできる見込みがないからです。物証は何一つ残っていませんし、俳句や、わたしの目撃証言だけでは、起訴も難しいということでした。しかも、その代償は大きなものになります。逢い引きのことを明かせば、わたしは、一生、世間からの好奇の視線に晒され、いたずらに瞳のご両親を苦しめるだけの結果に終わったでしょう」

作田は、のろのろと首を横に振った。やめてくれ。もう、聞きたくない。

「なので、先生には、生涯、この罪を背負っていただこうと決めたんです。命のあるかぎり、瞳を殺したという事実と向き合い続けるのが、先生に科された唯一の罰なんだと」

菜央は、深く嘆息した。

「わたしは、毎年、瞳の命日には、先生に花をお贈りすることにしたんです。よくご存じの、アイリス・オクラレルカです。アイリスは、お察しの通り、瞳のことです。沖縄にちなんで、わたしが選んだんですが、本来なら、七月には咲かない花ですから、花屋さんに手配するのも一苦労でした。少しは、瞳を偲ぶよすがになったでしょうか？」

作田は、はっとした。

毎年七月になると、送り主が不明の、アヤメに似た花束が届くようになったのを思い出す。気になって花言葉を調べると、「よい便り」、「メッセージ」、「希望」だった。

最初のうちは花瓶に入れて飾っていたが、それが誰かからの「メッセージ」かと思ったら、しだいに名状しがたい恐怖を覚えるようになり、すぐにゴミ箱に捨ててしまうようになった。

なぜそんなことをするのかは、自分でも、よくわからなかったのだが。

「そして、ちょうど瞳が亡くなっただろう時刻に、先生に電話をかけました」

作田は、目を見開いた。そうだ。あれは……あの声は。

「瞳の動画は、二人でどこかに遊びに行くたびに、たくさん撮っていましたし、いくつかは、音声ファイルも残っていました。それらを編集して、先生に、瞳の声のメッセージをお届けしたんです。夜の波音をバックに入れて」

作田は、身震いする。


若い女の声は、電話口で名乗りもせずに、開口一番、「ヤッホー、息してる?」と訊ねた。作田が呆気にとられていると、「あれからさ、ずっとここにいるんだよ」とか、「ここは、マジ暗いよ」、「うちに帰りたい」などと、わけのわからないことを口走っている。

それが坂根瞳の声であると気付いた瞬間、頭の中が真っ白になった。我に返ったときには、恐怖のあまり、黒電話を壁から引きちぎり、投げ捨てた後だった。


「ですが、どうやら、薬が効きすぎたようですね。それっきり、電話も通じなくなってしまいましたし」

菜央は瞑目した。

「同窓会で、先生が認知症になったという噂が流れたのは、その後でした。同窓会の幹事が、退職教員の名簿を作るためこちらに伺ったそうですね。先生は、名目上は依願退職でしたから、幹事は事情を知らなかったんでしょう。先生は、目もうつろな状態で玄関口に現れて、幹事がたまたま『沖縄の事件』に言及すると、驚くほど激昂されたとか」

ぼんやりとした記憶がよみがえった。やはり、あれで一気に噂が広まったのか。

「それを聞いたとき、わたしは心配になったんです。先生が、すべてを忘れ去ってしまったら、瞳は浮かばれません」

「違う。君が言ってることは、全部、誤解なんだ」

作田は、力なくつぶやいた。

「ええ、誤解でしたね。通いのヘルパーさんにお伺いすると、先生は、物忘れが多くなって、病院で軽度の認知障害と診断されたそうですが、思考力は以前と変わらずしっかりしているという感想でした」

まるで探偵のように、私の身辺を調べたのか。

「それで、わたしは、先生を直接お訪ねして、確認してみたんです」

いったい、いつの話だ。何一つ、覚えていない。

「そして、衝撃を受けました。先生は相変わらずの博覧強記ぶりでしたし、中学校のこととか俳句部のこと、わたしのこともはっきり覚えていたのに、沖縄の合宿で瞳が行方不明になった事件だけは、まったく思い出せない様子でしたから」

「……そんなことが。私は、何も。ちょっと待ってくれ」

しかし、菜央には、作田の言葉は聞こえていないかのようだった。

「それで、中谷先生にご意見を伺ったんです。すると、あくまでも一般論ということですが、先生のように、頭部の外傷や病変などの理由がないのに、過去の特定のエピソード記憶がすっぽりと失われているのは、トラウマによる解離性障害が原因である可能性が高いということでした」

トラウマ？　何のことだ？　冗談は、やめてくれ。

「要は、思い出したくない不快な記憶を、無意識の奥に封印したということなんでしょうね。ですが、原因が心理的なものなら、記憶をよみがえらせることもできるはずです。わたしは、先生の記憶をこじ開ける鍵を探しました。すると、先生は、自作の俳句をいっさい思い出せなくなっていることがわかったんです。だとしたら、鍵は俳句以外にはないはずだと、わたしは確信しました」

そのために、わざわざ、こんな手の込んだ茶番を仕組んだというのか。

「わたしは、先生ご自身に、『野分』に発表した俳句を読み解いていただくことにしました。その過程で、封印された記憶がよみがえるのではないかと期待して。ところが、それは容易な道のりではありませんでした。肝心な部分に来ると、先生は無意識に真実を忌避するらしく、別の解釈に逃げようとするんです。どんなに正しい道に引き戻そうとしても、最初のうちは、わたしの貧弱な俳句の知識では先生を論破できず、簡単に言いくるめられてしまいました」

最初のうち？　何のことだ？

「それでも、そのときに得た知識を武器に変えて、次から次からは、徐々に反論できるようになってきたんです」

「待ってくれ。君は、いったい何を言ってるんだ？」

作田は混乱して叫んだが、菜央は、かまわず続けた。

「当時は、今では考えられないようなトラブルもあったんですよ。一度、先生が激昂されて、危険な状態になりました。そのときは裸足《はだし》で逃げ出すしかありませんでしたが、次回からは、兄に近くで待機してもらっています。兄が中学生のとき、瞳を好きだったのは本当でしたし、どうせニートで暇ですから。ちなみに、わたしがさっき電話していた相手が兄です」

では、龍太郎が自殺したというのも、真っ赤な嘘だったのか。

いや、そんなことは、どうでもいい。それより、さっきから、この娘が言っていることが、さっぱり理解できないのだ。

待てよ。もしかすると……。作田の頭の中で、ゆっくりと思考が焦点を結ぶ。

「つまり、こういうことなのか？　君が訪ねてきて、さっきみたいに俳句の解釈をしたのは、今日が初めてではないと？」

唇が震えているのを感じる。

「その通りです」

菜央は、あっさりと肯定する。

「それも、一度や二度じゃありません。まったく覚えていらっしゃらないと思いますが」

作田は、絶句するしかなかった。

「ですから、キッチンの勝手ならば、治子さんと同じくらいよくわかっています。それから、お隣の奥さんとも、すっかり顔見知りです。おそらく、わたしのことを、今どき珍しいくらい先生思いの生徒だと思われているでしょうね」

菜央は、うっすらと笑みを浮かべた。

「そもそも、不思議には思われませんでしたか？　どんなに先生の調子が良かったとしても、俳句を見た瞬間に、あそこまで自在に発想を広げて、立て板に水のように、深層に迫る分析を語れたことを」

……そのことは、たしかに、奇跡のように感じてはいたが。

「先生は、わたしの訪問からしばらくたったら、すべてを、きれいに忘れてしまうようです。不都合な真実に耐えられない心が、記憶を消去してしまうんでしょうね」

すべてを忘れる？　そんな馬鹿なことが。

「でも、俳句を分析した筋道や関連する知識は、記憶の片隅に残っているのかもしれません。そうでなければ、過去に考察したすべてのシナリオが瞬時によみがえって、当意即妙な解釈をすることはできなかったでしょう」

菜央は、おかしそうに笑った。

「もちろん、わたしの方も、次に言うべきセリフならわかっています。わたしたちの論戦は、ほぼ台本通りの二人芝居だったんですよ。息が合っていたと思いませんか？」

作田は、喉から嘔吐《えず》くような音を発した。あり得ない。まさか、こんなに馬鹿げたことが、現実に起きるなんて。

「その一方、わたしは、最後の鍵となる一句を探し求めていました。先生の句帳のどこかに、必ず書き留められているはずだと信じて。ですから、先生がトイレに立たれたタイミングで、書斎の本の山の中を、少しずつ探していたんです」

菜央は、ショルダーバッグから、一枚の紙を取り出した。

「ようやく、見つけました。そこの壁に作り付けになった扉の奥に、日記帳や句帳が山積みになっていますよね。その一番下にありました。最後の句帳の、最後のページに」

作田は、物入れのある壁に目を走らせた。何を見つけたというんだ？

菜央は、にっこりと笑い、ちゃぶ台の上にそっと紙を置いた。

「これが、先生の記憶の扉を開ける最後の鍵——先生の絶筆となる一句です」

……いったい何だ、これは？

印字された句を見た瞬間、作田は驚愕に目を瞠《みは》った。

私が、本当に、こんなものを詠んだというのか。まさか。そんな、あり得ない。

しかし、その光景は、圧倒的なリアリティで立ち上がると、たちまち作田の脳裏を占拠してしまった。

俳句を凝視している作田の身体は、小刻みに震え出す。

「ようやく、すべてを思い出されたようですね」

菜央は、静かに言う。

「他の句には隠蔽や偽装が施されていますが、真実を告白して良心の呵責《かしゃく》を和らげるためには、発表はできなくても、どうしても、この一句が必要だったんですね」

菜央の声が、少しだけ潤んだ。

「見つけたときには、泣いてしまいました。瞳が、あんまり可哀想だったんで」

作田は、がっくりとうなだれた。どこまでも、真綿で首を締めるつもりなのか。

「……君は、いつまで、こんなことを続けるつもりなんだ？」

そう訊ねている自分の嗄れ声が、ひどく遠くに聞こえる。

「いつまででしょうか。先生がご存命なかぎり、お伺いしようと思っています」

菜央は、立ち上がった。

「過去に、先生が何をなさったのかを、思い出していただくために」

菜央は、コーヒーカップやタンブラーをキッチンへ持っていく。洗い物の音が響いてきた。戻ってくると、ケーキの紙箱をたたんでショルダーバッグに入れて、テキパキと、訪ねてきた痕跡のすべてを消していった。

「お邪魔しました。それまでは、どうぞお元気で」

していきます。次はいつになるかわかりませんが、また、先生の講釈を伺うのを楽しみに
菜央は、書斎の戸口で深々と一礼し、そっと部屋を出ていった。ひそやかな足音が、廊下を遠ざかっていく。

玄関ドアの蝶番《ちようつがい》が軋む音。そして、閉まる音が聞こえた。

作田は、彫像と化したかのように、身じろぎもしなかった。

慚愧。悔恨。今さらながら、あり得たかもしれない別の現在を渇望する。別の生い立ちと、別の嗜好《しこう》。そして、まったく別の人生を送っていたら。

何度も自首することを考えたが、どうしても、それだけはできなかった。

晒し者になって、余生を恥辱と苦痛の中で送るくらいなら、もはや生きている価値はない。

さりとて、死ぬ勇気も湧いてこなかった。


しばらくすると、意識がぼんやりとして、記憶が曖昧になってきた。

ただ、深い悲しみと底知れぬ喪失感のような感情だけが、残像のように漂っている。

作田は、無意識にちゃぶ台の上の紙を握りつぶし、ゴミ箱に捨てた。

さっきまで、何をしていたんだろうか。

エアコンを付けっぱなしだというのに、空気には、かすかな残り香がある。コロンのような。

今日は珍しく、誰かが訪ねてきたような気がする。

もしかしたら、俳句の話でもしていたのかもしれないが、気のせいだったのか。

戸外では、長梅雨がさらに勢いを増して、激しい雨音を立てながら屋根を打ち続けていた。

翳っていた日も没しかけており、書斎は闇に呑み込まれつつある。

作田は、陰鬱な色をした聚楽壁《じゆらくかべ》に、じっと目を凝らした。

すると、ぼんやりと浮かび上がってくる映像があった。

まだかすかに温かい、ぐったりした少女の身体を抱え、真っ暗な海に入っていく。

まるで夢の中にいるように、星明かりで顔の輪郭はわかるものの、表情までは判別できない。

しかし、手を離した瞬間、黒髪が海藻のように広がって、少女の顔がほの見えたようだった。

見開かれたままの眼球が、うっすらと白く光ったような。

少女の亡骸《なきがら》は、墨汁のような海水に没していく。

皐月闇水漬《みづ》く少女のまなこかな

ぼくとう奇譚

1

銀座《ぎんざ》の石畳は、朝からしとしと降り続く梅雨で濡《ぬ》れそぼち、ポツポツ点灯し始めたネオンが鈍く反射して、独特の風情を醸し出していた。

たしか、このあたりだったはずだ。木下美武《きのしたよしたけ》は、いつものように見当を付けて歩いていく。生来の方向音痴で、いつも目的地に着くまで無駄に歩き回ることが多かったが、桑原清吉《くわばらせいきち》は、例のごとく文句も言わずに付いてくる。

あった。関東《かんとう》大震災以降、あまり見なくなった煉瓦《れんが》造りのビルに、控えめなホーロー看板が見つかった。飾り文字で『カフェー・パピヨン・ノワール』と書かれている。

「ここだよ」

内心ほっとしながら入ると、シックな内装の店内は、七分くらいの入りだった。

「いやあ、さすが美《よし》さんの行きつけは、違いますね。なかなか洒落《しゃれ》た店じゃないですか？」

清吉は、どっかりと椅子に腰掛けると、女給の注いだ黒ビールを旨《うま》そうに飲んだ。

「このところ、銀座のカッフェーは雨後の筍《たけのこ》みたいに増えましたけど、中身ときたら、どこも似たり寄ったりですもんね」

「なに、行きつけってほどじゃない。まだ二度目だ」

美武は、腹話術のように、ほとんど口を動かさないで言う。黙っているときは、苦み走った好男子だと自任しているが、嚙《か》み合わせが悪く顎《あご》が少しく左右にずれているため、いつしか、そういう喋《しゃべ》り方が習い性となっていた。

「先日、小雨が降り出したとき、たまたま前を通りかかって、雨宿りのつもりで飛び込んだんだがね」

「はあー、そいつが物怪《もっけ》の幸いだったとは。美さん、やっぱり有卦《うけ》に入ってますね」

清吉は、物珍しそうに店の中を見回した。

「しかし、『カフェー・パピヨン・ノワール』とは、恐れ入ったね。カッフェーの名前なんて、『ライオン』とか『タイガー』とか、ひと言で分かり易いってのが相場だろう」

「あら、清《せい》さんは、この意味、お分かりになりませんの?」

清吉の隣に座った、松代《まつよ》という小太りの女給が、揶揄《からか》うような視線を向ける。

「馬鹿言っちゃいけないね。こう見えて、フランス語くらい、お手のものだ。『黒い蝶《ちょう》』って意味だろう?」

「御名答よ」

美武の正面に座っていた美都子《みつこ》が、美武のグラスに琥珀《こはく》色のウヰスキーと炭酸水を注ぐと、優雅な手つきでマドラーを入れて搔《か》き混ぜる。美武は、しばし彼女の白い指に見とれた。

「あすこにある綺麗《きれい》なガラス瓶が、名前の由来なの」

美都子の指した飾り棚の上には、小ぶりのガラス器が置かれていた。表面には、たしかに、黒い蝶らしき模様が見える。

「なーる。あれが、『パピヨン・ノワール』ってわけか」

清吉が、合点して手を打つと、美都子はかぶりを振った。

「いいえ。あのガラス瓶の名前は、『パピヨン・ドゥ・ニュイ』――『夜の蝶』っていうの」

「『夜の蝶』か。いいねえ。エプロン姿の、姐《ねえ》さんたちのことかい？」

清吉は、松代の肩に手を回して燥《はしや》いでいたが、美武は、ふと別のことを思い出していた。

「どうなすったの？」

美都子が、ハイボールを、美武の前に置きながら、不思議そうに訊《き》く。

「いや。夢を見たんだよ。先日、この店に来た晩……黒い蝶の夢だ」

美武は、告白する。

松代が、はっとしたように口に手を当てた。

「まあ、素敵」

美都子は、にっこりと微笑む。

「だったら、きっと、ご縁があるんじゃなくって？」

「そうかもしれないが、昔から、黒い蝶は、死者の魂だとも言うからね」

「あら、案外、迷信深くていらっしゃるのね」

美都子は、着物の袖《そで》で口元を隠すようにして笑う。

「あのガラス器、ちょっと興味があるね。何だか、夢に出てきた蝶にそっくりなんだ。ここへ持ってきて、見せてくれないか？」

「それは駄目。壊しちゃったら、取り返しが付きませんから」

美都子は、にべもなかった。

「何だい。まさか、ガレの作品って訳でもないだろう？」

美武は、ハイボールを一口飲み、左目を眇《すが》めてガラス器を見た。

「……しかし、そういえば、パリ万博に出品されたガレの作品とも、ちょっと似てるな」

「美さんって、すごいのねえ」

松代が、尊敬のまなざしで見る。

「美術にも、造詣《ぞうけい》が深いなんて」

「当たり前だ。美さんは、ジレッタントだからな」

清吉が、得意げに鼻の穴を膨らませた。

「あっ、荷風《かふう》先生よ。ほら、『つゆのあとさき』を書いた」

松代が、小声で美武に告げる。店の入り口に現れたのは、つば広帽子に背広、丸眼鏡をかけ、蝙蝠傘《こうもりがさ》を持った六尺豊かな大男だった。

「へっ！　女好きの作家先生かい。遊興三昧《ざんまい》、放蕩《ほうとう》三昧を書き散らしたら金になるんだから、まったく、いい商売だよな」

清吉が毒づくと、聞こえたらしく、永井《ながい》荷風が、ジロリとこちらを睨《にら》んだ。

「叱《しっ》！　聞こえてるわよ」

松代が、慌てて清吉の袖を引く。

「ふん。大先生、銀座人種なんだか、浅草《あさくさ》人種なんだか、まったく節操がねえや」

清吉の毒舌は止まらない。

「タイガーが馴染《なじ》みだったのに、最近じゃ、すっかり玉《たま》の井《い》に入り浸りだそうじゃないか？　おおかた、女がいりゃあ、どこでもいいんだろうよ」

まるで自分のことを言われているような気がして、美武は少し不愉快になったが、玉の井は出禁のような状態になっているし、今では銀座人種を標榜《ひょうぼう》しても、罰は当たらないだろう。

「ねえ、それより、美さんの見たっていう夢のお話をしてくださらない？」

話題を変えようとしてか、美都子が、美武に訴えるような目を向けた。

「ああ。そうだな。なに、たいした夢じゃない」

美武は、またハイボールを一口飲んで、唇を湿した。

「林の中を歩いているんだ。軽井沢《かるいざわ》みたいな。すると、黒い蝶が、ひらひらと樹冠のあたりを飛んでいるのが見える。私は、何とはなしに、その後を追うんだよ」

「その夢って、もしかしたら……」

松代が言いかけたが、美都子が強引に口を挟む。

「かまくら蝶なんじゃないかしら？」

松代が、変な顔をして美都子を見た。

「うちの方じゃ、よくそう言うのよ。鎌倉《かまくら》武士の怨念《おんねん》が、黒い蝶になって現れるんですって」

美都子は、澄まして言う。

「へっ！　木曾義仲《きそよしなか》じゃあるまいし、美さんは鎌倉武士に恨まれる筋合いなんてねえよ！」

清吉は、早くも悪酔いの体《てい》だ。

「それで？　その後、どうなったの？」

清吉を制するように、美都子が訊《たず》ねる。

「うん。私は、どこまでも黒い蝶を追いかけるんだ。だが、木立の間を見え隠れするだけで、どこまで行っても追いつけない」

美武は、言葉を切った。その後は、どうなったんだろうか？　記憶はおぼろで、はっきりと思い出すことはできない。しかし、何か良からぬことが起こったのは、たしかだった。

店内に流れていた『ビロードの月』が終わった。ジョーン・クロフォードふうの短髪にした女給が、蓄音機に新しいSPレコードをかける。

〽月が鏡で　あったなら

恋しあなたの 面影を
夜毎うつして 見ようもの
こんな気持ちで いるわたし
ねえ 忘れちゃいやヨ 忘れないでネ

渡辺《わたなべ》はま子《こ》の『忘れちゃいやョ』だ。今年最大のヒット曲だったが、「娼婦《しょうふ》ノ嬌態《きょうたい》ヲ眼前ニ見ルゴトキ官能的歌唱デアル」として、内務省から発売禁止処分をくらったばかりである。

「……それから、黒い蝶を見失うんだが、その後は、よく思い出せないな」

美武が沈黙すると、美都子が、俄然《がぜん》興味がわいたように身を乗り出した。

「でも、何だか、とってもロマンチックなお話ね。きっと、その黒い蝶って、美さんの想い人なんじゃないかしら？」

「いや。むしろ、運命の女《ファム・ファタール》とでも言うべきだろうな」

美武は、シニカルな調子で言う。

「黒い蝶に導かれる先は、おおかた断崖《だんがい》絶壁か、あるいは、もっと恐ろしい場所かもしれん」

「どうして、そう思うの？」

美都子は、首を傾げる。

「どうしてかはわからん。ただ、はっきりと、前途に暗雲が垂れ込めているのを感じた」

美武は、ぐいっとハイボールを飲み干した。

「暗雲だったら、年始めから、垂れっぱなしでしょう」

清吉が、いつものごとく、おだを上げ始める。

「帝都じゃあ、あの不祥事件ですよ。岡田《おかだ》首相は狙われるし、高橋《たかはし》大蔵大臣は殺《や》られるしで、こりゃあもう、前代未聞の非常事態じゃないですか？」

昭和十一年二月二十六日、皇道《こうどう》派の陸軍青年将校らが、千五百名に近い下士官・兵とともに蜂起《ほうき》し、「君側《くんそく》の奸《かん》」と見なした政府要人を襲い、永田町《ながたちょう》や霞ヶ関《かすみがせき》などの一帯を占拠したが、昭和維新を目指す彼らの主張は天皇に撥《は》ね付けられたため、首謀者らは自決や投降を選んだ。その直後に非公開の軍法会議が行われ、近々判決が下ることになっている。

「そこへもって来て、先月にゃあ、阿部定《あべさだ》事件だ。俺も、局所が縮み上がっちまいましたよ。まったくもって、女は怖いや」

清吉は、そう言っている間に何か怪《け》しからぬ振る舞いをしたらしく、松代の肩に回した手をぴしゃりとやられていた。

「……それに、つい此間《こないだ》には、皆既日蝕《にっしょく》も」

美都子が、ハイボールのおかわりを作りながら、独り言のようにつぶやく。

「ほう。日蝕に興味があるのかね？」

美武は、意外に思って顔を上げた。

「聞いた話ですけど、日蝕の光は穢《けが》れていて、見たり浴びたりするのは良くないんですって。昔から、日蝕の間は天皇陛下はお籠《こ》もりになり、御所も蓆《むしろ》で包むんだそうよ」

「そりゃ、まずいね。私なんぞは、わざわざ網走《あばしり》くんだりまで見に行った口だが」

美武は苦笑する。高等遊民、数寄者《すきもの》をもって任じているが、特段、天文に興味があったわけではなかった。にもかかわらず、今年の皆既日蝕だけは何としても見なくてはならないという不可解な衝動に駆られて、列車に飛び乗ったのである。

「へっ。日蝕の光を見たら穢れちまうってんなら、観測隊の連中はどうなるんだい？」

清吉は、話には付いてきているらしく、茶々を入れた。

「日頃から正しい生き方をしている人には、そんなに影響はないそうなの。でも、過去に何か悪い行いをした人は、その罪障が炙《あぶ》り出されるとか」

「罪障か。……私も、これまで、あまり褒められたことはしてこなかったからな」

美武は、新しいハイボールに口を付ける。

「もう！　さんざん、女の子を泣かせてきたんでしょう？」

「そんなこともあったかな」

美武の脳裏に、一瞬、暗い映像がひらめいた。

稲光に照らされた、幼い女の子の泣き顔のようだ。しかし、それも、すぐに消えてしまう。あれは、いったい何だったんだろうか。思い出そうとしてみたが、なぜか記憶に霞《かすみ》がかかったように、ぼんやりしている。

それから、しばらく談笑して、美武と清吉は御神輿《おみこし》を上げた。美都子は、是非また来てね、きっとよと言って、柔らかい手で美武の手を握った。

お見送りを受けて店を出るとき、永井荷風が、女給相手に熱心に話し込む声が耳に入った。

「……それなんだが、妙なことにね、黒い蝶なんだ」

「へえ、そうなの」

ぽっちゃりとした女給は、何か意味ありげに同僚と目を見交わす。

「僕の周りを、しきりに飛び回るんだがね、そのうち飽きて飛んでいってしまったんだよ」

「先生。それなんですけどね、どういうわけだか、最近《また》」

女給の返答を聞きたいと思ったが、すでに敷居を跨ぎ越しつつあったので、美武はそのまま外に出た。

「作家先生も、今、黒い蝶だとか言ってましたね」

清吉も、気になったらしく、小声で言う。

「ああ。世の中、偶然というのはあるものだな」

「偶然ですかねえ」

清吉は、納得がいかないという顔だった。

「待たれよ！」

背後から、およそ銀座には似つかわしくない胴間声《どうまごえ》が聞こえた。

振り返ると、ギョッとするような異相の男が仁王《におう》立ちしていた。異臭がしそうな汚れ放題の修験《しゅげん》装束に身を包み、蓬髪《ほうはつ》は鳥の巣のごとく、猿にそっくりな金壺眼《かなつぼまなこ》を怒らせ、汚い乱杭歯《らんぐいば》を剝《む》き出している。

「お主、このままでは死ぬぞ！」

男は、唾《つば》を飛ばしながら、とても正気とは思えない表情で喚《わめ》いた。

「構わねえで、行きましょう」

清吉は、美武の袖を引き、その場から立ち去ろうとする。美武もうなずき、踵《きびす》を返しかけた。

「此《こ》の所、幾夜となく、夢に黒い蝶が現れたであろう！」

男の言葉に、美武は、ギクリとして立ち竦《すく》んだ。清吉も、横で呆然《ぼうぜん》としている。

「なぜ、そのことを？」

美武は、振り向いて、口ごもりながら訊ねた。

「黒い蝶が、お主を導く先は、地獄の他ない！」

男は美武に、木の根のように節くれ立った人差し指を突きつける。

もしかすると、この男は、さっきカフェー・パピヨン・ノワールの店内にいたのだろうか。

美武は、たじろぎながら考えた。そうだったとすれば、黒い蝶の話を小耳に挟んでいても、おかしくはないが。

いや、それはあり得ないと、すぐに考え直す。この男の風体でカフェーに入れるはずがない。少なくとも、ちょっとした騒ぎにはなっていただろう。

「儂《わし》は、お主の話を立ち聞きなどしておらぬ」

男は、まるで美武の心を読んだように答える。

「黒い蝶は、死者の魂なのだ。今も、お主の周りを舞っておる。それが見えんらしいな」

美武は、ギョッとして周囲を見回したが、もちろん何も見えない。

「ひょっとして……」

ずっと胡乱《うろん》な目で男を凝視していた清吉は、はっとしたようだった。

「失礼かと思いますが、あなた様は、賀茂日斎《かもにっさい》先生で？」

「いかにも」

賀茂日斎と呼ばれた男は、鷹揚《おうよう》にうなずく。

「美さんは、ご存じないですか？　この方は、高名な千里眼の行者様ですよ。新聞で御写真を見たことがあります」

突然何を言い出すんだと、美武は腹を立てた。この昭和の御代《みよ》に、千里眼だの行者だのと、時代錯誤も甚だしい。

「さる筋から聞いたんですがね、実は、四年前の『玉の井バラバラ殺人事件』も、日斎先生が解決なすったという話なんですよ」

清吉は、内緒話をするように声を潜めた。『玉の井バラバラ殺人事件』とは、玉の井にある通称「お歯黒《はぐろ》どぶ」から、バラバラになった男の死体が発見された事件で、「バラバラ殺人」という言葉が広まるきっかけとなった。当時は、江戸川乱歩《えどがわらんぽ》や浜尾四郎《はまおしろう》が、新聞紙上で推理を披露したことでも話題になっていた。

清吉の言う「さる筋」とは、おおかた居酒屋で意気投合した酔客だろうが、この見るからに胡散臭い男が本物の千里眼であるとは、とうてい思えなかった。

「無論、死にたいのなら、無理にとは言わん」

日斎は、傲然《ごうぜん》とうそぶいた。

「所詮《しょせん》は、お主が蒔《ま》いた種だからな。だが、もし来年の初日の出をこの世で見たいのならば、今この時が正念場だ。どうするかは、お主が決めよ」

瞬間、美武の背筋に冷たい戦慄《せんりつ》が走る。すべてを見通されていると直感したのだ。

……だが。

あらためて日斎を上から下まで睨《ね》め回して、考える。

やはり、どこからどう見ても、ただの浮浪者だ。「黒い蝶」のことを言い当てたとはいえ、果たして、こんな訳のわからない男の口車に乗っていいものだろうか。

2

庭で雨に濡れて咲き乱れている数十本の庚申薔薇《こうしんばら》が、三人を出迎えた。

女中のお梅《うめ》は、出てきて日斎を見たとたん、鼠を思わせる貧相な顔に怯《おび》えを表した。

「だいじょうぶだ。この方は、賀茂日斎先生とおっしゃる行者様だよ」

清吉が、笑顔で落ち着かせる。子供のように小柄なお梅は、泣き笑いのような表情を見せ、そそくさと引っ込んだ。

「ふむ」

日斎は渋面で、木下家先祖伝来の屋敷を観察していた。

「結界を張ろうにも、あまりに広すぎるか。……うん？　ここは何だ？」

指さしたのは、こぢんまりした草庵《そうあん》風の離れだった。

「三戸《さんし》亭《てい》と申しまして、私の書斎のようなものです」

美武の説明に、ギョロリと目を剝く。さぞ罰当たりな名前だと思ったのだろう。

三戸とは、道教で言う人間の体内にいる虫のことで、様々な病気を引き起こしたり、欲望を掻き立てたりするほか、庚申の日には宿主の悪行を天帝に告げ口し、寿命を縮めるとされる。いわば、美武の快楽主義に殉じる覚悟を示した命名だった。

「お主は、当分の間、ここに起居せよ。日中には外出してもかまわんが、日が没する前には、必ずここへ戻るのだ」

「どうしてですか？」

「それと、あのカフェーには、二度と行ってはならん」

日斎は、勝手にどんどん決めてしまう。

これには、清吉の方が不服顔になった。

「黒い蝶は、どうやら、あそこから発しておる」

日斎は、詳細については語らなかった。

「よいか。本日より、四十九日間の物忌みを行う」

やれやれ、これではまるで『吉備津《きびつ》の釜《かま》』ではないかと、美武は思った。

あれはたしか、『雨月《うげつ》物語』の一篇だ。妻だった磯良《いそら》を裏切って、怨霊に怯える正太郎《しょうたろう》が、お堂に籠もるシーンである。

ちょっと前まで銀座のカフェーで楽しく呑《の》んでいたというのに、あれよあれよという間に、江戸《えど》時代の怪談の世界へ迷い込んでいく。二十世紀も中葉に差し掛かっているのに、黒い蝶の祟《たた》りから逃れるために庭の離れに籠城《ろうじよう》するというのは、どう考えても正気の沙汰《さた》ではない。

「墨と朱墨《しゆずみ》、硯《すずり》を二面、清浄な水、それに筆を二本に、半紙を用意せい。百枚は必要だ」

言われたとおりにすると、日斎は、墨を摩《す》り、半紙に奇妙な図案を描き始めた。

これは、いったい何だろう。反対側から覗《のぞ》き込みながら、美武は、顔をしかめた。

放射状の線にのたうつような歪《いびつ》な同心円が交わっており、漁網のようにも見えるのだが、あまりにも下手糞《くそ》なので、子供の落書きとしか思えなかった。

日斎は、そこに梵字《ぼんじ》のようなものを朱書きすると、テキパキと指示をする。

「さっきの女中を呼び、桶《おけ》一杯の糊《のり》と、刷毛《はけ》を二本持ってこさせよ。お主らは、雨戸を閉め、この御札を裏側に貼るのだ」

「これは、いったい何の絵でしょうか？」

清吉が、恐る恐る訊ねる。

「わからんか？　蜘蛛《くも》の巣だ。蝶は本能的に蜘蛛を恐れる。この御札を貼った結界の中には、けっして入ってこられんはずだ」

日斎は、自信たっぷりに断言した。

美武は、半信半疑のまま、日斎の描く御札を貼り、暮夜になって三戸亭に籠もる。

その御札の意外なまでの効力を実感したのは、夜半過ぎのことだった。

なかなか寝付けず、ようやくうとうとした頃、また夢に黒い蝶が現れた。

いつものように母屋の周囲を巡って、主の不在に気づいたのか、三戸亭へとやって来たが、今までと違うのは、いっこうに中に入ってこないことである。

黒い蝶は、しばらくの間は未練がましく周囲を飛び回っていたが、そのうち、諦《あきら》めたように飛び去っていった。

これは、果たして御札の効き目だろうか。美武は、夢境を彷徨《さまよ》いながら考えていた。

これまでなら、いつのまにか黒い蝶に誘い出されて、気がついたら林の中を歩いているのが常だった。黒い蝶は、やはり蜘蛛の巣を恐れたのかもしれないと思う。

美武は、得体の知れない異相の行者を信用して、少なからぬ額の謝礼を前渡しした。

それから一週間ほどは、何事もなく過ぎた。夢の中では、毎晩のように、黒い蝶が三戸亭に近づいてくるのを感じるが、結局は、そのままいなくなってしまう。

これなら、何とかなるのではないか。

そもそも、黒い蝶が何なのか、いったいどんな恨みを買ったばっかりに、こんな目に遭っているのかもわからない。記憶の片隅で、危険信号のようなものがずっと点滅しているのだが、何があったのかまでは思い出せなかった。

いずれにせよ、四十九日我慢すればすむのなら、蟄居《ちっきょ》に甘んじようと思う。謹慎明けには、大盤振る舞いの豪遊で、思う存分鬱憤《うっぷん》を晴らすことを楽しみにして。

だが、ある朝、旅支度をして現れた日斎は、難しい顔で二人にこう告げる。

「懇意にしている住職から、憑《つ》き物《もの》落としの依頼があった。先方はかなり困っているらしく、儂は急遽《きゅうきょ》、奥州《おうしゅう》に向かわねばならん」

「へっ？　でも、物忌みの方は、どうなるんで？」

清吉が、素っ頓狂《とんきょう》な声で訊く。

「今まで通りにしておれば、何も心配はいらんだろう。早ければ、四、五日で帰ってくる」

ぶっきら棒に言い残して、日斎は旅立ってしまった。

「先生、まさか謝礼だけ取って、フケる気じゃないでしょうね？」

それまで日斎に心酔していた清吉も、疑いの眼差《まなざ》しになっていた。

「明治の修験道廃止令からこっち、山伏連中は、相当干上がってるようですからね」

「まあ、しばらく様子を見てみよう」

美武は、清吉を宥《なだ》める。黒い蝶の夢を見たと言い当てた上、御札でそれを撃退したことは、紛れもない事実なのだから。

その晩も、またその翌晩も、特に何事もなく過ぎた。

二日目の朝、美武は、三戸亭から出てくると大きく伸びをし、雨戸を戸袋に仕舞っていた。すると、玄関前の掃き掃除をしていたお梅がやってきた。

「旦那《だんな》様。お客様です」

「客だって？　こんな朝早くから、いったい誰だ？」

「お坊様です」

お梅は、かすかに頬を赤らめ、うっすら笑みを湛《たた》えて言う。おや、と美武は思った。お梅は人見知りが激しく、日斎でなくても、たいがいの客には怯えた顔を見せるのだが。

「日斎様の代理とかで、にっしん様とおっしゃってます」

「おはようございます。……おや、どうかしたんですか？」

母屋に泊まっていた清吉が、寝ぼけ眼で、浴衣《ゆかた》の胸元から手を入れて、ボリボリと搔き毟《むし》りながら訊ねる。

「坊さんらしいんだが、日斎先生の代理らしい」

美武は、少し迷ったが、座敷に通すようお梅に言った。

こざっぱりした恰好《かっこう》に着替えてから座敷に行くと、長身の僧侶《そうりょ》が端座していた。

なるほど。お梅が赤くなるだけのことはある。美武は、後ろ姿を一目見て唸《うな》った。質素な墨染めの衣に身を包んでいるが、姿勢は若々しく自信に満ち、青々とした剃《そ》り跡にも、どこか爽《さわ》やかな香気のようなものが感じられる。

正面に回ってみると、明眸白皙《めいぼうはくせき》、眉目《びもく》秀麗で、まるで絵に描いたような美僧である。

「早朝より突然押しかけまして、大変ご無礼を仕《つかまつ》りました」

僧侶は、読経で鍛えたらしいよく通る声で言い、惚《ほ》れ惚《ぼ》れするような仕草で頭を下げる。

「私《わたくし》は、摂津国《せっつのくに》の利提寺《りだいじ》という破《や》れ寺《でら》の住職で、日晨《にっしん》と申します」

「それは、ご丁寧に。日斎先生の代わりにいらっしゃったとか？」

「はい。やはり、お二人だけにしておくのは心許《こころもと》ない。一つ、物忌みに付き合ってくれぬかと言われましたもので」

そうだったのかと、美武は合点した。日斎先生は、やはり心配してくれていたのだろう。

「そういえば、日斎先生は、懇意にしている住職から憑き物落としを頼まれたとおっしゃっていましたが」

「はい。日斎殿には、以前より、ご厚誼《こうぎ》をいただいておりましたので」

日晨は、白い歯を見せた。

「それで、日斎殿が出立されてから、特にお変わりはございませんか？」

「はい。平穏無事です」

「それは何よりです。……実は、こちらに伺ってから、ずっと気になっていることがあります。貴方《あなた》を少し霊視させていただきたいのですが、差し支えございませんか？」

「それは、もちろん。よろしくお願いします」

日晨は、素早く膝行《しっこう》して美武に近づくと、額に右手をかざして瞑目《めいもく》した。

「う……む。これは！」

日晨の色白の顔が紅潮し、眉宇《びう》に緊張が走ったが、そのまま動かなくなってしまう。

「あの、何か、わかりましたか？」

しばらくたってから、美武は、遠慮がちに訊ねた。日晨は、目を開いたものの、相変わらず何も言おうとはしない。

「あの。日晨殿？　何が」

日晨の目が、ギラリと光った。

「この痴《し》れ者めが！」

母屋を揺るがすような大声に、美武は竦み上がった。

「お前が犯したのは、万死に値する大罪だ！」

「どうしたんです？」

襖《ふすま》を開けて、清吉が飛び込んできた。ずっと聞き耳を立てていたのだろう。

「いったい何故《なにゆえ》、日斎殿がお前を救おうとなさったのか、私にはとんと解《げ》せんな。遠からず、お前は怨霊に取り殺されるだろうが、それも自業自得だ。首を洗って待っているがよい」

日晨は、冷然と言い放つと、立ち上がった。

「やい、この野郎！　いったい何てことを言いやがるんだ！　困ってる人を救うのが、坊主の務めじゃねえのか？」

喧嘩《けんか》っ早い清吉が腕まくりしたが、見上げるような長身の日晨に、殴りかかるのを躊躇《ちゅうちょ》しているようだった。

「ま、待て」

美武は、必死に清吉を押しとどめる。

「この方のおっしゃるとおりだ。俺はたしかに、過去に、許されない過ちを犯してきた」

頭の中に、封印してきた記憶が溢《あふ》れ出す。どれも、思い出すだに醜悪な行為ばかりである。その中でも特に……いや、どれ一つとっても、呪われてもおかしくないだろう。

美武は、日晨の前にひれ伏した。

「上人様。償いは、いずれ必ず行うつもりです。どうか、私をお救いください！」

「美さん！　そんな真似をする必要なんかねえよ！　日斎先生も、おっしゃってただろう？　ここに籠もってりゃ、だいじょうぶなんだ！」

「然《さ》にあらず！　日斎殿は、修験道の知識しかおありではないのだ。憑き物落としの類《たぐ》いなら得意かもしれんが、このような呪いから身を守るには、甚だ心許ない」

日晨は、深刻な表情で続ける。

「黒い蝶は、悪霊などではなく、お前に何かを警告しに来ているのかもしれぬ。だとすれば、真に恐ろしいものは、この後《のち》にやって来るはずだ。そのときは、日斎殿の描いた紙切れでは、とうてい防ぐことなどかなわぬだろう」

「そ、そんな」

美武は、震え上がった。

「お前がかけられているのは、密教と陰陽道《おんようどう》の奥義を究めた者による複雑精緻《せいち》な呪詛《ずそ》なのだ。胸に手を当てて考えてみよ。心当たりがあろう」

日晨の発する一言一言に、脳髄を錐《きり》で突き刺されるような痛みを感じる。だが、これこそ、紛《まが》う方なき真実の証《あかし》なのではないだろうか。

今の今まで安心しきっていたが、突如として、奈落《ならく》の底に突き落とされた気分になった。

「では、いったい、どうすれば助かるのでしょう？」

「まずは、黒い蝶のもたらす知らせを見てみよう」

日晨は、憂いの籠もった目で美武を見やる。

「そのためには、日斎殿の描かれた御札をすべて剝《は》がすのだ」

「でも、そんなことをしたら、その、真に恐ろしいものってのが来たとき、守りがなくなるんじゃないですか？」

清吉は、美武に倣って、日晨に対する態度を素早くあらためたようだ。

「その心配は無用だ」

日晨が頭陀袋《ずだぶくろ》から取り出したのは、分厚い護符の束だった。二本の角を生やした鬼のような絵姿が描かれており、寺号はないものの朱印が押してある。

「角大師《つのだいし》の護符だ。疫病が流行したときに、慈恵《じえ》大師良源《りょうげん》が、自ら夜叉《やしゃ》の姿に変じて疫病神を追い払ったという故事にちなんでおる」

美武は、以前と同じように、お梅を呼んで桶一杯の糊と刷毛を用意させた。お梅の態度は、心なしか日斎のときよりも張り切っているように見える。

「お前は、昼間は以前と同様に遊び歩き、日没後のみ離れに籠もっているようだな。それでは、物忌みにならん」

日晨に厳しく叱られ、美武は身を竦《すく》めた。

「よいか。蟄居して斎戒沐浴《さいかいもくよく》し、蓄妾淫奔《ちくしょういんぽん》はもとより、あらゆる遊冶放蕩《ゆうやほうとう》、沈湎冒色《ちんめんぼうしょく》を止め、払暁から深夜までひたすら経を唱えるのだ。そこまでやってこそ、初めて、真に身を慎んだと言えるだろう」

「そ、そうですか……いや、よくわかりました」

美武は、閉口したが、今さら嫌とは言えない。

自分に、本当に、そんなことができるだろうか。とても無理な注文に思えるが、今のままで何とかなるだろうというのは、たしかに虫がよすぎる気もする。

「今言ったことを、よく聞いておったか？　蓄妾淫奔は止めよと申したのだ」

その様子を見ていた日晨は、重ねて釘《くぎ》を刺す。

「は？　私は、どこにも妾《めかけ》を囲ったりはしておりませんが？」

「あのお梅という女中は、手懸《てか》けであろう」

美武は、がっくりと頭《こうべ》を垂れた。

どうやら、すべて、お見通しのようだ。いつも怯えた鼠のようにおどおどしているお梅は、けっして器量よしとは言えないが、数えで十九という年の割には小柄で、抱いたら折れそうなくらい痩《や》せこけており、美武にしかわからぬ堪《たま》らない魅力があった。

まだ執着は強かったが、泣く泣く暇を出すことにする。お梅も、さぞ悲嘆に暮れるだろうと思いきや、まとまった額の手切れ金を手にするや、むしろサバサバした様子で荷物をまとめて出て行った。美武の身の回りの世話には、清吉の紹介で、近所に住む六十過ぎの寡婦に通ってもらうことになった。

三日が経過した。

美武は、欲求不満が昂《こう》じて爆発しそうになっていたが、まだ何とか自制心を保っている。

日晨上人（いつしか、美武はそう呼んでいた）は、足繁くやってきては美武を叱咤《しった》激励していたが、あくまでも日斎の代理という理由で、何度申し出ても謝礼は固辞した。その姿勢も、美武が信頼を寄せる一因になっている。清吉はというと、抜きがたい不信感が、ときおり顔に表れてしまっていたが。

そして、また毎晩のように、黒い蝶が夢に現れるようになっていた。

梅雨に濡れる林。黒い蝶に導かれて歩いていると、そびえ立つ古い楼閣が、遠くに見える。あそこに行ってはいけない。そう思いつつ、しだいに引き寄せられてしまう。

「その楼閣は、この世のものではない。何者かの強力な呪詛により現れたるものだ」

夢の話を聞いた日晨上人は、厳かに託宣する。

「この先どんなことがあっても、絶対に登楼してはならん」

「でも、黒い蝶は何かを警告してくれるんじゃなかったんですかい？　どうして、美さんを、そんな恐ろしいところへ連れていくんで？」

清吉が、口を挟んだ。

「黒い蝶が正か邪かは、未《いま》だ判別がつかぬが、その楼閣が、邪悪な悪霊の巣窟《そうくつ》であると示しているのかもしれん」

日晨上人は、ジロリと清吉を睨む。

「今度その楼閣が夢に現れたら、一度門前まで行ってから『喝！』と叫び、引導を渡すのだ。それから、きっぱりと踵を返し、南無阿弥陀仏《なむあみだぶつ》を唱えながら元来た道を戻りなさい」

それが、唯一の呪いを撥ね返す方法なのだろう。美武は、真剣にうなずいた。

「それ以外は、行住坐臥《ぎょうじゅうざが》において、ただの一瞬たりとも、その楼閣のことを考えてはならん。思い浮かべるごとに、悪霊は力を増すことになる」

日晨上人は、さらに指示を付け加える。

しかし、それがとうてい無理であることは、すぐにわかった。考えまいとすればするほど、そのことを考えてしまうのが、人という生き物の性《さが》なのだ。

その晩に見た夢では、前よりも楼閣に近づいたようだったが、それ以上の進展はないままに目が覚めた。

翌日、日晨上人は、風呂敷《ふろしき》包みを持って三戸亭に現れた。

「これからは、夜寝る前に、これを着用するのだ」

日晨上人が畳の上に広げたのは、黒紋付きと袴《はかま》だった。やれやれ。いったい何が悲しくて、こんな堅苦しい恰好をして寝なきゃならないんだろう。美武は、こっそり溜《た》め息をつきかけ、ポカンと口を開けた。

この紋付きは、いったい何だろう。

青みがかった深い黒色の紋付きだが、正式な五つ紋でも両胸を略した三つ紋でもなかった。紋があるのは背側の四箇所だけで、しかも、白く染め抜かれたままではなく、わざわざ朱色に染められているのだ。

「この紋は、魔を祓《はら》う辰砂《しんしゃ》で染められている」

日晨上人は、自慢げに説明する。神社や鳥居が朱色に塗られているのも、魔除《まよ》けのためだと聞いたことがあった。

「背紋は、ご先祖様の加護を表す。通常は上部に一つだけなのだが、『四本抱き角』の紋の、左右一対になった鹿角を左右に離し、それを上下に二つ並べて死角のない配置にしてある」

「しかし、これは、木下家の家紋ではありません」

美武は、困惑して訊ねた。

「両親が亡くなってから見る機会もありませんでしたが、たしか、『四本抱き角』ではなく、『対《むか》い揚羽蝶紋』だったはずです」

「『四本抱き角』の紋は、奈良の春日《かすが》大社の神鹿《しんろく》に由来する。鹿は、危険を敏感に察知して、素早く逃げることもできるし、いざとなれば向き直って角で戦うこともできる。お前にとり、これほど頼りになる象徴もないはずだ」

日晨上人は、まったく動じない。ならば、間違えたわけではないのだろう。

「それに、今は、揚羽蝶の紋は避けねばならん。理由は、言わずともわかるな？」

たしかに、黒い蝶が敵なのか味方なのかわからないのに、変に同調してしまうような紋は、まずいのかもしれない。

他人の家紋を背負って、ご先祖様から加護が得られるのかは、甚だ疑問だったが。

「枕は、これを使うがいい」

次に日晨上人が風呂敷包みから取り出したのは、陶《とう》製の枕だった。

「時代は不詳だが、古代中国のものと伝えられている。陶でできた枕は、頭を冷やし、寝姿を正すことによって、邪気を遠ざけるのだ」

「はあ」

美武は、有り難く枕を受け取る。思ったより重く、ひんやりとした手触りだった。

おや、この絵は……？　美武は、枕の青い染め付けを見て、眉《まゆ》を顰《ひそ》める。

中国の文人風の人物が、酒に酔ったのか脇息《きょうそく》に凭《もた》れて目を閉じている。

その頭上を何かが飛んでいるようだが、茶色い汚れがこびりついているせいで、よくわからなかった。

3

美武は、昔のように、玉の井の銘酒屋《めいしや》を冷やかしながら、ぶらぶらと歩いていた。

「あら、旦那。ここまで、いらっしゃいな」

「もう、すっかりお見限りね」

「お湯《ぶ》だけ上がってよ」

方々から声をかけられるが、曖昧《あいまい》に会釈して通り過ぎる。

玉の井も、久しぶりだなと思う。そういや、この辺りに足が遠のくきっかけがあったような気がする。何だっただろう。なぜか血相を変えて怒鳴っている婆《ばあ》さんの顔が浮かんできたが、どうせ、業突《ごうつ》く張《ば》りの遣《や》り手《て》婆《ばばあ》が、金欲しさにごてていたに違いない。

「おや、旦那。これから、なかかい？　お安くないね」

ここは玉の井のはず。吉原《なか》は隅田《すみだ》川の向こうだ。なぜ、そんなふうに思うのか。

すると、自分が、歌舞伎の『助六《すけろく》』のような黒紋付きを着ていることに気がついた。

『助六由縁江戸桜《ゆかりのえどざくら》』では、黒の紋付きに紫の鉢巻で颯爽《さっそう》と登場した助六が、廓《くるわ》の女たちの嬌声を一身に浴びて、我先にと吸付莨《すいつけたばこ》を差し出されるが、さしずめ助六にあやかろうとしているとでも思われたらしい。

だが、自分の着ているのは、紋付きとはいえ、五つ紋でも、両胸を略した三つ紋でもない、紋があるのは背中だけで、しかも白い染め抜きではなく朱色に染められている。

……そうだ。これは、魔除けのため、寝る前に着るよう言われた紋付きだった。

夢の中では、現実の意識が稀薄《きはく》になっていたが、何とか思い出すことが出来た。

これさえ着ていれば、よもや間違いはなかろう。

美武は、『ぬけられます』、『ちかみち』、『ぬけみち』などと書かれた看板から、狭い路地に分け入っていった。

看板。提灯《ちょうちん》。格子窓から誘う女たち。今まで一度もそんなふうに思ったことはなかったが、どれも、まるで食虫植物のように、獲物を誘い込もうとしているのではないか。

〽昼はまぼろし 夜は夢
あなた……さわぐの
こんな気持……
ねえ忘れちゃいやヨ忘れないで……

途切れ途切れに、渡辺はま子の歌声が聞こえてくる。

いったい、何を忘れるなというのだろうか。

美武は、細く入り組んだ路地を歩き続けた。永井荷風が「ラビラント」と呼んだだけあり、玉の井の路地は、迷宮そのものである。行けども行けども、果てしがなかった。

『うらみち』という看板が目に入る。『うらみ』の三文字だけが、ぼんやりと浮き上がり、脳裏に焼き付いた。

いつの間にか、周囲の様子は一変して、靄《もや》に包まれている。人気《ひとけ》のない林の中を歩いているようだ。振り返っても、もはや、どこから来たのかわからない。

木々は梅雨に濡れており、黒い蝶が、林冠の間に見え隠れするように飛んでいる。あれは、かまくら蝶なのだろうか。しだいに、何か不吉なものに近づいていく感覚があった。

蝶を追って歩いていると、遥《はる》か遠くに、そびえ立つ古い楼閣が見える。行ってはいけないと思いつつも、しだいに引き寄せられてしまった。

夢魔に魘《うな》されているように寝苦しく、美武は、寝返りを打った。ほんの一瞬、現実の身体の感覚が意識に入り込んでくるが、すぐに消えてしまう。

林の中を進んでいくと、木々の間から、『都留波美楼《つるばみ》』と金文字で書かれた、扁額《へんがく》のような木看板が見えてきた。

続いて、建物そのものも、ゆっくりとその全貌《ぜんぼう》を現す。

見上げながら、美武は度肝を抜かれていた。

木造らしいが、何層とも知れぬ巨大な楼閣だった。関東大震災までは浅草のシンボルだった凌雲閣《りょううんかく》など、比較にならないくらい高く見える。

古刹《こさつ》のように荘厳でありつつ、軒下には、ずらりと赤提灯が並んでおり、遊廓《ゆうかく》らしい淫蕩な雰囲気も漂っていた。

玉の井はおろか、吉原《よしわら》にさえ、いや、よしんば唐天竺《からてんじく》から遠く波斯《ペルシャ》や亜剌比亜《アラビア》まで、ありとあらゆる紅灯の巷《ちまた》、魔窟を探しても、ここまで鴻大宏壮《こうだいこうそう》なる妓楼《ぎろう》があるとは思えない。

庭には樹齢百年は超えていそうな櫟《くぬぎ》の大木が聳《そび》え立っている。見上げると、途中から霞がかかったようになっており、その辺りから枝も幹も楼閣と一体化しているようだった。

これは、とうてい、人が足を踏み入れていい場所ではない。どう見ても、人外の魔境としか思えなかった。

ここは、言われたとおり門前まで行き、引導を渡してから、引き返すよりないだろう。

美武が門前に佇《たたず》んだときだった。背後から、カチャカチャと硬いものがぶつかるような音が聞こえてきた。

振り返ると、驚いたことに、黒光りする鎧兜《よろいかぶと》に身を包んだ大兵《だいひょう》肥満の武将らが、すぐ後ろに肉迫していた。

「邪魔じゃ！　退《の》けい！　さいかち組じゃっ！」

人間離れした大音声《だいおんじょう》に、思わず身が竦んだ。

猛牛のように殺到してくる巨人たちを、やり過ごす場所も見当たらない。美武は、大慌てで門内に飛び込むしかなかった。

だが、そこで再び立ち竦んでしまう。眼前には、戦国時代の合戦場に迷い込んだかのような光景が広がっていたからだ。

櫟の大木の真下に陣取りながら四方を睥睨《へいげい》しているのは、うっすらと光る憲法黒《けんぽうぐろ》の甲冑《かっちゅう》に、鹿の角のような大鍬形《おおくわがた》を振り立てた、これも見上げるような巨軀《きょく》の武将たちである。

「我ら、おおしか組に刃向かう者は、一刀両断にしてくれるわ！」

櫟の木の下に、『甘露の井』と墨書された立札がある。武士たちは、どうやら、この井戸を巡って争っていると見えた。

おおしか組の周囲を取り囲んでいるのは、風に靡《なび》く『戮殺同心《りくさつどうしん》』という旗指物を背負った、剽悍《ひょうかん》な武士団だった。黄漆塗りの頭形兜《ずなりかぶと》に、眦《まなじり》を裂いた仁王の総面頰《そうめんぼお》、黄と黒の虎縞《とらじま》の胴が、異彩を放っている。

「おおくま党に抗《あらが》わば、鏖《みなごろし》の憂き目に遭うぞ！」

そこに割って入る機を窺《うかが》っているのは、朽葉色の鎧を着けた細身で長身の武将たちだった。漆黒《しっこく》の鎖網で眼帯のごとく両目を覆った奇態な風体で、二本角の脇立《わきだて》は異様なまでに細長く、途中いくつも竹のような節がある。

「疑義。疑義。……てんぎゅう一族に相まみえし、今日がうぬらの百年目」

さらに、かなり小柄ではあるが、煌《きら》びやかな金や緑金色の鎧兜に身を包んでいる武将らも、かなり距離をおいてだが、盛んに気勢を上げていた。

「儂らは、どうがね衆じゃ！　鋭！　鋭！　応！」

その真っ只中《ただなか》に突如として現れたのが、さいかち組の武将らだった。利剣が中央にそびえる雄大な三ツ鍬兜と、黒漆塗りの輝く甲冑は、ここでも圧倒的な存在感を放っている。

巨大な体軀を持つさいかち組の武将らは、ずかずかとおおしか組の陣に踏み込んでいき、『甘露の井』を奪い取らんとする構えだった。これを迎え撃つ武将たちは、いったんは勢いに押されて後退したものの、すぐさま失地を回復せんと前に出る。敵味方が入り乱れて無秩序に動き回りながら、一触即発の様子となった。刀の鞘《さや》がわずかに触れただけで、たちまち激昂し、相手を突き飛ばしたり投げ飛ばしたりしている。特に、さいかち組とおおしか組は、よほどの因縁がある不倶《ふぐ》戴天《たいてん》の仇敵《きゅうてき》らしかった。

おおくま党の武者たちも、完全に臨戦態勢となり、「勝ち、勝ち」と叫びながら、抜刀して周囲を飛び回っている。

様々な意匠の鎧兜に身を包んだ武将らは、ますます熱《いき》り立ち、ついには丁々発止と剣を交え始めた。さらには、同じ集団の中でも頻繁に小競り合いを起こし、それが殺し合いに発展することすらあった。

乱暴狼藉《ろうぜき》と言うもおろか、もはや烏滸《おこ》の沙汰、狂気の沙汰であり、この場に居合わせたのが不運と思うよりないだろう。

美武とて、それなりに修羅場は潜《くぐ》ってきており、寝るときにも懐には匕首《あいくち》を呑んでいるが、恐ろしくて、とても近寄れない。かといって脱出の途も見当たらず、歯の根も合わぬままに、ただ隅っこの方に身を寄せて、気配を消していた。

「若旦那。若旦那」

小声で呼ばれ、袖を引かれる。

「いらっしゃいまし。ようこそのお運びで。あたくし、幇間《ほうかん》の木廻六助《きまわりろくすけ》と申します」

黒紋付きの羽織を着た男が、腰を折って諂笑《てんしょう》を浮かべていた。目が大きく剽《ひょう》げた面つきで、大きな腹回りの割には、手足が妙に細長い。

「あちらの殺気立ったお武家様方にゃあ、お構いなく、ささ、どうぞ、こちらにお上がりを。若旦那のために、取っときのお席を用意してございますんで」

渡りに船だった。美武はほっとして、木廻の後について楼閣に入った。

意外と小ぶりな玄関から長い廊下の奥まで、ずっと緋毛氈《ひもうせん》が敷き詰められていた。廊下には一定の間隔で行灯《あんどん》が点《とも》されていたが、穴蔵のように薄暗く、森閑と静まりかえっている。

階段を上っているときに、畝織りのような洒落た縦縞が入った、木廻の羽織が気になった。揚羽蝶の紋が付いている。平 清盛《たいらのきよもり》や織田信長《おだのぶなが》も用いた紋であり、木下家の紋とも似たところがあった。

「……この紋からすると、おまえは平家《へいけ》の末裔《まつえい》なのかい？」

「とんでもない。木廻風情にゃ痴《おこ》がましい限りで。だいたい、幇間の着る紋付きってもんは、まず自分ちの紋じゃございません」

木廻は、慌てたように手を振って、打ち消した。

「大概は、ご贔屓《ひいき》さんにいただいた羽織なんでございますが、これには、揚羽《あげは》屋の紋が入ってございます」

「置屋かい？　そいつはまた、豪儀なことだな」

どうやら、親戚《しんせき》筋ということはなさそうだった。ここでは、花魁《おいらん》に加えて、幇間まで置屋が抱えているのだろうか。

途中、太鼓橋のような空中回廊を渡って、黒光りする廊下を奥へ奥へと進んでいく。

目の前に、花と蝶が描かれた襖が現れた。

『胡蝶《こちょう》の間』という表札が掛かっている。

木廻が、膝《ひざ》を突いて襖を開けると、こぢんまりした座敷が姿を現した。

ここは、客を最初に遊女と引き合わせる、引付座敷《ひきつけざしき》なのかもしれない。そう思って見ると、間口こそ狭いが鰻《うなぎ》の寝床のように奥が深く、向こうの襖は闇に閉ざされている。

静まりかえった座敷の中には誰もいなかった。木廻は、慣れた手つきで行灯に火を点すと、

「へい。しばしお待ちのほどを」と言って姿を消してしまった。

座敷の奥の襖は、行灯を点してもなお光があまり届かず、薄ぼんやりとしか見えなかった。向こうには何があるのか気になったが、近づくのが憚《はばか》られる。すっかり手持ち無沙汰になってしまった美武は、行灯のかすかな灯《あか》りに照らされた床の間の掛け軸に目をやった。

美しい蝶が舞う絵の横に、典雅な書体で「夢為胡蝶　栩栩然《くくぜん》胡蝶也」と書かれているようだ。『胡蝶』という言葉が二度も出てくるから、たぶん、これが『胡蝶の間』の謂《いわ》れだろう。

ふと、何かが頭の中で警鐘を鳴らした。

ここにいてはいけない、今すぐ引き返せ。そう告げているような気がする。

美武が浮き足立った瞬間、何の前触れもなく、奥の襖が左右に引き開けられた。向こうには、眩《まばゆ》いまでに明るく、広大な座敷が広がっている。

「若旦那。たいへん、お待ち遠様でございました。ささ、どうぞ、こちらへ」

木廻が膝を突き、満面の笑みで美武を招き入れる。

美武は、言われるままに立ち上がると、灯蛾《とうが》のように光に向かって進んだ。

部屋は、信じられないまでに奥行きがあり、あたかも暗い夜道をどこまでも歩いているかのようだったが、ようやく向こう側に辿《たど》り着く。座敷に一歩足を踏み入れた美武は、思わず目をしばたたいた。

大きな座敷の中央では、巨大な大行灯が周囲を煌々《こうこう》と照らし出している。

上座には、豪奢《ごうしゃ》な色打掛姿の七人の花魁が、床柱に背をぴったり付けて座っていた。

花魁を客と対面させる引付座敷では、花魁が上座に座る慣わしだが、ふつう客を先に通し、後から花魁が来るものだ。しかも、張見世《はりみせ》でもあるまいし、客一人に七人もの花魁を用意して品定めさせるなど、聞いたことがない。

それに、この床柱は、いったい何だろうか。七人が並んで凭《もた》れられるくらい巨大で、分厚い暗灰色の皮が付いたままだ。櫟のように見えるが、まさか庭に生えていたあの大木が、ここで壁を割って木肌を見せているなどということがあるだろうか。

端然と脇に控えていた老女が、両手を突いて深々と頭を下げた。遣り手婆か、二階廻《まわ》しか、渋い桜鼠《さくらねず》の着物に身を包み、お目付役らしくかっと目を見開き乍《なが》ら、花魁たちを見張っているようだった。

「本日は、はるばる、都留波美楼へお越しいただき、心より御礼申し上げます。わたくしは、日陰《ひかげ》と申す者にございます」

日陰は、芝居がかった調子で、花魁たちを紹介する。

「これへ居並びまするは、手前より、緋縅《ひおどし》、瑠璃《るり》、孔雀《くじやく》、紅雀《べにすずめ》、大紫《おおむらさき》、小紫《こむらさき》、胡麻斑《ごまだら》」

花魁たちは、名前を呼ばれるごとに、色打掛の袖を少し拡げながら会釈する。俎板《まないた》ではなく蝶の形で前結びにした帯も、それとともに羽ばたくように揺れた。伊達兵庫《だてひょうご》に結った髷《まげ》から、珊瑚《さんご》大玉の簪《かんざし》が、二本の火箸《ひばし》のように頭上高く突き出ている。

緋縅は、鮮やかな緋色地に黒く大きな斑《ふ》が入った色打掛で、妙に武張った名前に似合わず、少し下膨れの顔は艶《あで》やかで、愛嬌に溢れていた。

瑠璃は、黒っぽい地色の衣装に袖から裳裾《もすそ》まで流れる瑠璃色《ラピスラズリ》の筋が鮮やかである。キリッとした美貌の中にも、あえかな風情が感じられた。

孔雀は、美しい赤の打掛以上に印象的なのは、そのつぶらな目だった。日陰よりも大きく、美しい湖のように青みがかっており、見ていると、吸い込まれてしまいそうになる。

紅雀は、目を奪うような鸚緑《おうりよく》色と紅鶸《べにひわ》色の色打掛を身にまとい、妖艶《ようえん》な蛾眉《がび》を描いていた。やや太りじしで、年増《としま》盛りの婀娜《あだ》っぽさは蠱惑《こわく》的である。

大紫は、輝く青紫色に白や黄色の斑を散らした、まさしく絢爛《けんらん》豪華な打掛をまとっていた。ただ美しく華やかなだけでなく、誇り高く勝ち気な性格が、凛《りん》とした挙措の端々にまで表れている。

小紫は、大紫の妹分らしく、着物の色合いこそよく似ていたが、より小柄で若く愛らしく、子供のように潑溂《はつらつ》としていた。

しかしまた、小紫とは異な名である。歌舞伎などで有名な白井権八《しらいごんぱち》の、馴染みの遊女と同じ名ではないか。

胡麻斑は、帯も打掛も黒地に白の斑模様で、他の花魁と比べて素朴で飾り気がなかったが、それがかえって、清楚《せいそ》さと可憐《かれん》さを引き立てていた。

「はてさて、いったい、どの花魁が、若旦那のお眼鏡にかないますやら」

木廻に囃《はや》されながら、美武は、ぞくぞくと身の裡《うち》から沸き上がる興奮を抑え切れなかった。七人が七人とも、震い付きたくなるような美女だったが、その中でも、二人……いや三人は、どうにも甲乙付けがたい。

それからの時間は夢のようで、どうやって過ごしたのかは、よくわからなかった。

初会ということで、花魁たちの態度は、少なくとも表面上は、ごく素っ気ないものだった。ほとんど喋らずに莨をくゆらし、ときおり美武の盃《さかずき》に酒を注いではくれるものの、またすぐにそっぽを向いてしまう。秋波を送るかと思えば視線をそらし、笑うようで笑わない。すべてにおいて、生殺しのような状態が続いた。

そんな中、長煙管《ながギセル》に莨を詰めていた紅雀が、ふいに蛾眉を顰めて、日陰に何か耳打ちした。日陰は、襖を少しだけ開け、廊下に控えている者に用を言いつけたようだ。しばらくすると、音もなく襖が開く。

顔を出したのは、おかっぱ頭で、蘇芳《すおう》色の着物を着た少女だった。座敷に入ろうとはせず、廊下からそっと蒔絵の付いた赤漆塗りの煙草盆を差し出す。

遊女の見習い、いわゆる禿《かむろ》だろうか。まるで祭りの稚児《ちご》のように白粉《おしろい》と紅を塗っているが、きかなそうな眉にキッと引き結んだ口元は子供っぽく、いつか、ここにいる花魁たちのように艶《なま》めかしい姿に変身するとは、とても想像できない。

だが、よく見ると、顔立ちは意外に整っていて美しかった。

少女はすぐに引っ込んでしまったが、美武は、しばらく彼女が消えた襖の方を見ていた。

それから、少女の持ってきた煙草盆に目をやり、美武は、はっとした。

赤漆の上に、黒漆と金粉、螺鈿《らでん》で描かれているのは、黒い蝶だった。

これと同じ絵を、どこかで見たことがある。

黒い蝶……ガラス器……『Papillon de nuit』という銘……夜の蝶。

そうだ。これは、『カフェー・パピヨン・ノワール』で見たガラス器と同じ図柄ではないか。

だが、いったいなぜ、ここに、こんなものがあるんだろう。

そう思ったとき、目が覚めた。


「やはり、黒い蝶は、日斎殿の言われた通り、怨霊であったようだな」

美武から夢の話を聞いた日晨上人は、眉間に深い皺《しわ》を刻んで瞑目した。

「お前が囚《とら》われておる悪夢は、朝露とともに消え去る幻影ではない。数々の悪業を積み重ね、日蝕の穢れた光に晒《さら》されたお前には、現《うつつ》であったものはすべて夢と消え失《う》せて、悪しき夢こそ現となる呪いがかけられておる。万が一、夢裡《むり》に落命するようなことがあらば、お前の霊魂は永遠《とわ》に滅し去るであろう」

美武は、ヒヤリとするものを感じていた。なぜか、日晨上人が言っていることは、間違っていないという確信があったのだ。

「やはり、門の中に入ってしまったのが、まずかったのでしょうか？」

恐る恐るお伺いを立てる。あのときは、さいかち組の武将らに追い立てられて、やむを得ず門内に逃げ込んだのだったが。

「それもあるだろう。門前で未練がましく佇んでおらず、『喝！』と叫んで、南無阿弥陀仏を唱えながら引き返せば良かったのだ。しかし、問題はむしろその後にあった。『胡蝶の間』に入った後、お前は掛け軸を見たのだな？」

「はい」

美武は、畏《かしこ》まって答える。

「そのとき、何も不吉なものを感じなかったのか？　そこに書かれていた文言は、何者かが、お前に向けた呪詞《じゅし》なのだ」

「えっ、あれがですか？」

蝶が舞っている絵の横に、流麗達筆な書体で「夢為胡蝶　栩栩然胡蝶也」と書かれていた。

目覚めてから調べたところ、「夢に胡蝶となる。栩栩然として胡蝶なり」と読むらしかった。『荘子《そうし》』の内篇・斉物論篇《せいぶつ》の一節で、筆者である荘周《そうしゅう》が蝶になる夢を見た。嬉々《きき》として胡蝶になりきっていたという意味である。それには続きがあり、体験があまりにも真に迫っていて、自分が蝶になった夢を見たのか、蝶が自分になった夢を見たのかがわからなくなったという。だが、古典的な哲学書である『荘子』の一節が呪いの言葉だと言われても、ピンとこない。

あのとき、ここにいてはいけないという警鐘を感じたのは、たしかだが。

「呪いは、その正体を相手に知らしめてこそ、最大限の効果を発揮するのだ。お前の目の前に呪詞をぶら下げたのは、いわば宣戦布告である。だが、お前は、掛け軸を破り捨てることも、踵を返すこともせず、唯々諾々と罠《わな》の中に飛び込んだ。つまり、お前は呪いを甘受したのだ。かくなる上は、もはや逃れるすべはない」

「そんな……私は、どうすればいいのですか？」

美武は、おろおろと訊いた。

「おそらく、この呪いを成就させるためには、三つの段階が必要なのだろう。それが、遊廓の形を取った理由だ。お前は、すでに、初会を済ませてしまったことになる。次は、裏を返す、そして最後が、馴染みになるということだな」

日晨上人は、なぜか、遊廓のしきたりにも通じているようだった。

「だったら、美さんは、二度と行かなきゃいいだけのことじゃないんすか？」

横で気を揉《も》んでいた清吉が、一縷《いちる》の望みを込めて訊ねる。

「いや、そうはいかん」

日晨上人は、重々しく首を横に振った。

「この男は、一度として拒絶の意思表示をしなかった。これでは、後日の再訪を約したことと変わらぬ。都留波美楼なる人外の魔窟は、約束した通り、この男が登楼するまでは、繰り返し夢に現れ続けるであろう」

「それでも、美さんが都留波美楼に上がらなかったら、どうなるんで？」

清吉は、食い下がる。

「いずれ、夢ではなく、向こうから現世《うつしよ》に現れることになろうな」

日晨上人の託宣には凄《すご》みがあり、美武は震え上がった。

「それが、いかなる形を取るのかはわからぬが、お前の想像を絶するまでに恐ろしいものが、現れるに違いない。約束を違《たが》えた以上は、もはや救いの道を選ぶこともできぬ。まっしぐらにやってくるのは、避けようのない死と破滅だけだ」

「そんな、どうすりゃいいんで……？」

清吉は頭を抱えてしまうが、美武は、日晨上人の別の言葉に光明を見出《みいだ》していた。

「救いの道を選ぶ、というのは、どういうことなんでしょうか？」

「うむ。これから言うことが肝要じゃ。よいか、心して聞け」

日晨上人は、厳しい目をして言う。

「そもそも、引付座敷に七名もの花魁を侍《はべ》らせていたのは、この世の遊廓では有り得ぬこと。それが何の為だったか、お前にはわかるか？」

「さあ、わかりません」

その点は、美武も不思議に思っていた。

「お前自身に選ばせる為だ。呪いをかけた相手に、自らの運命を選択させることができれば、呪いの効果は格段に高まる」

日晨上人のよく通る声は、閻魔《えんま》大王もかくやというほどの峻烈《しゅんれつ》さを帯びた。

「お前は、すでに二度過《あやま》った。警告していたにもかかわらず、うかうかと都留波美楼の門内に立ち入り、呪詞の書かれた掛け軸を目にしていながら、まんまと引付座敷へと誘《おび》き寄せられてしまった。今一度過てば、もはや取り返しがつかぬと心得よ」

その言葉は、美武の耳には、死刑宣告のように響いた。

「過つとは、選んではならない花魁を選ぶということでしょうか？」

「その通りだ」

日晨上人は、しかつめらしくうなずいた。

「事ここに至っては、お前は、裏を返し、さらに馴染みになるよりほかないだろう。問題は、どの花魁を選ぶかだ。その選択如何《いかん》で、お前の運命は決する」

「そんな。……それでは、いったい誰を選べば良いのですか？」

「わからんな。それればかりは、お前が脳漿《のうしょう》を絞り、ひたすら考え抜くよりない」

日晨上人は、無情にも突き放す。

「待ってください！　そもそも、これには正解があるんですか？　その娘を選びさえすれば、私が助かるという？」

「七人のうち、少なくとも一人は正解のはず。さもなくば、選ばせる意味も効果もない」

日晨上人は、美武を勇気づけるように、うっすらと微笑んだ。

助かる道があったのに、あえて誤った道を選んで、自ら墓穴を掘る……。

おそらく、呪いをかけた側は、そうなるように仕向けたいのだろう。しかし、だとすれば、こちらがなぜ誤った選択をすると確信を持てるのかが不思議だった。あっさり正解を選べば、呪いはすべて水泡に帰するだろうに。

「篤《とく》と考えよ。正解は、必ずや、お前の心の中にあるはずだ」

日晨上人は、囁《ささや》くように声を低めた。

「お前のこれまでの人生、そして、忘れ去ってしまった記憶の中に」

日晨上人が辞去したあと、清吉は畳の上に胡坐《あぐら》になり、吐き捨てるように言う。

「へっ。さんざん能書き垂れときながら、結局、どうすりゃいいのかは、わからないのかい。役に立たねえ糞坊主だ」

美武は、ずっと考え込んでいた。正解は心の中にあるというのは、どういうことなのだろう。これまでの人生、忘れ去ってしまった記憶とは、いったい……。

「それにしても、美さん。初会の次には裏を返し、馴染みになるなんて言葉がすっと出てくるなんぞ、ありゃ相当な生臭《なまぐさ》ですね」

「それだけ見聞が広く、下世話な話にも通じてる、ということだろう」

「いや、そんな高尚なタマじゃありませんって。ほら、昔っからよく言うじゃないですか？遊廓に来る助平な客の代表は、『にんべんのあるとなし』って」

「にんべん」云々《うんぬん》とは、侍と寺を意味している。日晨上人も、謹厳に見えて、けっこう遊んでいるのだろうか。並外れた長身の美僧だけに、遊女からは相当もてるに違いない。

「しかも、聞きました？『引付座敷に七名もの花魁を侍らせていたのは、この世の遊廓では有り得ぬこと』って。やっこさん、もしかしたら、羨《うらや》んでるんじゃねえんですか？」

清吉は、よほど憤懣《ふんまん》が昂じていたらしく、日晨上人をこき下ろす。

しかし、美武の頭の中は、七人の花魁のうち誰を選ぶかで、いっぱいになっていた。日晨上人は、「少なくとも一人は正解のはず」とは言っていたが、おそらく、正解はたった一人に違いない。

何としても、間違えるわけにはいかないのだ。

4

夜だった。見上げると、月には大きな暈《かさ》がかかっている。まるで、地上を睨む大きな目玉のような光景だった。たしか、月暈《げつうん》は雨の前兆だったような気がする。美武がそう思ったとき、ポツポツと雨が降り出してきた。

美武は、暗い林の道を歩いている。今日もまた、くだんの黒紋付きを着ていた。

ずっと前方には、夜だというのに、あの黒い蝶が飛んでいた。まるで先導するかのように、しきりに木々の間を見え隠れしている。

『都留波美楼』の大きな木看板が見えた。ところが、心なしか傾いているようで、金文字もあちこちが剝げていた。

そして、夜空にそそり立つ壮大な楼閣が出現した。

しかし、どうしたことだろうか。この前見たときに比べると、かなり荒廃しているようだ。夜目にも板壁は傷んでおり、軒下にずらりと吊《つ》るされた提灯は破れ、ぱっくり口を開けている。屋根の瓦《かわら》も、かなりの数が落ちており、まるで百年以上が経過したかのようだった。

門内に入ると、相変わらず、庭では武将たちが血腥《ちなまぐさ》い合戦を繰り広げていた。倒れ臥《ふ》して、虫の息となった武将や、完全に息絶えた骸《むくろ》、切り落とされた手足が散乱しているのも見える。美武は、思わず身震いした。巻き添えになったら、それで終わりだろう。

万が一、夢裡に落命するようなことがあらば、お前の霊魂は永遠に滅し去るであろう。

ふと、脳裏に、そんな言葉がよみがえる。誰に言われたのか、はっきりと思い出せないが。

美武は、武将たちに目を付けられないよう、極力身を低くして塀際を通り抜けようとした。それでも何度か、見上げるような巨軀のさいかち組の武将や、猛々《たけだけ》しいおおくま党の武者が、すぐ傍《そば》まで近づいてきたが、どちらも美武には一片の関心も払わなかった。

「若旦那……若旦那！」

木廻六助が、門の陰から、しきりに手招きしている。

「どうぞ、こちらへ。鬼のいぬ間に。ささ、お急ぎを！」

美武は、慌てて駆け寄り、木廻とともに楼内に入る。

「いったい、どうなってるんだ、あの乱痴気騒ぎは？　この前よりひどくなった。そもそも、あいつらは、なぜ遊廓の庭で合戦なんかやってるんだ？」

美武は、庭の方を振り返った。

「触らぬ神に祟りなしでございますよ。……それより、もう、姐さん方お揃いでございます。若旦那がいらっしゃるのを、最前より首を長くして待っておりますんで」

前回同様、木廻に先導されて階段を上る。木廻は、前と同じ黒紋付きの羽織を着ていたが、なぜか右袖がぺちゃんこで、だらりと垂れ下がっている。幇間が、まさか懐手をしているわけでもあるまい。もしかすると、庭で大暴れしている武将らに腕を切り落とされたのだろうか。嫌な想像だったが、触れるのも憚られて、美武は口をつぐんでいた。

今回も、『胡蝶の間』に通されるのかと思っていたが、太鼓橋のような空中回廊を渡って、黒光りする廊下を進むと、いきなり幅広の襖が六枚も続柄になった座敷の前へとやってきた。襖絵には、ゴツゴツした樹皮の櫟と、軽やかに飛ぶ色鮮やかな数頭の蝶が描かれている。

「若旦那が、お見えにございますよ」

木廻が廊下に膝を突き、襖を開ける。七人の花魁たちが巨大な床柱を背負って座っていた。部屋の様子も前回と変わらなかったが、なぜか、お目付役の老女だけは新顔だった。

「巴《ともえ》にございまする」

錆利休《さびりきゅう》の着物によく肥えた身を包んだ老女が、大儀そうに膝行して花魁たちの前に出ると、美武に向かって一礼した。前回の日陰という老女と同じく、驚くほど大きな目をしているが、目と目の間が離れているせいか、どこか眠たげで茫洋《ぼうよう》とした風貌だった。

「本日は、再度のお運び、誠にありがとうさんにござります。都留波美楼一同に成り代わり、深く深く御礼申し上げます」

関西《かんさい》訛りの言葉は丁寧だが、巴には日陰のような威厳や上品さが欠けており、むしろ粗野でしどけない感じすら受ける。

だが、そんな思いも、それに続く花魁たちの歓待で、たちまち吹き飛んでしまった。

どの娘も、初会とは打って変わって愛想が良く、交代で酌をしに来てくれては、よく笑い、よく喋り、さらには、芸妓のように美しい舞まで披露してくれる。

花魁たちが華麗に踊る姿に、美武は、盃を手にしたまま見蕩《みと》れていた。

彼女たちが動くたび、濃厚な白粉の香が匂い立った。目を凝らすと、行灯の光でうっすらと粉が舞うのが見えるほどである。

「……六宮《りくきゅう》の粉黛《ふんたい》か」と、思わず独りごちていた。

長恨歌《ちょうごんか》の一節で、化粧をして居並ぶ後宮の美女たちのことだが、ここにいる花魁たちにこそぴったりな気がする。

「これは若旦那。もうすっかり姐さん方の色香にほだされて、ぞっこんのご様子。昔っから、コナかけるのは男の方と、相場が決まっておるんでやすが」

木廻の軽口で、花魁たちは、いっせいに笑いさざめく。座にぱっと華やかな雰囲気が漂った。

「若旦那。おひとつ」

瑠璃が、お銚子《ちょうし》を持って前に座った。キリッとした目はいたずらっぽく輝き、口元に笑みをたたえている。

美武が盃の酒を飲み干すと、酒を注いでくれる。甘口で、馥郁《ふくいく》たる香りの酒だった。

「あちきも」

胡麻斑が、負けぬ顔で、お銚子を持って瑠璃の横に座る。

美武は苦笑して、また盃を干し酌を受ける。

そのとき、ふと、二人の衣装が気になった。

瑠璃も胡麻斑も、若さに溢れて美しいが、色打掛はかなり地味で、ともに地色は黒に近い。黒を基調とした色打掛は、模様が鮮明に浮き出して凛とした気品があるが、赤のような派手な色があってこそである。ところが、それぞれに瑠璃色の筋と白い斑が入っているだけなので、この二人が並ぶと、どうしても黒さだけが目立ってしまう。

カラスや喪服、そして何より、あの黒い蝶を連想させるのである。

どちらかと二人きりになったとき、怨霊が姿を現す様を想像して、美武は身震いした。

……ダメだ。どんなに好みでも、この二人は選べない。

次に酌をしにきたのは、孔雀だった。黒ではない鮮やかな赤の打掛が視界に入っただけで、どこかほっとする。

湖を思わせる青みがかった目は、訴えるように美武を見る。思わず手を握りたくなったが、袖口から覗く裏地が目に入り、はっとする。素早く、裳裾にも目を走らせた。

どちらも黒だった。

表地は深紅なのに、縮緬皺《ちりめんじわ》が入った裏地は、どういうわけか真っ黒なのである。あたかも、喪服を着物の裏に隠しているかのようだった。

いかん。危うく、騙されるところだった。美武が手にした盃が波立ち、酒が少し零《こぼ》れた。

してみると、この孔雀が罠だったのか。

だが、かりにそうだったとしても、罠は一人とは限らない。前の二人が安全ということにはならないのだ。

「若旦那。顰面《しかみつら》でありんすよ」

気づくと、紅雀が妖艶に微笑みかけていた。柔らかな鸚緑色と紅鶸色の色打掛は、見る者を夢見心地に誘《いざな》うようだった。しかも、ありがたいことに、黒はいっさい含まれていない。

酌をする紅雀の手は、か細くて真っ白だった。

ようやく、ほっと緊張を解きかけたとき、稲妻のように、ある考えがひらめいた。

なぜだろう。最初に見たときから感じていたが、紅雀は、他の花魁たちとは何かが根本的に違っている。年増だからとか、ふくよかだからということではない。

たしかに、妖艶な美女だが、ときに魔性を感じさせるまでに妖《あや》しい雰囲気は、もはや妖怪や妖魔の域にあるかのように感じられる。

それは、突然の天啓だった。

おそらく、ここにいる花魁たちの中で、紅雀一人だけが異類に属するのだ。

美武は、部屋の隅に控えている巴の方を見やった。

紅雀は、あきらかに他の花魁たちとは毛色が違っている。強《し》いて言えば、巴の同族のような臭いがする。今の姿からは想像も付かないが、巴もかつては花魁だったのだろうか。

美武の唐突な直感は、しだいに確信へと変わりつつあった。

もし、紅雀が異類だとしたら、選ぶのは自殺行為でしかない。

……鸚緑色と紅鶸色の色打掛の下から現れるのは、いったいどんな化け物だろうか。

しかし、これで、七人のうち、四人までが消えたことになる。

正解は、本当に、残りの三人の中にあるのだろうか。

突然、大きな音を立てて襖が開け放たれた。

全員が、はっと、そちらを注視する。

傲然と立っていたのは、『戮殺同心』の旗指物を背負う武士だった。黄漆塗りの頭形兜に、眦を裂く仁王の総面頰、黄と黒の虎縞の胴……。おおくま党だ。

武士は、ゆっくりと全員の顔を睥睨すると、ずかずかと土足で入り込んできた。

座敷は水を打ったように静まり返り、誰一人として身じろぎ一つしない。

「お武家様。もしかして、お部屋をお間違えではございませんか？　その……」

木廻が、意を決したように震え声を出したが、武士から物凄い目で睨めつけられて、残りの言葉を呑み込んでしまう。

「太鼓持ち風情が、拙者に意見いたすか？」

「け、けっして、そのような」

武士は、だらりと垂れた木廻の羽織の片袖に目をやった。

「虫けらが。どれ、残りの手足も捥《も》いでやろうか？」

冷酷残忍な言葉に、木廻はただ震えていた。

どうなることかと固唾《かたず》をのんで、美武は座敷を見回した。責任者と言うべき立場にあるのは巴だろうが、恐怖のあまりか、じっと俯《うつむ》いて縮こまっているばかりだ。

武士は、座敷内を我が物顔で闊歩《かっぽ》する。前を通り過ぎたが、美武は顔を上げられなかった。

さいかち組や、おおしか組の武将と渡り合っていたときには、むしろ小柄に見えたものだが、こうして間近に来てみると、堂々たる体軀であり、とんでもなく獰猛《どうもう》な精気を発散している。激昂すればもとより、たいした理由がなくても平然と人を斬りそうな雰囲気があるのだ。

そのとき、花魁の一人が、すっと立ち上がった。

はっとして見ると、大紫である。輝く青紫色の色打掛を直すと、にっこりと微笑む。

「おや、何ざんしょうねえ。此処《ここ》いらに一匹、五月蠅《うるさ》い蠅が迷い込んだような」

花魁たちは、くすくす笑った。

「女郎。今、何と言うた？」

武士の声音が、不穏に震えた。花魁たちは、ピタリと笑うのを止める。

〽五月蠅《さばへ》に紛《まご》う蠅武士《はえざむらい》の、ぶんぶん無粋な空威張り
大紫は、三味線の伴奏もなしに、よく通る澄んだ声で即興の都々逸《どどいつ》を唄《うた》い、ひらひらと扇を要返《かなめがえ》しして即妙の舞いを見せる。

花魁たちは、堪《こら》えきれなくなって、いっせいに色打掛を揺すって笑い出した。

「……おのれ、愚弄《ぐろう》いたすか！」

しばし啞然《あぜん》としていた武士は、血相を変えて詰め寄るなり、刀の柄《つか》に手をかけた。またもや座敷は静まり返ったが、大紫は一歩も引かなかった。毅然とした態度で言い放つ。

「戦場《いくさば》ならばいざ知らず、この都留波美楼では、他人様《ひとさま》の御座敷を土足で踏み荒らすような、野暮な真似は御法度《ごはっと》でありんす。疾《と》くお下がりなんし」

「よう言うた。さらば、覚悟はできておろうな？」

武士は、ついに刀を抜く。白刃が、大行灯の明かりを受けてギラリと光り、止めに入ろうと中腰になっていた木廻は、ひっと叫んで腰を抜かしてしまった。

だが、大紫は、憫笑《びんしょう》を見せると、恭しくその場に平伏する。

「お気に障ったならば、どうぞ、この大紫を斬らしゃんせ。花魁の素っ首刎《は》ねて持ち帰らば、さぞ天晴《あっぱ》れな功名手柄、武門の誉《ほま》れと褒めたたえられましょうに」

武士は、怒りのあまりか、八相に構えたまま硬直し、カチカチと歯噛みしている。

「さあ！　痛まねえよう、すっぱりやっておくんなんし！　さあ！　さあ、さあ、さあ！」

大紫は、両袖を拡げると、膝立ちになって前に進む。武士は、気圧《けお》されたように後ずさり、座敷から廊下へ出た。

すっくと立ち上がった大紫は、その鼻先で、ぴしゃりと襖を閉めた。

美武は、息をするのも忘れて、襖を見つめていた。今にも、激昂した武士が襖を蹴破《けやぶ》って、襲いかかってくるのではないかと危惧《きぐ》しながら。

だが、驚いたことに、いつまでたっても、それっきり何事も起こらなかった。

しばらくは緊張に包まれていた座敷の雰囲気が和らぐにつれて、大紫は一身に賞賛の視線を集めながら、澄ました顔で莨をくゆらし、妹分の小紫と戯《じゃ》れ合ったりしている。

今の出来事は、いったい何だったのか。美武は呆然としたままだった。

おおくま党の武士を追い出したのは、胸のすく出来事ではあった。しかし、一歩間違えば、いや、ふつうに考えれば、斬られていてもおかしくなかったのだ。

大紫の見せた、あの凄《すさ》まじい気迫――気の強さは、尋常なものではなかった。人であれば、どんなに勇猛な質《たち》であろうとも、幾分かは恐れの気持ちが湧くものだろう。にもかかわらず、ただの一瞬たりとも怯《ひる》んだ様子を見せなかったのは、なぜだろう。

大紫は、美武の凝視に気づくと、ちょっと照れくさそうに下を向いてから、凜とした笑みを返してくる。

やはり、他の花魁たちとは、何かが決定的に違う。

紅雀のように、異類というのでもないが、違和感はいや増すばかりだった。

ひょっとすると、大紫は、花魁の姿を借りた何か超自然の存在――鬼神か物の怪の類いではないのか。

そうなると、選べる花魁は、また一人消えたことになる。残るは二人しかいない。

いきなり身の丈八尺の鬼の姿へと変じる大紫……。思い浮かべて、美武は背筋が凍った。

だが。

美武は、大紫を真似て生き生きと美しい舞を披露する小紫を見て、内心で溜め息をついた。

小紫は、この中で最も無害に見えるのは間違いない。色打掛にわずかに黒い部分はあるが、黒い蝶を連想させるほどではない。若くて可憐で、童子のように無邪気であり、紅雀のごとき妖しさなど微塵《みじん》もなく、大紫ほど度を越して気が強いわけでもなかった。

しかしながら、小紫だけは、絶対に選ぶことができない。

その理由は、すべて、この源氏名にあった。歌舞伎狂言で有名な白井権八が、辻斬《つじぎ》りの咎《とが》で死罪となったときに、墓前で自害した遊女の名と同じなのだから。

掛け軸にあった「夢為胡蝶　栩栩然胡蝶也」という賛は、呪詞だった。日晨上人によれば、あえて目の前に晒すことで、呪いの効力を倍加させようとしたのだという。その伝でいけば、花魁に、あえて死霊を暗示する名を付けた上で、選ばせようとしているのかもしれない。

そうなると、残っているのは緋縅ただ一人になる。

美武は、鮮やかな緋色地に大きな黒い斑が入った色打掛を着た花魁に目をやる。目が合うと、緋縅は、下膨れの顔に愛嬌のある笑みを浮かべ、お銚子を持って立ち上がった。

……しかし、この名にも、どうしても引っかかるものがあった。そもそも、花魁の源氏名に血腥い武具の名称などを付けるものだろうか？

緋縅とは、緋色の革緒や組み紐《ひも》により、鉄板や革製の短冊である小札《こざね》を綴《と》じたものである。もともとは、血の痕《あと》を目立たせないように赤い糸で編まれていた赤絲縅《あかいとおどし》大鎧《おおよろい》が、歳月を経て、赤褐色へと変色したのが、緋縅の始まりだと聞いたことがある。

乾いた血の色……。

ふと、記憶の中で何かが蠢《うごめ》いた。

美武は、目を閉じて、こめかみに手を当てた。

耳朶《じだ》に、苦しげな呻《うめ》き声がよみがえる。次いで、掌《てのひら》には、何か柔らかいものを摑《つか》んだような感触が。さらに、高い位置にある窓から蔵の中へと射し込む光が、筋となって眼間《まなかい》に現れる。

どれも、ひどく生々しい感覚記憶だったが、何があったのかは、靄がかかっているように、どうしても思い出せない。

「……おみつ」

我知らず、そう呟《つぶや》いていた。

「へ？　おみつでございやすか？」

木廻が、美武の言葉を聴き取って、驚いたように繰り返す。

すると、それまで賑《にぎ》やかだった座敷が、急に、死んだような静けさに包まれた。

「おみつを、ここへ呼べば、よろしいので？」

美武は、当惑して木廻を見る。ここへ呼ぶ？　どういうことだ？

そもそも、おみつというのは、いったい誰だ？　記憶の底からよみがえった名前を、なぜ、木廻などが知っている？

花魁たちが、少しざわつき始めた。

すると、それまで鳴りを潜めていた巴が、のっそりと美武の前に進み出る。

「当都留波美楼におきましては、禿は、お座敷に顔を出すことはできまするが、上がることはできない決まりにございます。何卒《なにとぞ》、その点は、お含み置きいただきとう」

禿？　美武は、はっとした。

この前見た、あの童女のことか。

瑠璃が、廊下にいる者に向かって、襖越しに何か声をかける。

しばらくすると、前回のように遠慮がちに襖が少し開かれ、禿が顔を出した。

前回見た、おかっぱ頭の少女だ。切れ長の目は鋭いが、白粉と紅を塗った顔はあどけなく、可愛らしかった。禿に多い真っ赤な振り袖ではなく、なぜか地味な蘇芳色の着物を着ており、袖口からは豇豆《ささげ》というリボンのような飾りが垂れている。

おみつは、両手を重ねて深々と礼をした。

「おみつ。若旦那のお呼びだ。くれぐれも粗相のないよう、お相手を務めなさい」

木廻がそう言うと、おみつは、「あい」と返事をして、まっすぐに美武の顔を見る。

はて。無理を言って呼び出した形になってしまったが、いったい何と声をかけたらいいのか。

迷ったが、一番無難そうな問いを発する。

「おみつというのは、どういう漢字を書くんだい？」

だが、これには、おみつは首を傾げるばかりだった。

「何だ、おまえは、自分の名前もわからんのか？　手習いで教わったろう？」

木廻は、舌打ちせんばかりに口を挟んだ。

「若旦那。おみつとは、こう書くんでございやすよ」

木廻は、矢立を取り出すと、懐紙にさらさらとしたためて、美武に見せる。

まさか。美武は身構えたが、驚くほど達筆な手跡で書かれていたのは意外な文字だった。

「『お蜜《みつ》』か……。また、えらく甘そうな名前だな。悪い虫が寄ってこなきゃいいけど」

美武がそう言うと、おみつは、含羞《はにか》むように袖口で口元を隠し、くすりと笑う。

その笑顔と仕草に、美武は、いっぺんに魂を奪われてしまった。

そして、次の瞬間、記憶にかかっていた靄が一気に吹き払われた。

町内でも有名な美少女だった。とはいえ、まだ、たったの七歳である。

お俠《きゃん》で、お転婆、お茶挽《ちゃっぴい》で、誰にでも人懐っこく話しかけては、ケラケラと笑う。近所だったので、美武も、ときおりお菓子をやったりして可愛がっていた。最初のうちは、下心などいっさいなかった。ただ純粋に、喜ぶ顔を見たかっただけなのだ。

おみつは、お菓子につられて、いつしか頻繁に木下家に入り浸るようになっていた。

どうやら、家にいるときと違い、干し芋や花林糖《かりんとう》を咥《くわ》えたまま歩き回っても叱られないのが気に入っていたようだ。

美武は、他の大人とは違い、年端もいかない子供にも丁重に接した。そのために、おみつは次第に増長して、我が家にいるかのように振る舞い出した。好き勝手な場所に出入りしては、高価な調度品を玩具《おもちゃ》にして、ときには壊してしまうようなこともあったが、それでも、美武は一切怒ることはなかった。仔猫《こねこ》のように愛らしい生き物を傍に侍らしていれば、幸せな気分に浸ることができたからである。

だが、おみつの方は、まるで虎の檻《おり》の中で遊ぶ兎のようなものだったかもしれない。たとえ今日は無事でも、いつかは必ず破局が訪れるのだから。

そして、その日は、何の前触れもなくやって来た。

美武が、古書を捜しに蔵に入ったら、おみつが中で遊んでいた。

いつ来たのかもわからなかったし、何がきっかけになったのかも、よく思い出せない。

たまたま目にした、幼い少女の無防備な姿態なのか、それとも、美武に言い返した生意気な一言だったのだろうか。

乾いた血の色……。

はっと気がついて見ると、色彩を失った世界の中で、そこだけ赤褐色の彩色がなされているかのようだった。古く黒ずんだ木箱の角の部分。ほんの数分前、そこに何かがぶち当たった。それが、もう乾いてしまったのか。

耳朶に、苦しげな少女の呻き声がよみがえった。掌には、まだ、何か柔らかいものを摑んだような感触が残っている。

高い位置にある窓から蔵の中へ、いくつもの筋となって光が射し込んでくる。

「……おみつ」

美武は、茫然と座り込み、そう呟いていた。


気がつくと、美武は、寝床の上に座って頭を抱えていた。

許してくれ。本当に、そんなつもりじゃなかったんだ。

どうか、迷わず成仏して極楽浄土へ行ってくれ。

一生涯、冥福《めいふく》を祈るから。だから、俺を恨まないでほしい。

何食わぬ顔で捜索にも参加したが、心の中では、ずっと手を合わせていた。

あれは、事故だった。一瞬のことで、おまえも、ほとんど苦しまなかったはずだ。

俺も、もう充分苦しんだんだ。おまえよりも、ずっと長く。

おまえにも、落ち度はあったはずだろう。どうして、俺だけがまだ、こんな目に遭わなきゃならないんだ。これじゃ、あまりにも不公平だ。

「美さん。……だいじょうぶですか？」

今回、初めて三戸亭に泊まり込んでいた清吉が、心配そうに声を掛ける。

美武は、返事をすることもできなかった。

5

ここだ。雨に濡れた煉瓦造りのビルには、はっきりと見覚えがあった。

清吉は、『カフェー・パピヨン・ノワール』と書かれているホーロー看板を確かめてから、意を決してドアを開ける。

「いらっしゃいまし……あら」

美都子が、清吉を見て、かすかに戸惑った表情になった。

「今日は、お一人なんですか？」

「ああ」

清吉は、言葉少なに答える。カフェーの営業時間は、お上に十二時までと決められており、すでに十一時半を回っているため、客はまばらにしかいなかった。清吉は、何気なさを装って飾り棚の傍の椅子に腰を下ろした。

「お久しぶりねえ。ずいぶん、お見限りだったんじゃないかしら？」

松代が、自分の馴染みの客だとばかり、さっと隣に陣取る。

「此の所、いろいろあってね」

「もう。どこかの女のとこへ通い詰めてたんでしょう?」

今日に限ってはとても軽口を叩く気にはなれなかったので、清吉は押し黙ったまま注がれたビールを啜《すす》っていた。

「どうなすったの? 今日は、大分《だいぶ》お疲れみたいですね」

清吉が、どんな話題にも興味を示さなかったので、勝手が違ったのか、松代も徐々に口数が減ってきた。

「……そうだ。此の前来たとき、黒い蝶の話をしてませんでした?」

清吉は、ようやく顔を上げた。

「ほらー。美さんが、夢に出てきたって!」

清吉が忘れていると思ったらしく、松代は、焦《じ》れったそうに語気を強めた。

「ここだけの話だけど、あれ、うちのお客さんは、ほとんど見てるみたいなんですよ」

「ほとんどだって? 黒い蝶の夢をか?」

清吉は、ジョッキを持ったまま固まった。

「ええ。永井荷風先生も、そうおっしゃってたもの」

そういえば、あのとき、そんな会話を小耳に挟んだことを思い出す。

「俺は、まったく見てないけどな」

「全然見ない人も、いるみたい」

どういうことだろう、それは。もしかすると、黒い蝶の夢を見るのは、美さんや作家先生のようなインテリゲンチャだけだとでもいうのか。

「で? 断腸亭《だんちょうてい》の先生は、どんな夢を見たって?」

「あら、よくご存じじゃない。……あのね、荷風先生の夢の中にも黒い蝶が現れたそうなの。それで、しばらく周りを飛び回るんだけど、そのうち飽きて飛んでいったそうよ」

「それだけかい？」

美さんの夢とは、まったくの別物のようだ。

「そうなんですけど、たったそれだけのことが、深く印象に残って、朝目覚めてからも鮮明に覚えてたんですって」

「ふうん」

「荷風先生は、深い悲しみを感じたそうよ。あれは女の霊魂が蝶の形を取ったものだろうと、おっしゃってたわ」

「女か。どんな？」

断腸亭は、色恋の道には年季が入っているだろうから、案外、その辺りは正鵠《せいこく》を射ているのかもしれない。

「かなり若い女ですって。……もしかしたら、子供かもしれないそうよ」

「それが、どうして、この店の客の夢に現れるっていうんだ？」

「それがね、ちょっと怖い話なんですけど」

松代は、まるで怯えているように声を潜めた。

「恨みを晴らすために、仇《かたき》を捜し求めているんじゃないかっていうのよ」

清吉は、背筋がぞくっと寒くなった。

「何だい、そりゃ。どうして、そんなことがわかるんだい？」

「もちろん、そこまではっきりとおっしゃったのは、荷風先生だけだけど。作家の直観って、もしかしたら、隠された真実を見抜くんじゃないかしら」

「馬鹿馬鹿しい。単なる妄想だろう？　嘘八百書き散らすのが、連中の生業《なりわい》じゃねえか」

「でも、他のお客さんも、何だかもの淋《さび》しい感じだったとか、空がどんより曇っていたとか、口を揃えておっしゃるのよ。美さんも、たしか、前途に暗雲が垂れ込めているのを感じたっておっしゃってたじゃない？　黒い蝶に導かれる先は、おおかた断崖絶壁か、あるいは、もっと恐ろしい場所かもしれんって」

　それほど時間がたっていないとはいえ、カフェーの女給が、客の与太話を、ここまで克明に覚えているものだろうか。清吉は、不信の目で松代を見た。

　ふと、飾り棚にあるガラス器が目に留まる。

「なるほど。……ってことは、やっぱり、あれが元凶なんだな」

清吉は立ち上がり、飾り棚に近づく。

「まあ、いけません！　それだけは」

「邪魔するな。ちょっと見るだけだよ」

清吉は、制止しようとする松代の手を振り払って、ガラス器に手を触れた。

その瞬間、電流に打たれたような衝撃を感じ、危うく取り落とすところだった。

いったい何だ、これは。

驚愕《きょうがく》して、小ぶりのガラス器を凝視する。

表面には、色ガラスで作った黒い蝶が溶着されているようだ。

清吉は、ガラス器を裏返して見る。

そちら側にも、花と虫らしき像があった。だが、表とはまったく印象が異なる。

ピンクの花は黒ずんで萎《しお》れており、下にいる緑色をした蝶の幼虫は、死んでいるようだ。

清吉は、眉を顰めた。これは、いったい、どういうことなんだ。

「ガラス器に、そういう立体的な装飾を施すには、いくつかの方法があるんですよ」

背後から、美都子の声が聞こえた。

清吉は、振り返り、黙って美都子の顔を見た。

「マルケットリーは、ガレの創案ですが、溶けたガラスの表面に色ガラスの小片をはめ込み、もう一度熱を加えることで模様を作りだす手法です。寄せ木細工からヒントを得たと言われています。同じくアプリカッシオンというのは、ガラスの表面に溶かした別のガラスの造形物をくっつける技法なんです。同じガラスでも、ガラス器本体と造形物は収縮率も違いますから、割れないように作るのは至難の業と言われています」

美都子は、よどみなく説明する。

「『パピヨン・ドゥ・ニュイ』には、両方の技巧が凝らされてるんです。あなたは、たった今、裏側をご覧になりましたわね。どんなふうに思われたのかしら？」

「どう思ったって……こいつは、どう見ても不吉な代物だろう。あんたはなぜ、こんなものを後生大事に店に飾ってるんだ？」

美都子は、茫然と立ち尽くしている松代に、身振りで席を外すよう伝えた。

「不吉ですか。そう言われれば、たしかにそうですね。でも、なぜこれが不吉な絵柄なのか、おわかりになりますか？」

清吉は、ガラス器に目を落とす。

「そりゃあ、だって、花は萎れてるし、芋虫は死んでるじゃないか？」

「もちろん、その通りです。だけど、問題は、裏の絵だけじゃないんです。裏と表の絵柄は、文字通り表裏一体で、連続した場面を表してるんですよ」

「うん？」

意味を汲《く》み取れず、清吉は言葉につかえた。

「簡単な話じゃないですか。裏の絵の幼虫が、表の絵の黒い蝶に変身したんです」

「しかし、それは……」

「ええ。不可解なのは、幼虫が死んでしまっているのに、なぜ、黒い蝶が羽化しているのかということでしょう？　……答えは、簡単です。この黒い蝶は、幼いまま理不尽に命を奪われた死者の魂なんです」

清吉は、絶句した。薄々感づいてはいたが、最も聞きたくない言葉だった。

「『パピヨン・ドゥ・ニュイ』を作ったのは、フランスのガラス工芸家、ジャン＝ジャック・デュモンです。ガレやドーム兄弟などに比べると、まったくの無名と言っていいでしょうが、この作品は、彼の遺作であり最高傑作、そして、世にも恐ろしい呪物なんです」

淡々とした口調だったが、それがかえって不気味だった。

「彼の一人娘のシルヴィーは、わずか六歳で、近所に住む変質者に殺されました」

美都子は、嘆息するように続ける。

「シルヴィーは、失踪《しっそう》した晩、家族の許に黒い蝶となって現れたんです。変わり果てた遺体が発見されたのは、その数日後のことです。デュモンは慟哭《どうこく》し、必ず復讐《ふくしゅう》すると誓いましたが、犯人は逃亡してしまい、結局、捕まりませんでした。それ以来、デュモンは、寝食を忘れて、このガラス器に取り組みました。そして、完成した日に、ガラスを溶かす炉に頭を突っ込み、自ら命を絶ったんです」

何とも痛ましく、悍《おぞ》ましい話だった。

だが、この女は、いったい何者だ。清吉は、美都子の顔を穴が開くほど見つめていた。

「でも、どうかご安心ください。犯人は、想像を絶するほど悲惨な最期を遂げたそうですよ。

死ぬ前に、譫言《うわごと》のように、黒い蝶が来ると言っていたとか」

美都子は、満足げに補足する。

「しかし、そんな怨念の籠もったものを、どうして？」

何者かというより、意図がわからないことの方が、清吉を不安にさせていた。

「わたしは、ずっと西洋美術の輸入に携わってきましたので、デュモンのガラス器のことは、以前にちょっと小耳に挟んだことがあったんです。そのときは、美術品にまつわる、よくある怪談だと思い、気にも留めませんでしたが」

美都子は、哀しげに続けた。

「昨年、わたしは店を売りました。八方手を尽くして、『パピヨン・ドゥ・ニュイ』の本物を手に入れ、このカフェーを開業することにしたんです」

「また、何だからって、そんな？」

「光子《みつこ》を殺した犯人に、何としても、報いを与えてやりたかったからです」

「みつ子だって？」

清吉は、美都子の言葉に混乱した。

「たった七歳で殺された、わたしの姪《めい》の名前です」

美都子は、光の子という漢字を説明する。

「美都子というのは、光子にちなんだ源氏名です。わたしの本名は、千代子《ちよこ》といいます」

そういうことだったのか……。

清吉は、すっかり打ちのめされていた。事と次第によっては、ただじゃおかないと思って、乗り込んできたのだが。

「デュモンのガラス器が、どんなに恐ろしい呪物であるのかは、この店を開いてみて、初めてわかりました」

美都子――いや、千代子は、凄愴《せいそう》な微笑を浮かべた。

「女性に対して異常な執着を持つ人たちが、磁石に引き寄せられるように、このカフェーへとやってきました。その中で、何かの不行跡があった人には、黒い蝶が夢に現れ審判をします。大半は、罰せられるには至りませんが、看過できない罪が判明した人間は、そのまま地獄へと誘われるのです」

では、ほとんど美さんが感じた通りじゃないか。清吉は、震え上がっていた。

「すでに二人が、とても説明の付かないような形での横死を遂げています。子供を殺したり、虐待した過去のある人間です。……残念ながら、どちらも、光子を殺した犯人ではありませんでしたが」

千代子の目は、瞋恚《しんい》に燃え上がっていた。

「ですけど、辛抱強く待った甲斐《かい》がありました。ようやく、目指す犯人が見つかったんです。あなたもよくご存じの、木下美武です」

「何を言う?」

この女は、正気じゃない。清吉は、唖然としていたが、必死に言葉を絞り出す。

「だいたいだな、どうして、そんなことが、あんたにわかるんだ？　過去に罪を犯したとか、光子を殺した犯人だとか？」

「すべて、教えていただいたんですよ。天眼通《てんげんつう》をお持ちの、お上人様に」

千代子は、うっすらと笑った。まさか。清吉は、はっとした。

「木下美武は、そのまますんなりと、黒い蝶に取り殺される予定だったんです。あの猿さえ、しゃしゃり出てきて、余計な邪魔をしなければ」

千代子は、悔しそうに吐き捨てる。

「猿って、賀茂日斎先生のことを、言ってるのか？」

「猿が落書きした蜘蛛の巣ごときで、あの黒い蝶が阻まれるとは想像もしていませんでした。ですから、お上人様の指示で、わたしが猿を遠ざける段取りを付けました。東北の旧家から、憑き物のついた娘を救ってくれと懇願する手紙を、猿の知己の住職に送らせたんです」

「じゃあ、あれは、まったくの嘘っぱちだったってことか？」

「いいえ」

千代子は、にんまりとした。

「すべて、本当のことなんです。お上人様に、憑き物に困り果てている方を見つけてもらい、猿なら助けてくれるはずだと助言し、家族から直接、依頼の手紙を送ってもらったんですよ。こちらの都合でやったこととはいえ、人助けまで出来て何よりでした」

清吉は、二の句が継げなかった。

「お上人様は、猿に成り代わり木下美武を助けるふりをして、蜘蛛の巣の絵を剝がし、さらに、強力な『胡蝶の呪い』をかけて下さったんです。その後のことは、よくご存じでしょう？」

「その、上人様……日晨というのは、いったい何者なんだ？」

「よくわかりません」

千代子は、あっさりと首を横に振る。

「お金次第で、呪いをかけたり解いたりしてくださる方で、悪僧とか偽僧侶とか呼ぶ人もいるようですが、わたしにすれば救いの神なんです。あまりに途轍《とてつ》もない神通力をお持ちなので、もしかしたら、人ではないのかなと思うこともありましたけど」

人でなければ、いったい何だと言うんだ。

「……まあ、いい。その『胡蝶の呪い』というのを、解いてくれ」

清吉は、単刀直入に言った。この直談判《じかだんぱん》で、美さんの命運が決してしまう。

「あんたも、怒りが収まらないかもしれねえが、美さんには、必ず充分な償いをしてもらう。俺が保証する」

「ほっほほほほほほ……！」

千代子は、口元に手を当てて、心《しん》からおかしそうに笑った。

「本当に、ご冗談がお好きねえ。いったい、どうやって償うとおっしゃるんですか？」

「舐《な》めた口を利くんじゃねえ！　俺も、それなりの覚悟をして来てるんだ」

清吉は、語気を強めたが、千代子は歯牙《しが》にもかけなかった。

「どっちみち、もう遅いわ」

「何だと？」

「あの男なら、すっかり脂下《やにさ》がって、今頃はもう『馴染み』になってるんじゃないかしら？」

6

林の中を歩いている。昼日中から頻に細かな霧雨を感じたが、空は雲一つない快晴だった。どうやら、これが狐の嫁入りというやつらしい。何かに化かされているような心持ちだが、どのみち、ずっと相手の手の内にいるのだ。今さら気にしてもしかたがないだろう。

美武は、木立の間を誘うように飛ぶ黒い蝶を、一心不乱に追った。

ふいに、すっと日が翳《かげ》るのを感じる。

おや、ようやく雲が出たのだろうか。そう思って天を見上げると、太陽が不気味な丸い影によって蚕食されていくところだった。

ああ、これは皆既日蝕だと思う。ほどなく、世界は真夜中のように真っ暗になるに違いない。


日蝕の光は穢れていて、見たり浴びたりするのは良くないんですって。


美都子の囁くような声が、耳朶によみがえる。

なに、かまうものか。こうなったら、毒を食らわば皿までである。この先何があろうとも、行くところまで行くしかないのだ。

むしろ、早く都留波美楼に着かないだろうかと、気が急《せ》くほどだった。

見えた。木看板だ。だが、金文字は完全に剝げ落ちて見る影もなく、板も朽ちかけており、橙《だいだい》色をした猿の腰掛のような茸《きのこ》がびっしり生えている。この前に見たときからは、長い年月が経過したかのようだった。

黒い蝶は、木看板の傍を飛び過ぎ、一気に高度を上げる。

美武の視線の先に、都留波美楼が、三度《みたび》、その全貌を現した。

だが、前回よりもさらに荒れ果てており、ほとんど廃墟《はいきょ》にしか見えない。

窓は破《わ》れ、垂木《たるき》が折れて軒が垂れ下がっている上、地面に落ちて割れた瓦が散乱している。

提灯は、すでに跡形もなくなっていた。

門に近づくにつれ、勇ましい鬨《とき》の声や剣戟《けんげき》の響きが聞こえてきた。呆《あき》れたことに、どんなに時間がたっても、争いだけはやめられないらしい。とはいえ、この前の馬鹿騒ぎに比べると、やや落ち着いているような気がする。合戦は、徐々に下火になりつつあるのだろうか。

美武の淡い期待は、門内を覗いた瞬間、恐怖に変わった。

合戦場は死屍累々《ししるいるい》の惨状だった。あちこちに生首が落ち、胴体を両断された遺体もある。

生き残っている武者たちは、数こそ少なくなっているが、相変わらず闘争心は旺盛《おうせい》だった。

刀や槍《やり》を盛んに振り回して威嚇し、体当たりで相手を追い詰め、必要ならとどめを刺して、『甘露の井』を我が物にせんと狂奔しているようだ。

その間も、日蝕は徐々に進行しており、あたりは闇夜のような暗さになっていた。

美武は、身を低くして塀際の暗がりを通り、そっと楼閣に近づいた。

小さな篝火《かがりび》が焚《た》かれているおかげで、かろうじて見通すことができる。どこかに木廻がいるのではないかと思い、キョロキョロとあたりを見回したが、結局、見つからなかった。

しかたがない。誰にも見られていないことを確認してから、玄関に滑り込む。

驚いたことに、楼内にもいくつか遺体が転がっている。

美武は、そっと上がり框《がまち》に足を乗せた。

そのときだった。廊下の突き当たりで、行灯の微《かす》かな光溜まりを、すっと影が横切る。

ギョッとして、思わず足が竦む。……何だったんだ、今のは。

しばらく様子を窺って危険はないだろうと判断してから、美武は静かに歩を進めた。

どうやら、楼内を得体の知れない輩《やから》が徘徊《はいかい》しているらしい。妙な相手と遭遇しないように、くれぐれも気をつけなくては。

階段を上ると、行灯は数えるほどしか残っていない。ところどころで、座敷の襖が破れたりなくなったりしているのが目に付いた。廊下を通り過ぎながら覗き込むと、非業の死を遂げた花魁の遺体らしきものが放置されており、あわてて目をそらす。

さらに進んで廊下を曲がったところで、紋付き袴姿の遺体が、廊下に大の字になっていた。

行灯の明かりに照らされて、かっと目を見開いた無念の表情だった。血の気が失せた顔色は、白蠟《はくろう》のようである。黒羽織には畝織りのような洒落た縦縞があり、揚羽蝶の紋が付いている。

それは、木廻六助の変わり果てた姿だった。

美武は、思わず身震いして、合掌する。まるで自分自身の明日の姿を見せられているような気がしていた。

とにかく、今は先を急ごう。楼内のこの様子では、座敷も、どうなっているかわからない。花魁たちも、無事かどうかは神のみぞ知るところだろう。

吹き抜けにかかる太鼓橋は、歩くとミシミシと床板が鳴って、今にも踏み抜きそうだった。行灯がすべて消えて真っ暗な廊下は、死んだように静まりかえっている。

くだんの座敷の前へやってきた。ここだけは、前回同様に、行灯で煌々と照らされており、櫟と蝶の襖絵も変わりはなかった。

大きく息を吸って、引手に手をかけようとしたとたん、襖が左右に引き開けられた。

大行灯の光で、ぱっと目の前が明るくなる。

「おいでなんし！　若旦那」

七人の花魁たちが、笑顔で唱和する。よかった、全員無事だったか。美武は、呪いのことも忘れて安堵する。

だが、脇に控える、やけに体軀が大きな老女の姿が目に入り、ギョッとする。

まるで襤褸布《ぼろぬの》のように見えるくすんだ色合いの着物に身を包んでいるが、どうやら薄墨色に黒い朽木《くちき》文様が入っているらしい。それとは対照的に、海老殻間道《えびがらかんとう》の袋帯は、目にも鮮やかな赤と黒の縞模様である。

「夕顔別当《ゆうがおべっとう》に……ございまする」

老女は、うつむいて瞑目したまま、不自然な作り声で挨拶《あいさつ》した。もしかすると、地声は男のように低いのだろうか。

それにしても、『別当』とは何だろうと美武は思う。昔からよく聞くし偉そうではあるが、よくわからない官位だった。たしか、源氏物語《げんじものがたり》に女別当《にょべっとう》というのが出てきたはずだが、それを模しているのか。遊廓ではどの程度の地位なのか、さっぱりわからない。ただの遣り手婆に、偉そうな職名を付けただけなのかもしれないが。

夕顔別当は、しばらく沈黙したが、いっこうに顔を上げないばかりか、目すら開けようとはしなかった。花魁たちも、心なしか距離を置いているように見える。巴もなかなかに不気味な感じがしたが、とても同日の談ではない。

「本日は、三度目のお運びと承っております。都留波美楼一同、感謝の言葉もございません」

夕顔別当は、平伏したまま口上を述べる。

「うん。これは、少ないけど」

美武は、馴染み金の入った桜色の袱紗《ふくさ》を畳に置いた。夕顔別当は、膝行して、額に押し戴《いただ》くようにして拾い上げる。

「確かに、頂戴《ちょうだい》いたしました」

夕顔別当は、中身をあらためることなく懐にしまった。

「さて、本日は満願成就、いよいよ馴染みとなる花魁をお選びいただく次第と相成りました。これこの通り、皆、冀望《きぼう》に胸を焦がしておりまする」

夕顔別当は、巨大な床柱を背負った花魁たちを見やった。

「お床入りの用意は、すでに整っております。いかがいたしましょうか？　お心は、すでに、お決まりでございますか？」

美武は、瞑目した。

どうすれば、いいのか。

七人の花魁たちには、いずれも、選ぶのに躊躇するものがあった。だが、あえて、その中で選ぶとするなら……。

瑠璃だ。絶対に、この娘を措いてないはずだ。

それは、考えに考えた末の結論だった。

美武は、チラリと瑠璃の方を見た。瑠璃も、見られているのに気づいたらしく、頬を染めて熱い視線を送ってくる。

そもそもの始まりは、黒い蝶だった。夢に現れて、ここ都留波美楼にまで導いたのだから、怨霊か凶運をもたらす使いとしか考えられない。

だから、黒い蝶を思わせる打掛を着た花魁は、選ぶことができなかった。最初に除外した、瑠璃と胡麻斑である。

しかし、あの瑠璃色の筋模様を見たとき、黒い蝶や喪服を連想する者が、果たして何人いるだろうか。

瑠璃色は、七宝の一つラピスラズリに由来するという。魔を祓い、幸運を招くと言われる、貴石である。もしかすると、あの純粋な青い輝きは邪悪な黒を打ち消してくれるかもしれないという気がする。

もう一つは、素朴な直感だった。あの娘からは、まったく邪気が感じられない。

考えあぐねたときは、直感に委ねた方がいい。それは、過去に幾度も修羅場をくぐり抜けてきた経験から得た、不動の鉄則だった。

「うむ。何《いず》れ菖蒲《あやめ》か杜若《かきつばた》というところだが、いつまでも迷ってばかりもおれないな」

美武は、ようやく口を開いた。

「私が選ぶのは……」

そのとき、ふいに鮮やかな緋色が視野に映り込んだ。

緋縅だ。

なぜ、彼女が気になるのだろう。美しく愛嬌のある娘だが、武具にちなむ血腥い名前から、絶対に選べないと結論づけたはずなのに。

血の痕を目立たせないように赤い糸で編まれていた赤絲縅大鎧が、歳月を経て、赤褐色へと変色したのが、緋縅の始まりだという。

乾いた血の色……。

再び、記憶の中で蠢くものがあった。

苦しげな呻き声。柔らかいものを摑んだ掌の感触。窓から蔵の中へと射し込む光の筋。

美武は、言葉を切って、口を手で覆った。

突然、激しい欲望の疼《うず》きに襲われる。

「……おみつ」

自分でも思いがけない言葉が、口を衝《つ》いて出ていた。

座敷がざわめいた。あでやかな女たちの表情が曇り、いっせいに顔をそむける。

「今、おみつと、おっしゃいましたか？」

夕顔別当が、信じられないという声音で訊く。

「あれは、まだ、ほんの子供でございますが」

「いや、それは」

美武は、絶句したが、今さら、引っ込みが付かなくなっていた。

「禿は、御座敷に顔を出すことはできるが、上がることはできない決まりだというのは、前に聞いたよ。ましてや、『水揚げ』など、もってのほかだろうとは思うが」

なぜか、適当な言葉が次から次へと出てくる。

「こう見えても、吉原《なか》から岡場所、銘酒屋、カフェーと、さんざっぱら通い詰めてきたんだ。月並みな遊びにゃ、飽き飽きしてるんだよ。たまには、熟す前の青い実を味わってみるのも、一興だろうと思ってね」

「いいえ、なりませぬ！　あの子は、ぼくとう……！」

紅雀が口走る。その瞬間、座にさらなる緊張が走った。

「ぼくとうとは、いったい何のことだい？」

にわかには意味がわからなかった。「墨東」だろうか。まさか、「木刀」でもあるまいに。

「実を申さば、おみつは、もう禿ではございませぬ」

夕顔別当が、居住まいを正すと、不気味な作り声で言う。

「楼の下層には、『ぼくとう』と申します風呂屋がございます。今般、おみつは、湯女《ゆな》としてご奉公する運びとなりました。まだ垢擦《あかす》りも満足にできぬ見習いではございますが」

知らぬ間に、そんなことがあったのか。

美武は、急に、おみつが哀れでしかたがなくなった。

都留波美楼は遊廓だとばかり思っていたが、どういうわけか、湯女までいるらしい。

煎《せん》じ詰めれば、どちらも春をひさぐ職業かもしれないが、遊廓では、花魁に上り詰めれば、色打掛に身を包んで、華やかな花魁道中の主役になることもできる。ただ男に奉仕するだけの湯女とでは、天と地の差があるはずだ。あの娘《こ》は、あの年齢《とし》で、それを本当に理解しているのだろうか。

おみつが遊廓から放逐された理由はわからないが、まさか、前回の御座敷で、自分の名前を書けなかったのが原因じゃないだろうな。

しかし、その一方で、身の裡には震えるような欲望が沸き上がっていた。

「だったら、これも何かの縁だ。私が、おみつの最初の客になろうじゃないか」

美武は、夕顔別当を、懸命に掻き口説いた。

「さっきの馴染み金は、そのために充ててくれればいい」

「……たってのお望みとあらば、おせなを流すことくらいならできましょうが」

夕顔別当は、ぼそぼそと呟き、ようやく顔を上げた。

それを見て、美武は驚いた。めったにお目にかかれないほど恐ろしいご面相だったからだ。髑髏《どくろ》を思わせる巨大な目は、そのほとんどが虚無そのもののような黒目で、無表情の中にも、睨み付けているような険悪さが感じられる。

「よろしく頼むよ」

「承知いたしました。少々お待ちいただけますでしょうか」

夕顔別当が座敷を退出すると、座敷には、すっかりしらけた空気が漂っていた。

しかたがない。美武は開き直るしかなかった。さぞ怒っているだろうなと思い、瑠璃の方を見ると、意外なことに、深い憂いを含んだ眼差しが返ってきた。

「主《ぬし》さん。どうあっても、行きなんすか?」

瑠璃は、押し殺したような声で訊ねる。

「うん、汗をかいたんでね。ちょっと湯浴《ゆあ》みしてくるだけさ。またすぐ、戻ってくるよ」

「おみつは、ほんの童女《こども》でありんす。くれぐれも、よからぬことは、お控えなんせ」

紅雀が、釘を刺した。

「はは。何をするって言うのさ？」

そのやりとりを聞いていた花魁たちは、いっせいに身体を揺すって含み笑いをした。

まるで、人ではない生き物を見るようである。何だ、これは。少々気味が悪い。

……だが、この後、風呂屋でおみつに会えるかと思うと、そんなことも気にならなくなる。

この座敷にも、もう二度と来ることはないだろう。

すると、座敷の襖が開いた。

「お湯殿の御支度が、整いましてございます」と、夕顔別当が恭しく告げる。

平伏している姿勢が、ギョッとするくらい大女に見えた。目の錯覚だろうか。

海老殻間道の袋帯の、赤と黒の縞が目に入った。

「じゃあ、行ってくるよ」

美武は、立ち上がった。

「おさらばえ」

瑠璃が、別れの言葉をつぶやいた。


巨大な楼閣の階段を下り、教えられた道順を進むと、『木湯』と書かれた素っ気ない木札が壁に掛かっているのを見つけた。

うっかり、『きゆ』と読んでしまいそうだが、たぶん、これが『ぼくとう』に違いない。

そのすぐ横には、階下へと続く狭い階段が口を開けている。

覗き込んで、思わずたじろぐほど急な階段だった。古い日本家屋によくある一間《いっけん》階段より、さらに傾斜がきつく、ほとんど梯子《はしご》と変わらない。身体の向きを変えて、上の段を摑みながら慎重に下りていくしかなかった。

下の階に着くと、そこは、わずか四畳半ほどの板の間だった。人がいたような気配はないが、火の入った素焼きの瓦灯《がとう》が床に置かれていた。これがなければ、まったくの暗闇だっただろう。そっと瓦灯を持ち上げて透かし見ると、その先に、下階に向かう階段があるのがわかった。

さて、いよいよこれは、地獄巡りの始まりか。

脚が震えるのを感じたが、引き返そうという気は起きなかった。

身体の深奥で疼く衝動は、あらゆるものに優先していた。たとえ、それで命を捨てることになろうとも、欲望に収まりが付くまでは、止めることはできない。

今度の階段は、さっき以上に急で、踏面も狭かった。手摺《てす》りの代わりに縄が張られていて、握りしめながら下りるしかないが、そのせいで、瓦灯を持って行くこともできない。

足の下は真っ暗で、まったく先を見通すことができなかった。しかも、いつまでたっても、床に足が着かない。まるで、深い井戸の底へと降下していくようだった。

心細くなって見上げると、今下りてきた穴の入り口が、四角い灯りのように見える。

あらためて考えてみると、浴場へ向かう道筋としては、あまりにも異様ではないだろうか。しまった。やっぱり、騙されたのか。

そう思い始めたとき、ようやく、下の床に到達した。

あたりは漆黒の闇に包まれているかと思われたが、ぐるりと周囲を見回すと、一箇所だけ、チラチラと光って見える。

そちらに向かって歩き出した。

数間も行くと、離れた場所に上の階にあったのと同じような瓦灯が置かれているのが見えた。その上にまた、『木湯』と書かれた木札が掛かっている。

ここから、どちらへ行けばいいのか。

そう思って、もう一度木札に目をやる。すると、墨が薄くなっているために不分明だが、『木湯』ではなく、『沐湯』と書かれているような気がしてきた。

理由はわからないが、ひどい胸騒ぎに襲われる。

だが、気を取り直して、入り口を探した。

どこか、このすぐ傍にあるはずだが……。

すると、すぐ目の前に入り口があるのを発見する。どうして今の今まで見えなかったのか、不思議なくらいである。

瓦灯をかざしてみると、途轍もなく高い一枚板の壁に、縦に大きな裂け目が開いていた。ふと、まるで巨大な女陰のようだと思う。かろうじて、人一人通れるくらいの幅はあったが、本当に、ここから入るのだろうか。

狭い裂け目を擦り抜けるとき、瓦灯が床に落ちて割れた。はっとしたが、さいわい火事にはならず、灯が消えただけだった。

……そのとき、『沐湯《むくゆ》』とは、たしか、単なる沐浴ではなく、湯灌《ゆかん》のことだと思い出した。『無垢湯《むくゆ》』とも書き、埋葬する前に遺体を洗い清めることである。

また、急に不安が高まってきた。嫌な頭痛とともに、吐き気が込み上げてくる。

引き返すなら、ここが最後だろう。何かがおかしい。この先へ進んではいけない。今すぐ、踵を返すべきだ。そう思ったが、自分が絶対にそうしないことはわかっていた。

裂け目の向こうは、少し温度が高く、空気が湿っているようだった。

かすかに、温泉のような湯の音が聞こえる。

闇の中、足を前に踏み出そうとしたとき、少し前で引き戸が開く音がした。

正面がぼんやりと明るくなり、ふわりと温かい空気が押し寄せてくる。

どうやら、引き戸の奥が、湯殿になっているらしい。

「……うふふ」

おみつの声だ。気持ちが萎《な》えかけていた美武は、たちまち勇躍した。

もうもうとした湯煙の間から、おみつは、一瞬だけ顔を覗かせたものの、すぐに引っ込んでしまう。

しかし、美武の目には、うっすら赤い色が鮮明に焼き付いていた。湯に濡れて半分透けた、長襦袢《ながじゅばん》のような色が。

「おみつ」

美武は、蹌踉《よろ》めくような足取りで引き戸にたどり着く。

「どこにいるんだい？」

もうもうとした湯煙で、いっさい前が見えない。だが、声の反響具合で、そこが、大浴場であることはわかった。

服を脱ぎ捨てるのももどかしく前へ進む。わずか数歩で、湯船に行き当たった。木製の框は少しだけ床より高くなっている。そっと跨ぎ越して、湯に足を入れた。

どうやら、それは、大木を刳《く》り貫《ぬ》いた巨大な風呂らしかった。檜《ひのき》とは違う木の香りがする。

さらには、発酵した酒のような甘酸っぱい匂いも。

湯船の底には、泥のようなものが堆積《たいせき》していて、くるぶしまで埋まってしまった。

さらに、驚くほど底が深くなって、沈み込んでしまった。慌てて浮き上がる。とろりとした湯を少し飲んでしまったが、口中に意外な甘みが広がる。

「うふふ。どう？　甘いでしょう？　酒風呂よ。お湯の中に、たっぷり甘酒を溶かし込んであるんですって」

前方から、おみつの声が聞こえた。想像もしていなかったほど妖艶な声である。この前は、無口な子供としか思えなかったのだが。

「甘酒？　何だって、また……」

「沸かし立てで、まだ、わたししか入ってないの。飲んだって、だいじょうぶよ」

鼻孔にツンと、アルコールの刺激臭がする。ワインの樽香《たるか》やウヰスキーの泥炭香《ピート》、それに、銀杏《ぎんなん》を思わせる匂いも。舌の上に残る微かな苦味や酸味は、かつて味わったことがないほど、芳醇《ほうじゅん》で魅惑的だった。けっして甘酒のような単純な味ではない。

美武は、すっかり酩酊《めいてい》状態となり、浅ましいまでに興奮していた。

「おみつや。どこにいるんだい？　じらさないで、姿を見せておくれよ」

「あい。若旦那」

少女の優しい声だが、巨大な生き物から発せられたかのように、湯殿いっぱいに響く。

「もそっと、こっちへおいでなさいな」

美武は、温かい湯煙の中を、さらに前へと進んだ。湯船の底に溜まった泥のようなものに、足が沈み込んで滑りそうになる。

今度は、ベタベタする糸のようなものが手に触れた。

いったい何だ、これは？　指先に鳥黐《とりもち》のように粘つくが、強靭《きょうじん》で引きちぎることもできない。まるで極太の蜘蛛の糸のような……。はっとして周囲の様子を窺うと、粘着性の糸は空中から湯の中まで縦横無尽に張り巡らされており、引き返そうとすると、必ずいずれかの糸に阻まれるようになっていた。

いつのまにか、前に進むしか道はなくなっているのだ。

瞬間、暖かいにもかかわらず、全身に鳥肌が立っていた。

ひょっとすると、ここは、忌まわしい魔物の巣窟なのかもしれない。もしそうだとすると、俺は完全に捕らわれてしまったのか？

「さあ、もそっとよ。……もう、あと、ほんのちょっとだけ」

突然、爆発するような大音響とともに目の前に巨大な水柱が上がった。同時に、風呂の湯が怒濤《どとう》のように押し寄せて、大量の飛沫《しぶき》が頭上から降り注ぐ。美武は、危うく呑み込まれそうになったが、何とか体勢を立て直した。

「やっと、来てくれたのね。すっかり、待ちくたびれちゃった」

そのとき、美武は、おみつの声が頭上高くから降ってくることに気がついた。

「おみつ。おまえ、どこにいるんだい？」

美武は、宙を見上げて、恐怖にあえいだ。湯煙が薄れて、おみつは、ようやく化生《けしょう》の正体を顕《あらわ》していた。

「あんまり見ないでエ。恥ずかしい」

眼前に直立していたのは、ぬらぬらと濡れ光っている毒々しい蘇芳色の物体——たくさんの体節に分かれた巨大な芋虫の胴体だった。

仙人掌《サボテン》のように鋭い刺毛が四方八方へと伸びており、グロテスクな腹部には、鉤爪《かぎづめ》が環状に生えた短い肢《あし》がずらりと並んで、うねうねと蠢いている。

「はっ、これはっ！　いったい、何としたことか……？」

美武は、悲痛な声を上げた。

「うふふふ。わかったア？　この身体じゃ、お座敷に上がれないでしょう？」

声の在処《ありか》を探し、視線をさらに上へ向ける。胴体の果てに、おみつの顔と上半身があった。おみつの頭は湯殿の天井を擦《こす》りそうになっており、窮屈そうに首を曲げて、美武を見下ろす。

豇豆が垂れた袖から、絶えず手招きしているかのように両腕をふにゃふにゃと振っているが、もはや人間本来の腕の動きとはほど遠く、昆虫の触角めいた異様な動作である。

「ま、ま、待ってくれ。おみつ。わた……私は……ち……ちが」

いたいけな少女の顔に、笑みがゆっくりと左右に拡がっていく。そのまま口が大きく裂け、二本の長大な黒い牙《きば》がにゅっと生えると、やっとこのように左右にかっと開く。

「うわあああああ……！」

美武は、あまりの恐怖に絶叫して逃げ出そうとしたが、身体が竦み、泥が足下に粘り着いて、どうにも身動きが取れない。

「いっひひひひ……！　動《いご》いちゃだみョ」

おみつは、呆れるほど長い、禍々《まがまが》しい蘇芳色の胴体を屈《かが》め、美武の上に覆い被《かぶ》さってくる。黒い鎌のような大顎を左右に三尺ほども開いた、少女の顔が近づいてきた。

これから美味《おい》しいものを食べるように、うっとりと目を細めながら。

7

「これは！」

旅装も解かぬまま現れた賀茂日斎は、三戸亭の雨戸の裏側に貼られた無数の御札を見ると、愕然とした表情になった。

「角大師の護符です」

清吉が、面目なげに言う。

「馬鹿な。どれも偽物だ！　禍々《まがまが》しい呪符ばかりではないか！」

描かれているのは、一見、角大師の絵姿のようだが、よく見れば、尾や牙があるなど細部が異なっていた。

「儂の貼らせた御札はどうした？」

「すべて、日晨――あの偽坊主が剝がすように命じて、その代わりにこれを貼らせたんです。まさか、あんな食わせ者だったとは、夢にも思ってなかったんで」

清吉は、怒りにまかせて、片っ端から呪符を引きちぎっていく。

「もうよい。今さら剝がしたところで、詮無いことだ」

日斎は、清吉を制し、三戸亭に上がった。

寝所に入ると、暗い目で陶の枕を見下ろす。

「この枕も、日晨が持ってきたもんで」

清吉が言いかけたが、みなまで聞かずに、日斎は手にした鉈《なた》を陶の枕の上に振り下ろした。

細かい破片を飛ばして、枕は真っ二つになる。

「これは、『胡蝶の夢』の染め付けをした枕だな。ここに、呪いの痕跡《こんせき》がある」

日斎は、枕の残骸《ざんがい》を鉈で指す。そこには、干からびた虫の死骸がぎっしりと詰まっていた。

こんな枕で寝ていたら、悪夢を見るのも当然だろうな。清吉は、ゾッとしていた。

「あの日晨って野郎は、どういう人間なんですか？」

日斎は、ジロリと清吉を見る。

「あれは、人ではない」

えっ。清吉は、呆気《あっけ》にとられた。千代子も同じようなことを言っていたが、まさか本当に、人外の存在だというのか。

「彼奴《きやつ》の名は、正しくはこう書く」

日斎の説明では、太陽が震撼《しんかん》するという意味の『日震』が正しいのだという。

「儂は、この二十年、ずっと彼奴を追ってきたのだ。そのために、名も日斎とあらためてな。それが、まんまと彼奴に謀《たばか》られ、奥州までおびき出されるとは思わなんだ」

日斎は、悔しそうに歯を剝き出した。

「娘の憑き物が意外なほど手強《てごわ》く、思ったより時間を取られた。まさか、留守している間に、彼奴が自ら現れるとは。不覚だったわ」

「申し訳ありません。俺が付いていながら、こんなことに」

清吉は、深く頭を垂れた。

「で？　美武が見つかったのは、どこだ？」

「はい、こちらです」

清吉は、案内に立った。

三尸亭のすぐ裏にある林に入る。梅雨明け前の櫟林には、しとしとと雨が降り続いていた。風が肌寒く、清吉は身震いした。

日斎は、一本ずつ木を見定めているようだったが、ひときわ立派な巨木の前で立ち止まる。

「ええ、ここなんですよ。……美さんが発見されたのは」

清吉は、声を震わせる。どうして、この木だとわかったのだろう。

「完全に正気を失い、だらだら涎《よだれ》を垂らし、目の焦点も合っておらず、腑抜《ふぬ》けになったような状態でした」

「さもあろうな」

日斎は、重々しくうなずく。

「美さんは、治るんでしょうか？　医者は、何とも言えないということでしたが」

「あの男は魂を食い尽くされ、もはや、ただの抜け殻に過ぎん。空蟬《うつせみ》が命を取り戻すことは、金輪際ない」

覚悟はしていたが、清吉は肩を落とす。

日斎は、櫟の巨木の上を仔細《しさい》に観察していた。樹液の蜜《みつ》が流れている箇所には、その周囲に、たくさんの蛾や蝶、鍬形虫《くわがたむし》などの昆虫が群がっている。

「都留波美楼は、この木だ。つるばみとは櫟の古名であり、死者を弔う喪服を染める染料でもあった」

そんなことが、現実にあるのだろうか。清吉は、つくづくと大木を眺めた。

「……そして、あの男が着せられていた紋付きもまた、つるばみ染めだ」

すべてが、周到にしつらえられた罠だったのか。清吉は、ゾッとしていた。

「発酵した櫟の樹液は、虫どもにとって酒と同じだ。酒場に集《たか》っては浅ましく酒を奪い合い、ひたすら酩酊する。これだけ大きな木では、いくつもの酒場が開かれておろう」

日斎は、昆虫の集まっている箇所を、順に鉈で指す。

すぐに目に付く、最も多量に樹液が滲出《しんしゅつ》している場所では、兜虫、鍬形虫、大雀蜂、天牛《かみきりむし》、黄金虫《こがねむし》などが、樹液を巡り激しく争っていた。

皂莢虫《さいかちむし》とも呼ばれる兜虫は角で相手を持ち上げ、鍬形虫は大顎で挟み、豪快に投げ飛ばす。大雀蜂――別名おおくま蜂は、大顎も針も歯が立たない甲虫に対しても執拗《しつよう》に攻撃を加える。その様は、さながら合戦を見ているようだった。

やや高い位置にある別の『酒場』には、蝶や蛾の仲間が集まっていた。

「ここにいるのが、瑠璃《るり》立羽蝶。そちらが胡麻《ごま》斑《だら》蝶。その横が、孔雀《くじゃく》蝶、紅雀《べにすずめ》蛾、大紫、小紫、緋縅蝶」

日斎は、意外な博識ぶりで、一頭ずつ名指ししていった。何となく聞き覚えのある名前に、清吉は、はっとする。

黒地に瑠璃色の筋のある瑠璃立羽と、同じく黒地に白い斑を散らした胡麻斑蝶は、どちらも黒い蝶を思い起こさせた。清吉は、美武が話していた花魁たちの色打掛について思い出す。

孔雀蝶が、開いていた翅《はね》を閉じた。緋色の地に大きな青い目玉模様が美しい翅の表と違い、細かい皺の入った裏は、喪服のような黒色だった。

「まさか、美さんが逢《あ》ってた花魁っていうのは、こいつらのことだったんで？」

清吉は、蝶たちの間に交じって樹液を吸っている紅雀蛾を見た。蝶と比べると、ずんぐりと胴体が太く毳毳《けばけば》しいため、異類と呼んでもおかしくないような違和感がある。

だが、美しい鶸緑色と紅鶸色の翅は蝶よりなお美しく、か細い肢は驚くほど真っ白だった。ちょっと離れた場所には、上品な桜鼠色の地に大きな目玉模様のある蝶や、鋳利休色の地に茫洋とした渦を巻く眼状紋のある蛾も翅を休めている。今さら日斎に訊かなくても、それらが日陰蝶と、巴蛾であることはわかった。

「これが、夕顔別当。またの名を、蝦殻天蛾《えびがらすずめが》だ」

日斎が指し示したのは、全体にくすんだ体色で、胴体だけが蝦《えび》を思わせる紅と黒の縞模様になった、非常に大きな蛾だった。大きな複眼は真っ黒で、顔つきは妙に険しく見える。

「蛾ごときに、そんな大仰な名前のやつがいたんですか」

清吉は、開いた口が塞《ふさ》がらなかった。

そのとき、ふいに不穏な羽音が聞こえた。

見ると、蝶が群れている真っ只中に、一匹の大雀蜂が飛来したところだった。ほとんどの蝶が後ずさる中、一頭の蝶が果敢に立ち向かう。

大紫だ。凶暴な大雀蜂にも臆《おく》することなく、激しく羽ばたいて威嚇し、樹液酒場の特等席をいっかな明け渡そうとはしない。

「こいつは生来、ひどく勇ましい蝶なのだ。何しろ鳥を追いかけるくらいだからな」

日斎は、利口な猿のように見える目を細めて笑う。

「しかし、それも不思議はない。大紫と小紫は他の蝶とは違って、雌の翅はいたって地味だ。青紫色に輝く美しい翅を持っているのは、雄だけなのだ」

「えっ。じゃあ、花魁のうち二人は、陰間《かげま》だったたってことですかい？」

清吉は、啞然とした。

およそ遊廓では、あり得ないことだった。この蝶どもに、まんまとしてやられたらしい。いや、そもそも、蝶を人と偽られていたのだから、雄だろうが雌だろうが、今さらどうでもいいような気もするが。

「何も、蝶どもが花魁のふりをして、あの男に秋波を送ったわけではない。都留波美楼という遊廓も、七人から一人を選ばせるという趣向も、呪いが生み出した幻想に過ぎんのだ」

日斎は、嘲《あざけ》るように、汚れた歯を剝き出した。

「何もかもが、煌びやかな外見に目が眩《くら》み、本質を見ようとしない、あの男の不見識が招いた結果だろう」

そうだろうかと、清吉は思う。

美さんは、持ち前の鋭敏な感受性と智力を振り絞り、花魁の正体を見極めようとしていた。実際には、蝶や蛾の特徴を無意味に論《あげつら》っていただけかもしれないが……。

待てよ。だったら、結局、誰を選んでいようと大差なく、大禍もなかったのではないか。

「日斎先生。美さんは、いったいどの蝶を選んだばっかりに、あんなことになっちまったんでしょう？」

「どれでもなかったのだろうな。素直にどれかを選んでいれば、せいぜい肘鉄《ひじてつ》を食らわされるだけで、魂を喰《く》われるような憂き目には遭わなかったはずだ」

日斎は、幹に引っかかっていた、小さな甲虫の死骸を摘まみ上げた。

「こいつは、木廻だな。朽木や枯葉を食べる、無害な剽軽者《ひょうきん》だ」

真っ黒で、太い胴体には縦縞があり、六本の肢は細長かった。

では、この虫が、粭間の正体だったのか。あまりにも奇怪な話の連続に、理解しようとするだけで頭がおかしくなりそうだった。

「してみると、この辺りのはずだが」

日斎は、難しい顔をして、櫟の木を検分する。

「うむ、ここにある！」

日斎は、また別の黒っぽい甲虫の死骸を摘まみ上げた。何かに喰われたのか、半分ほどしか残っていない。

「へっ、それは？」

清吉は、恐る恐る顔を近づける。

「こやつは、樹液に集まるちっぽけな虫の一種だ。その名を、四星芥子木吸《よつぼしけしきすい》という」

「ヨツボシ……ケ、ケシキ……ですか？」

はて。美さんの夢に、そんな名前のやつが出てきただろうか。

全身真っ黒で、大顎が目立つため、鍬形の雌のようにも見えるが、ずっと小さい。さらに、背中には、四つの赤い模様が浮かんでいた。……何だか、四本抱き角の家紋にそっくりな。

そう思うと、まるで、その甲虫が黒紋付きを着ているように見えてきた。

げっ。まさか。

「こやつの面つきを、よく見てみるがいい」

日斎に促されて、清吉はその場にしゃがみ込み、さらに顔を近づけた。

よく見ると、大顎が左右非対称になっている。美さんも、顎が少し左右にずれていたが……。

さらに細かく見ていくと、左の複眼の上下に、まるで剃刀《かみそり》で切ったような深い傷痕が走っているのに気づく。

美さんの左目の上下にも、こんなふうな短い刀傷があった。かつての刃傷《にんじょう》沙汰の名残であり、美さんの自慢の種だった。酒が入るとよく、関東に名を馳《は》せた侠客《きょうかく》と五分に渡り合ったという十八番《おはこ》の武勇伝が始まったものである。

甲虫の顔に、美さんの面影が重なった。

「うわわわっ。よ、美さん」

清吉は、腰が抜けそうになった。

「こやつは、樹液を吸いにやって来るのではない。根っからの肉食で、樹液に惹《ひ》き寄せられた猩々蠅《しょうじょうばえ》などの虫が産卵するのを知っており、その幼虫が何よりの大好物なのだ」

……清吉は知っていた。木下美武の左目をまたぐ傷は、幼い女の子に悪戯《いたずら》したのが発覚し、怒り狂った父親に、長脇差しで左目の上を斬られたものであることを。

「この四星芥子木吸こそが、木下美武の、夢の中における化身だ」

「で、でも、どうして、それが今ここに存在するんで?」

清吉は、思わず口ごもった。

「虫には、人に肖《あやか》った傷を付け、人には、虫の模様を象《かたど》った赤い『四本抱き角』の黒紋付きを着せた。もともと似通った悪性《あくしょう》を持つ両者を、さらに相似せることによって、四星芥子木吸を美武の夢魂の依代《よりしろ》に仕立て上げたのだろう」

「でも、何のために、そんな……？」

「知れたことよ。こやつ諸共《もろとも》、美武の夢魂を喰い殺させるためだ」

日斎は、金壺眼をギラリと光らせる。

「く、喰い殺《つぶさ》させる……？　そりゃ、いったい何にですか？」

「己の目で、具に見てみるがいい。最終的に、あの男が選んで、『馴染み』となった相手を。そやつはまだ、この中に潜んでおるはずだ」

清吉は、日斎が指さした先を見た。櫟の樹皮の上に、縦長の裂け目のようなものがあって、泥と粘糸のようなもので塞がれているが、内側には空洞があるようだ。

日斎は、突然、手に持った鉈を凄まじい勢いで打ち込んだ。

「ひっ」

湿った木の破片が飛び散り、清吉は両手で頭を覆う。

「いたぞ！」

日斎は、何かを摘まみ上げた。

清吉は、日斎の節くれ立った指の間で、身体をくねらせている生き物を凝視する。

それは、体長がゆうに十センチはあろうかという、グロテスクな赤紫色の幼虫だった。

「そ、そいつは、いったい何なんで？」

清吉は、不気味さに逃げ腰になった。

「木蠹蛾《ぼくとうが》の幼虫だ」

「ぼ、ぼくとうが……？」

そんな名前の虫は、これまでに一度も聞いたことがなかった。

「木蠹は、本来は木食虫《きくいむし》を指す言葉だ。木蠹蛾の成虫は、樹皮に似せた模様を持つ見窄《みすぼ》らしい蛾に過ぎんが、幼虫は、見てのとおり体軀が大きく、強靱な顎で樹木に深く喰い入る害虫だ。だが、天牛の幼虫である鉄砲虫《てっぽうむし》のように、堅い木質そのものを食らうのではない」

日斎は、幼虫を取り出した櫟の幹の方に顎をしゃくった。鉈で割った箇所から、茶色っぽく粘っこい樹液が樹皮の上に溢れ出している。

「こやつは、流れ出た樹液を洞《うろ》に溜めておき、自らの排泄《はいせつ》物を加えて発酵させる。そうして、甘い酒の香りに誘引された虫を餌食《えじき》にするのだ」

木蠹蛾の幼虫は、仙人掌のように鋭い刺毛が四方八方へと伸びている赤紫色の身体を捩《よじ》り、黒い大顎を開いて威嚇する。

「こ、こんな気持ちの悪い芋虫に、美さんは、喰われちまったんですか？」

清吉は、泣き声になった。

たとえ、それが夢の中の出来事だったにせよ、美さんにしてみれば、現実そのものだったに違いない。せっかく人として生まれながら、あまりに哀れな末路ではないか。

「さんざ他の虫の幼虫を貪《むさぼ》り喰ってきた挙げ句、四星芥子木吸は、別の幼虫の養分となった。それだけのことだ。お主も、悪夢を見たと思って、さっさと忘れるがいい」

日斎は、冷たく突き放す。

すると、木蠹蛾の幼虫が、可愛らしい少女の声で鳴いた。

「**いっひひひひひ……！　忘れちゃいやヨ**」

くさびら

1

その朝、何か特別な予兆や、予感めいたものがあったわけではなかった。

杉平進也《すぎひらしんや》は、いつものように一人で目覚め、歯を磨いて顔を洗い、一階のキッチンで朝食を取った。それから、コーヒーのマグカップを片手に仕事場のある二階に上がる。

廊下の窓から何気なく庭を見下ろしたとき、鮮やかな緑の中にポツンと覗《のぞ》く小さな赤い点が目に入り、窓に顔を近づけた。

ガラスの外側で、さっき降ったばかりの雨滴が、ゆっくり滑り落ちていく。

あれは、何だろう。杉平は、眼鏡の奥の目をすがめて、赤い点に焦点を合わせようとした。

まさに万緑《ばんりょく》叢中《そうちゅう》紅一点だったが、花というよりはラフに落ちた赤いゴルフボールに見える。

梅雨入りしてから、急速に青々と生い茂り始めた芝生に隠され、はっきりとはわからないが。そろそろ芝刈りをしようかという矢先だった。

もしかしたら、あれはキノコかもしれない。そう思いついたのは、以前、シバフタケという黄褐色のキノコが芝生に生えてきたことがあったからだ。本物なら食べられるらしいのだが、紛らわしい毒キノコが多い上に、長野県からは野生のキノコ採取の自粛要請が出ていたため、食用にするのは断念し、ひたすら駆除に努めたものだ。

だが、どう見ても、あれとは色も形も全然似ていない。

一方で、あんな感じのキノコだったら、よく知っている。……タマゴタケだ。

名前の通り、地上に出てくるときは卵のような白い外被膜に包まれているが、中から現れる幼菌は、ちょうどあんな鮮紅色で丸い形だった。成菌になるとオレンジ色の平たい笠が開き、ベニテングタケのような毒キノコを思わせるが、立派な食用——それも、美味な部類である。可愛らしい外見も相まって、寛子《ひろこ》が一番好きなキノコでもあった。

東京にいたときは、青梅《おうめ》や千葉県の佐倉《さくら》にキノコ狩りに行っては、ソテーや炊き込みご飯、オムレツなどを作っていたものだが、せっかくキノコの産地である軽井沢《かるいざわ》に引っ越したのに、これも件《くだん》の自粛要請から料理を作る機会が失われてしまったのは残念だった。

しかし、タマゴタケは樹木の根と共生するタイプのキノコで、森の中にしか生えないのではなかっただろうか。少なくとも、芝生に生えたという話は、ご近所でも聞いたことがない。

面倒だったが、あれが何なのか知りたければ、そばへ行って確認するよりないだろう。

そのときは、それ以上赤いキノコについて思いを巡らすこともなく、午前中は、デザインの仕事に没頭していた。

杉平は、工業デザイナーだった。

大学で人間工学を専攻して、デザインの道に進んでから、ずっとテーマに選んでいたのが、決まり切った形からの脱却だった。中でも、傘や椅子の歴史は古く、何千年も前からあるが、基本的な形はほとんど変わっていない。手に持って上にかざす、腰を掛けるという動作から、必然的に収斂《しゅうれん》した形とも言えるが、さすがにこれだけ科学技術が発達すれば、もっと合理的なフォルムが見つけられるのではないかと思う。

現在取り組んでいるのは、革新的な自転車を創り出すというプロジェクトだった。

自転車は、誕生以来、断続的に進化を続けてきた珍しいアイテムである。ドイツで生まれたドライジーネは、今の子供向けキックバイクと同じようにペダルがなく、地面を蹴《け》り推進する方式だった。次にペダルが前輪に付いたベロシペードが出現し、足で漕《こ》げるようになったが、速度を上げるために、前輪が巨大化したペニー・ファージングと呼ばれるモデルに変化する。だが、乗車位置が高すぎるペニー・ファージングは、常に転倒の危険と隣り合わせだったため、前後輪がほとんど同じサイズで、中間にあるペダルで後輪をチェーン駆動する、現在見られるようなセーフティー型の自転車が創出されたのである。

それ以降は、変速ギアや空気入りタイヤなどの発明で、自転車はスピーディかつ安全快適な乗り物となった。革帯のブレーキも、速度に適応し、リムブレーキからディスクブレーキへと進化した。また、ヘビーデューティーさが求められるマウンテンバイクは、フロントとリアにサスペンションが付き、悪路の衝撃も吸収してくれるようになった。

だが、この間も、基本的なフォルムや乗車姿勢はほとんど変わらぬままで、目立った新種といえば、リカンベントくらいだろうか。鳥人間コンテストのように仰向けに寝そべった姿勢で漕ぐリカンベントは、最も空気抵抗が少ないためにスピードは出るが、慣れないとバランスの取り方が難しく、不自然で無防備な体勢を強いられる精神的負担も大きい。

……かなり以前に、寛子と理久《りく》を連れてサイクルショーに行ったときのことを思い出した。新し物好きな理久は、リカンベントを見るなり目を輝かせ、「乗る、乗る」と騒いでいたが、ローレーサーと呼ばれる最も車高の低いタイプだったこともあり、うまく漕ぐことができず、何度も転倒した挙げ句、帰りの車内ではブーブー文句を言い通しだったので、とうとう寛子がキレてしまい、一悶着《ひともんちゃく》あったものだ。

それからしばらくの間は、「リカンベントはご勘弁」というのが、家族の合い言葉のようになっていた。

杉平は、頭を振って過去の想い出を振り払った。二人と会えないでいるのは辛《つら》いが、今は、仕事に集中しなければ。

コーヒーを一口飲むと、部品ごとに色分けされたモニター上のＣＡＤモデルに目を落とす。

杉平が考案したのは、ジム用トレーニングマシンの一種であるクロストレーナーに似た形の自転車だった。リカンベントとは対照的に、直立に近い姿勢は自然なため安心感をもたらす。立ち漕ぎのように体重を乗せられるので、ボディメカニクスの観点からも理にかなっている。重心が高いと転倒の危険が気になるが、車輪の配置で安全性を高めるめども付いていた。

目下の最大の問題は、正面から受ける風の抵抗だった。空気の粘性抵抗は、一般的に速度に比例するため、空力性能のいいロードレーサーでも、速度を上げるにつれて、強い向かい風が壁となって行く手を阻む。この抵抗を効果的に減殺できれば、ごくふつうの脚力であっても、時速七十キロくらいは出せるのだが。

風洞実験のシミュレーション画面に切り替える。色とりどりの流線群が空気の流れを表し、新型自転車の風防にぶつかる様子を確認するためだった。

……ふと、ここでした寛子との会話がよみがえる。

どういう話の流れだったのかは思い出せない。そのときモニター上に映し出されていたのは、飛行機の翼の断面図だった。上側は丸みを帯びた曲線だが、下側は直線に近い。空気の流れを表す矢印が、上側では大きく蛇行しているのに対し、下側は一直線に流れている。翼の上に、揚力を示す上向きの大きな矢印が描かれていた。

「どこかで、こんな絵を見たことない？　重たい金属製の飛行機が、どうして地面に落ちずに飛んでいられるかを説明する模式図なんだけど」

杉平が訊《たず》ねると、寛子はうなずいた。前屈《まえかが》みになると、ピンクのチュニックが揺れる。

「あるよ。どうして上向きの矢印になるのかは、よくわからないけど」

「ベルヌーイの法則で、翼の上を通る空気は、スピードが速くなるから圧力が小さく、下側は遅いから圧力が大きくなる。その差によって、上向きの力——揚力が発生するんだ」

文系の寛子は、おぼろげに納得したようだった。

「しかし、この説明そのものは正しくても、飛行機の揚力を説明する図としては、不適当だと僕は思うね」

「どうして？」

寛子は、ポカンと口を開けた。小柄で化粧っ気がない上、無造作なショートカットなので、そういう表情をしているときは、まるで中学生のように見える。

「実際、航空機の翼断面は、ベルヌーイ効果を利用するために、こういう形状になっている。でも、だったら、平べったい板みたいな翼を付けた飛行機は、飛べないんだろうか？」

寛子は、少し考えた。

「うーん……飛べるんじゃない？　だって、模型飛行機は、枠に紙を貼っただけで、ちゃんと飛んでるよね」

「そう。つまり、ベルヌーイ効果は、飛行機が空を飛べる本当の理由は説明していないんだ。むしろ、この図がぴったり当てはまるのは、キノコの方なんだよ」

「キノコ？」

唐突に一番好きなワードが出てきたため、キノコ愛好家の寛子は、意味がわからないながら食いついた。杉平は、画面にキノコと風の模式図を表示する。

「キノコの笠ってさ、上がドーム状で、下がフラットなものが多いだろう？　風が吹いたら、キノコの上を通る空気は、曲面に沿って速く進み、下を通る空気はゆっくり進む。その差から、ベルヌーイ効果で揚力が生まれ、笠の下から放出された胞子が高く巻き上げられて、遠くまで運ばれるんだよ」

よく知られた話ではあるが、寛子は、いたく感心したようだった。

「面白ーい。それ、次の絵本のネタになるかも」

「次もまた、キノコの絵本？」

「うん。前の編集さんから、そろそろ描かないかって言われてるの。いつになるかは、わからないけどね」

寛子は、丸顔の頰に片笑くぼを刻んで、照れくさそうに笑った。

……いやいや、想い出にふけってる場合じゃない。杉平は、自嘲《じちよう》するように溜《た》め息をつき、頭を振って立ち上がった。

なぜだろう。今日は、どうも集中できない。

ふと、朝見たキノコのせいではないかという気がした。

あのキノコの正体を見極めがてら、気晴らしに庭に出ようと思い立ち、書斎を出る。

廊下の窓からチラリと外を見ると、朝方は垂れ込めていた雲が晴れ、芝生に日が射しているようだ。階段を下り、キッチンから勝手口を開けて、サンダルを履いて芝生に出る。

思わずギョッとして、立ち竦《すく》んだ。

これは、いったい何だ。

緑の芝生一面に、奇怪な模様が広がっている。ぱっと見でも、大小様々な輪が十個はあった。小さな白い物体が整然と並んでいるのだが、中には赤や紫色のものも交じっている。まるで、ミステリーサークルか、ストーンヘンジのミニチュアのようだった。

杉平は、ゆっくりと歩を進めて、模様の正体を確認する。

今朝、上から見たときには、どうしてわからなかったんだろうか。まさか、あの後、ほんの二、三時間で生えてきたわけでもないだろうに。

輪を作っている白や赤、紫色の物体は、すべてキノコのようだった。

輪の間を巡りながら、得体の知れない恐怖で脚が震える。

妖精の輪《フェアリーリング》だ……。

ずっと前に、寛子に教えてもらったことがある。芝生がリング状に枯れたり、逆に濃緑色に生い茂り、その上にキノコが生える現象だ。イギリス民話では、妖精《ようせい》たちが輪になって踊った跡とされ、ドイツではヴァルプルギスの夜の魔女の仕業だと思われていたらしい。別の国には、異世界への入り口という伝承もあるようだ。

もっとも、科学的に見れば、菌輪という芝の病気に過ぎない。放置しておけば、芝は栄養を奪われて枯死し、キノコがその上を覆い尽くしてしまうため、ゴルフ場などでは深刻な問題になっているようだが。

それにしても、こんなに恐ろしく感じるのは、いったいなぜなのだろう。それは、ほとんど生理的な拒絶反応と言ってもよかった。

ふと、祖父の杉平誠三《せいぞう》の面影が、頭に浮かぶ。

祖父が亡くなる少し前のことだった。数年ぶりに田舎の家を訪ねると、祖父は、珍しく床に臥《ふ》せっていた。それでも、杉平の顔を見るなり、急に元気になって起き上がり、お手伝いさんに言いつけて酒盛りの支度をさせた。

杉平家は、代々続く山林地主だった。戦後の農地解放でも山林は没収されず、祖父の代でも暮らしぶりは裕福だった。だが、なぜか子福とは縁遠い家系で、子供たちに相次いで先立たれ、この時点で、身寄りは二人の孫しか残されていなかった。

祖父は、久々に孫と酒を酌み交わして上機嫌だったが、妙に身体を痒《かゆ》がるのが気になった。そのうち酔いが回ると、浴衣《ゆかた》をはだけて掻《か》き始めたが、祖父の胸から腹にかけて、たくさんの赤い輪のような湿疹——環状紅斑《かんじょうこうはん》が広がっているのが見えた。

後になってわかったことだが、環状紅斑とは単なる皮膚症状ではなく、悪性腫瘍《しゅよう》や膠原《こうげん》病、感染症などの重篤な疾患があるとき、体内から送られてくる危険信号のようなものらしい。

祖父が膵臓《すいぞう》ガンで亡くなったのは、それからほどなくしてだった。

杉平は、大小様々なフェアリーリングを見渡して、総毛立つような思いに襲われた。

芝生一面に広がっているこの病変も、もしかしたら、何かの危険を示しているのだろうか。

2

鶴田《つるた》毅久《たけひさ》は、杉平家のインターホンの呼び出しボタンを押そうとして、奇妙な音が聞こえることに気がついた。家の裏からだ。いったい何だろう。風を切るような……あるいは土を掘るような音である。

家に沿って裏に回ると、杉平進也の後ろ姿が目に入った。

何をしているんだ。

杉平が手にしている物を見て、鶴田は思わず凍り付いた。大きなシャベルと三本爪の鍬《くわ》だ。それらを交互に使って、芝生を荒々しく引っ搔いたり、掘り返したりしている。

「進也くん！」

鶴田が声をかけると、ひょろりとした痩身《そうしん》の杉平は振り返った。

「ああ、鶴田さん」

杉平は、息を切らし、汗だくになっているようだ。

「これを、見てください。まったく、ひどいもんですよ」

彼の言葉の通り、美しかった芝生は、あちらこちらが剝《は》ぎ取られたり掘り返されたりして、目を覆うばかりの惨状を呈している。

「……なるほど、そうだな。しかし、まあ、ちょっと休憩した方がいいよ」

鶴田は、杉平を宥《なだ》めるように微笑した。

杉平進也のことは、従弟《いとこ》として子供の頃から知っている。穏やかな性質で、暴力的な性向は皆無だったはずだ。何か、よほどショックな経験でもしたのだろうか。

ほんの一瞬、最悪な想像が頭をよぎりかけたが、すぐに否定する。現在の状況を見る限り、そういうことではないようだ。しかし、このまま放置しておいたら、本当にマズいことになる可能性がある。

いずれにせよ、精神科医および心理学者として、これまでに幾人もの犯罪者と面接してきた経験からすると、今の杉平が、下手に刺激しない方がいい状態にあることはあきらかだった。

とにかく、まずは、あのシャベルと鍬を取り上げることが先決だろう。

「でも、この状態のままにしておくのは」

杉平は、ためらいがちに言う。話し方は平静で、我を忘れるほどの興奮状態にあるようには思えない。

「うん。しかし、これじゃ、とても収拾がつかない。後は、園芸店にまかせたら？」

杉平は、ようやく落ち着きを取り戻したようだった。

「そうですね。これはもう、僕の手には負えそうにないです」

杉平は、チラリと芝生を見やり、心底ゾッとしたように身震いした。

「鶴田さんは、これを見て、どう思われますか?」

「うーん、そうだなあ」

鶴田は、自然に手を伸ばすと、杉平から無事にシャベルと鍬を受け取った。

これでよし。後は、彼の問いにどう答えるかだが。

「……見たところ、輪を描いているのかな?」

鶴田は、芝生を眺めながら言った。まるで子供の落書きのように、大小様々な輪が、芝生のあちこちに穿《うが》たれている。

「そうなんですよ!」

杉平は、勢い込んで言う。

「気がついたら、そこら中、フェアリーリングだらけなんです! 今朝見たときには、何ともなかったのに——いや、赤いキノコが一、二本見えたんですが、これとは違う。さっき見たら、この有様なんですよ! いくら菌類は成長が早いからって、こんな短時間で育つなんてことがあるんでしょうか?」

キノコ……? 鶴田は、ポーカーフェイスを崩さなかったが、内心、眉《まゆ》を顰《ひそ》めたくなった。

どこにも、それらしきものは見当たらないのだ。

「それは、私の専門外だよ。むしろ、君の方が詳しいだろう?」

「いや、僕もそんなには。寛子だったら、よく知ってたでしょうけど」

おや、と鶴田は思った。どうして、「知ってた」と過去形にしたのだろう。

鶴田は、念のため、杉平が掘り返した土塊《つちくれ》をシャベルの先でほぐしてみた。だが、やはり、キノコなど影も形もない。

「たとえば、そこは全部、紫色のキノコじゃないですか？」

杉平が、覗き込みながら、指を差す。

「このあたりのこと？」

鶴田も、曖昧《あいまい》に掌《てのひら》をかざした。

「ええ。おそらく、ムラサキシメジだと思うんですよね。で、圧倒的に多い白くて丸いのは、ホコリタケの仲間。赤いのは、ベニテングタケです。今朝二階から見たキノコは、赤いけど、ベニテングタケじゃなかった。……たぶん、タマゴタケだったと思うんですが」

いったい何を言ってるんだろうと、鶴田は思う。何色のキノコにせよ、どこにも存在しない。杉平は、あきらかに幻覚を見ているのだ。

しかし、なぜ、そんなことになってしまったのか。

「まあ、中で一息入れないか？　ちょっとした土産があるんだ」

鶴田は、杉平の肩にそっと手を置いて、誘導する。杉平も、興奮が冷めたのか、おとなしく家に入った。

勝手知ったるキッチンで杉平を座らせると、鶴田は、タンブラーを二つ取り出して氷を入れ、ウィスキーの封を切って、琥珀《こはく》色の液体を目分量で注いだ。

「『軽井沢』のシングルモルトだ。いつのまにやら、とんでもない価格になってしまったが、人生の節目には、それにふさわしいウィスキーが必要だというのが、私の持論でね」

タンブラーを軽く打ち合わせて、一口飲む。杉平も、心ここにあらずという状態だったが、それに倣った。

やはり、美味《うま》い。鶴田は、表情を緩めた。日本のウィスキーのレベルは世界一になったが、シェリー樽《たる》で熟成され、軽井沢の気候風土に育《はぐく》まれたこのモルトウィスキーに代わるものは、未《いま》だにない。

杉平も、心なしか表情が和らいでいた。

極上のウィスキーを用いたアルコール面接は、ときとして、自白剤として有名なアミタール面接以上の著効を示すことがある。

「少しは、落ち着いた？」

鶴田が訊ねると、杉平は、夢から覚めたような顔でうなずいた。

「どうしてるかと思って寄ったんだけど、さっきは驚いたよ」

水を向けると、杉平は身震いした。

「僕も、驚きました。キノコが怖いと思ったのは、生まれて初めてですよ」

やはりまだ、幻覚を現実だと思い込んだままらしい。こういう場合、否定するのは得策ではない。

「寛子さんは、相当なキノコマニアだったよね」

「ええ。その影響で、僕も、理久も、すっかりキノコ好きになったんですが」

杉平は、もう一口ウィスキーを飲むと、真剣な目で鶴田を見た。

「もしかして、あのフェアリーリングは、放射能の影響なんでしょうか？」

二〇一一年三月十一日に起きた東日本大震災は、自然災害としては阪神・淡路大震災以来の大きな被害をもたらしたが、東京電力による史上最悪の人災である、福島第一原子力発電所の電源喪失とメルトダウンによって、国土の広範囲を放射性セシウムにより汚染させてしまった。

その結果、福島県など東北地方に加え、長野県でも、山菜類から食品衛生法の基準値を超える放射性セシウムが検出されたが、特に、元々カリウムを多く含むキノコ類は、周期律表で同じ第1族のセシウムを誤って取り込みやすいため、今なお高濃度のセシウムが検出されており、長野県は、野生キノコ類の採取、出荷、摂取の自粛を呼びかけている。

「いや、そうは思えないね」

鶴田は、慎重に言葉を選んで話す。

「たしかに、軽井沢のキノコからは、放射性物質が出ているが、チョルノービリならともかく、キノコのDNAが変異して異常発生するほどの線量ではないはずだ」

そのくらいのことは、理科系の教育を受けた杉平なら、すぐにわかるはずだった。やはり、幻覚によって正常な判断力を失っているとしか思えない。

「だったら、グリホサート系の除草剤か、ネオニコチノイド系の農薬とか……？」

杉平は、宙に視線をさまよわせて、つぶやいた。どちらも、環境汚染の元凶としてやり玉に挙がることが多い薬品である。

「どうだろうね。そんなことがあり得るのか、私にはわからないが、少なくとも、君は芝生にその手の薬品は撒《ま》いていないんだろう？」

「そうですね。寛子も、絶対に使わないと思いますし」

杉平は、うつむいて、タンブラーを口に運んだ。いつになくピッチが速いようだ。

「寛子さんから、連絡はあった？」

何気ない調子で、訊《き》いてみる。

「ええ。相変わらず、ＬＩＮＥで。……でも、どうしてですか？」

杉平は、顔を上げると、刺すような目で鶴田を見る。

「いや、別に深い意味はないんだ。ただ、心理学的な観点からは、孤独というのは、けっこう厄介な問題なんでね」

孤独感は、社会生活全般に影響し、認知症のリスクや死亡率にも影響するという研究結果が発表されている。鶴田自身は、孤独に強いタイプだと自認しており、オフの日を朝から晩まで一人で過ごしても、寂しさを感じることはなかったが。

「真面目な性格の人間ほど、一人でいると精神的に自分を追い込みやすいんだよ。君だって、理久くんに会いたいだろう？」

鶴田は、案ずるような調子で語りかける。

「そうですね。寛子のLINEにも、『リッキーが寂しがってる』って……」

杉平は、なぜか、ここで絶句した。

「なので、なるべく早く帰りたいということでした。ただ、もうちょっとだけ頭を冷やしたいらしくて」

「あまり、立ち入る気はないんだよ。ただ、二週間前、何があったのか、そろそろ教えてくれてもいいだろう？」

ずっと気になっていたが、何度訊ねても、そのことについては杉平は曖昧に言葉を濁すのが常だった。

杉平は、タンブラーを握りしめて、深い溜め息をつく。

「別に、秘密にしているわけじゃありませんよ。前の晩に喧嘩《けんか》をしたのは事実ですし」

「君たちは仲のいい家族だったから、喧嘩などしないもんだと思い込んでたな」

鶴田は、杉平をリラックスさせるため自嘲《じちよう》気味に続ける。

「うちは、始めから終わりまで喧嘩ばかりだったからね。喧嘩するほど仲がいいというのは、相性の悪い夫婦に仲直りを勧めるための方便に過ぎないと、思い知ったよ」

結局は離婚することになったが、今ではむしろ、バツイチシングルの生活を満喫していた。

「それまでは、ほとんど喧嘩したことはありませんでした。ただ、理久の教育問題で、珍しく揉《も》めて。寛子は、理久にお受験させて、東京の名門小学校へ入れたいという意見だったんです。僕は、正反対に、軽井沢の豊かな自然の中で育ててやりたくて」

「そのために、仕事も徐々にリモートワークに切り替えて、移住にこぎ着けたんだもんな」

フリーランスとはいえ、当初は収入も減少したようだし、祖父の遺産がなければ、とうてい実現不可能だっただろう。たまたま、逝去のタイミングが合ったこともあり、すでに軽井沢と東京の二拠点生活をしていた鶴田の勧めで、移住を決断したのだ。

「寛子も同じ考えだと、ずっと思い込んでいました。あれだけ、自然を愛していましたから。しかし、母親というのは、子供の教育となると豹変《ひょうへん》するもんですね」

杉平は早くも、一杯目（ダブルとトリプルの中間くらいの量だった）を飲み干してしまう。鶴田は、高価なウィスキーを惜しげもなく注ぎ、二杯目を作ってやった。

「喧嘩のときに、何かあったの？」

そう訊ねながら、鶴田は、ジャケットの内ポケットにあるＩＣレコーダーを意識していた。カウンセリングの際も使っているが、スマホのボイスレコーダーよりずっと使い勝手が良い。音声を感知して起動するので、ここへ来てからの会話はすべて録音されているはずだ。

「それが、よく覚えていないんです」

杉平は、首をひねりながら嘆息する。

「夕食後に、ワインを飲みながら口論になってしまって。その後は、ウィスキーに切り替えて飲み続けたことだけは覚えています。翌日は、東京で対面の打ち合わせがあったんで、朝早く出かけました」

「そのとき、寛子さんと理久くんは、どうしてたのかな？」

「まだ寝ていました」

杉平は、早くも酔眼朦朧《すいがんもうろう》として、鶴田を見る。

「前から、朝早いときは起こさないようにしていましたし、まして喧嘩の翌朝ですからね」

「で、東京から帰ってきたら、二人の姿はなく、LINEが送られてきたわけだ」

「しばらく頭を冷やしたいので、東京へ行きますとだけ。入れ替わりですね。慌てたんですが、僕の方が何かひどいことを言ってしまったかもしれないと思ったんで、しばらくの間は好きにさせておこうと」

「しかし、もう二週間か」

鶴田は、しみじみと言った。

「夫婦喧嘩の末の家出にしては、ずいぶんと長引いてるようだね」

「そうなんですよ。LINEには、友人の家にいるから捜さないでと書かれてるんですが」

杉平は、訴えるような目を向ける。

「やっぱり、理久のことが心配で。警察に届けた方がいいんでしょうか？」

鶴田は、静かに首を横に振った。

「行方不明者届だったら、やめた方がいい。警察は、まともには捜してくれないよ」

「そうなんですか？」

「警察には、毎日、相当な件数の行方不明者届が出てる。そのうち、捜索の対象になるのは、誘拐された可能性があったり、自殺の虞《おそれ》が高い、いわゆる『特異行方不明者』だけなんだよ。夫婦喧嘩による家出だとわかれば、家で待っていてくださいと言われるだけだろう」

数年前に一度、鶴田がカウンセリングをしていた大学生が所在不明になったことがあった。両親は、警察に行方不明者届を出したが、まともに取り合ってもらえなかったので、鶴田が頼まれて警察に電話し、事情を説明する羽目になった。

大学生は、翌月、「自分探しの旅」からひょっこり帰ってきたが、両親が行方不明者届を出して、友人たちにも聞き込みを行っていたことで逆ギレし、大喧嘩に発展していた。

「それに、勝手に捜索願を出されたとわかったら、寛子さんは激怒するかもしれないね」

「そうか。たしかに、そうですね」

杉平は、がっくりとうなだれてしまう。

「もしよかったらだが、私が一度、寛子さんに会いに行ってみようか？　話を聞いてみれば、案外すぐ、解決への糸口が見つかるかもしれない」

そう言うと、杉平は、ぱっと顔を上げる。

「本当ですか？　ぜひ、お願いします！」

「だったら、LINEで寛子さんにアポを取ってくれるかな？　どうせ毎日、東京と軽井沢を行き来してるから、場所はどこでもいい」

鶴田は、首都圏を中心に頻繁に講演を行い、テレビ番組のコメンテーターもしているため、東京―軽井沢間の北陸新幹線の定期券を購入していた。毎回、グランクラスを利用するため、交通費はとんでもない額に上っていたが。

「わかりました」

杉平は、さっそくスマホを取り出して、メッセージを書き始める。

その様子を見ながら、鶴田は、診断のために頭脳をフル回転させていた。

幻覚には、様々な原因がある。

真っ先に疑われるのは、アルコール依存症や薬物の使用だが、杉平にその兆候はなかった。

昔から、ストレスがあると酒量が増える傾向はあったが、マニア垂涎《すいぜん》のレアなウィスキーを飲ませても、拍子抜けするくらい反応に乏しかった。

杉平は、社会的な規範を重んじ、合理性、慎重性が高い性格なので、覚醒《かくせい》剤や麻薬の類《たぐ》いに手を出すとも思えない。

　そんな中で、唯一可能性があるとしたら、キノコ類ぐらいだろうか。

　幻覚作用を持った毒キノコ、いわゆるマジックマッシュルームは、日本にも自生している。代表的なものは、ワライタケ、オオワライタケなどだが、しばしば、外見が似た食用キノコと間違えて摂取する事故が起きている。

　気になるのは、杉平が見ているキノコの幻覚の中に、ベニテングタケがあったことである。ベニテングタケは、毒キノコではあるが、致死的というわけではなく、最近はむしろ、手軽に幻覚を引き起こすマジックマッシュルームとして注目されている。

　だが、現在、長野県は、放射性セシウムが検出された野生キノコの採取自体を自粛するよう要請しており、杉平が誤ってマジックマッシュルームを食した可能性は、まずないだろう。

　それ以外で、幻覚を引き起こす原因と言えば、第一に、統合失調症のような精神疾患だが、杉平との会話に辻褄《つじつま》の合わない部分はなかった。認知機能には問題がなく、統合失調症だとは考えられない。

　だとすると、残るのは、脳や神経系その他の疾患か、心的外傷後ストレス障害《PTSD》など心因性の原因だが、かりに心因性の原因だった場合は、どうしてキノコの幻覚だったのかということが重要になってくる。

　ユング派の分析心理学を学ぶためにスイスに留学した鶴田にとって、象徴分析は得意とする分野だった。

　キノコは、生態系における分解者の代表である。もしキノコが存在しなければ、三億年前の石炭紀と同様、枯れた樹木が大地を覆い尽くしていたに違いない。その反面、まだ生きている樹木も、キノコの寄生によって死を早められる。

つまり、キノコとは、死によって浄化と再生をもたらす、輪廻転生《りんねてんしょう》のシンボルなのである。

一方、杉平の見ている幻覚には、あきらかにキノコ恐怖症《マイコフォビア》の特徴が表れている。

キノコ恐怖症《マイコフォビア》は、毒キノコを食したことによるトラウマや、毒々しい色への警戒、さらには男性器への嫌悪などが原因になるが、杉平の場合には、妻の寛子がキノコ愛好家《マイコフィリア》であることと無関係とは考えづらい。

そういえば、と鶴田は思い出した。寛子はたしか、自分が死んだ後は、キノコにより遺体を分解させる、『キノコ葬』を望んでいたという記憶があった。『キノコ葬』などの堆肥《たいひ》葬は、日本では違法だが、アメリカに遺体を持ち込んだ場合は合法になるらしく、わざわざパンフレットまで取り寄せていたようだ。

ふと想像してしまい、ぞっとした。全身にキノコの菌糸を蔓延《はびこ》らせ、冬虫夏草のような姿になって土に還《かえ》ることを望むというのは、とても理解しがたかった。遺体処理の方法としては、最もエネルギーを使わず、地球に優しいというのだが。

精神科医であり心理学者でもある鶴田にとって、これは、きわめて興味深い問題だった。

杉平は、いったい何を恐れているのだろうか。

3

杉平は、庭を一目見て、茫然《ぼうぜん》とした。

大小様々なフェアリーリングが、現代アートを思わせるカラフルな模様を作りだしている。

昨日、あれだけ悪戦苦闘して掘り返した跡にさえも、元通りにキノコが生えているばかりか、リング自体の数があきらかに増加しているのだ。

杉平の手から、シャベルと草刈り鎌が滑り落ちる。ある程度の覚悟はしていたが、まさか、一晩でこんな状態になっているとは、想像もしていなかった。

立ち竦んでいると、ふいに、ポツポツと雨粒が落ちてきた。

杉平は、天を見上げる。

空は鈍色《にびいろ》だったが、太陽は出ている。雨粒は勢いを増し、そこそこの量の雨が降り始めた。天気雨だ。西日本では、狐の嫁入りなどと言うらしい。

あわてて母屋に入りながら、バイオエアロゾルのことを思い出していた。

大気中には黄砂や粉塵《ふんじん》など様々な微粒子が漂っているが、そのうち、生物に由来するものをバイオエアロゾルと呼び、花粉や胞子、細菌、細胞の破片などが含まれる。最近の研究では、キノコ類の胞子が、雨を降らせるメカニズムの中で、特に重要な役割を果たしていることがわかってきた。

胞子類は、風に乗って拡散するために、バイオエアロゾルになるのに適した構造をしている。同じように風で運ばれる花粉と比べてもサイズが小さく、長時間浮遊していることができる。そのため、どんな場所でも、我々が呼吸する空気中には、必ず相当量の胞子が含まれており、はるか高空まで巻き上げられて、水蒸気を集める氷晶核《ひょうしょうかく》になる。

つまり、キノコは、自らの胞子で雨を降らせ、棲《す》み処《か》となる森林を育てていることになる。地球を支配しているのはキノコなどの真菌類だと主張する科学者がいるが、そう考えると、必ずしも妄想では片付けられないかもしれない。

この雨もまた、庭のフェアリーリングが呼び寄せたもののような気がしていた。

もしかすると、そこには、何らかの意思が存在するのだろうか。

キノコに知性があるという説は、近年、生物学界では大真面目で議論されている。

地表に覗く、いわゆるキノコは、胞子を作るための器官、子実体《しじつたい》に過ぎず、キノコの本体は、地下に潜む膨大な菌糸のネットワークである。菌糸は、木々の根と絡み合い、共生することで、森全体を地下から支配している。それら全体で一個体と考えると、間違いなく、この地球上で最大の生き物になるだろう。

その菌糸のネットワークには活発に電気信号が流れており、そのパターンを解析した結果、人間の言語のような構造が確認されたというのだ。

杉平は、戸口から、フェアリーリングで彩られた芝生を眺め、あらためてゾッとしていた。この奇怪な現象に意味がないとは、どうしても思えなかった。

菌糸が蔓延《まんえん》した地下には、想像もできないような意思が隠されているような気がする。

菌類は、森を破壊し続ける人間に対して、どんな思いを抱いているのだろうか。

もし、それが、強い敵意だったとしたら。

……毒キノコは、人間を含む大型動物を中毒死させ、死骸を栄養にするために発達した。

今度は、そんな珍説を思い出す。通説では、動物やキノコバエなどの昆虫に食われないよう毒を蓄えるようになったとされているが、逆に捕食のために猛毒化するというのも、あながち考えられないことではないはずだ。

いや、ここは冷静になろう。何かもっと客観的に、キノコの突発的な増殖を説明する仮説はないだろうか。杉平は、懸命に頭を絞ったが、何ひとつ思いつかなかった。

ほんの数分で、天気雨は上がった。

今は、とりあえず、この状況を記録しておくべきかもしれない。書斎から仕事に使っている高性能のデジタルカメラを持って来よう。

そう思って母屋の方を振り返ったとき、誰かがこちらを見ているのに気がついた。

一瞬、昨日に続いて鶴田が来たのかと思ったが、一目見て別人とわかる。

「失礼します。インターホンを押しても、応答がありませんでしたので」

二十代後半とおぼしき、細身で細面の男だった。ウェーブのかかった長髪で、黒のシャツとパンツに身を包み、モスコットの黒縁眼鏡に、真っ黒なスマートウォッチという恰好《かっこう》である。ファッションデザイナーか、メディア関係者のような雰囲気だった。

「何のご用ですか？　セールスでしたら、お断りしてるんですが」

杉平は冷たく言い放ったが、男は、軽く会釈しながら近づいてくると、名刺を差し出した。受け取って見ると、『末広《すえひろ》探偵事務所　末広拓実《たくみ》』とある。

とても探偵には見えないが、いったい何の用だろう。不審が顔に出たのか、末広は微笑した。

「実は、松本道子《まつもとみちこ》様から、ご依頼を承りまして」

意外に愛嬌《あいきよう》がある笑顔だった。

「ああ……そうなんですか」

杉平は、思わず口ごもる。松本道子は、寛子の母親の名前である。寛子と連絡が付かないと何度か電話があったが、友人の家を訪ねていると、適当にごまかすしかなかった。

それにしても、いきなり探偵を雇うとは驚きだった。資産家なので、こういう際は専門家にまかせるものなのだろうか。警察に相談したところで、埒《らち》があかないことを知っていたのかもしれないが。

「いきなりお伺いして失礼とは思いますが、杉平寛子さんに、お会いできないでしょうか？携帯電話にも連絡が付かないので、松本様がたいへん心配しておられます」

「それが、今ちょっと、ここにいないんです」

「どちらに行かれたんですか？」

末広は、言葉や物腰は柔らかいものの、黒縁眼鏡の奥の目は鋭く光っている。

「私にも、わからないんですよ」

「わからない？」

「実はその、今ちょっと、家出をしていまして」

末広の表情が、少し硬くなった。

「家出だったんですか。理久くんは、どうされたんですか？」

「寛子と一緒です」

「失礼ですが、原因は何だったんでしょうか？」

「ちょっとした、喧嘩をしまして。息子の教育方針を巡ってなんですが」

杉平は、簡単にいきさつを説明する。末広は、無表情に聞いている。

「そうですか。それは、ご心配でしょうね」

「ええ。もちろん、原因は私の方にあるんですが」

末広は、庭全体を見渡し、放り出したままのシャベルと草刈り鎌に目を落とす。

「ああ、キノコです。原因不明ですが、昨日から突然異常発生して、ほとほと困ってます」

杉平は、説明したが、自分でもどこか言い訳じみて聞こえた。

末広は、しばらくの間、どこか胡乱《うろん》な目で芝生を見渡していた。

「そうですか。……とても大きなお庭ですね。うちのマンションの敷地より広い。どれくらいあるんですか？」

世間話のような、気楽な調子で訊ねる。

「三百坪と、ちょっとあります」

「たぶん、相当お手入れが大変でしょうね。ご自分でやられてるんですか？」

末広は、シャベルと草刈り鎌を指さす。

「まあ、ふだんは。手に負えないときは、園芸店に頼みますが」

「なるほど。……で、杉平さんは、奥さんとは連絡は取れてるんですか？」

末広は、急に話を戻した。

「ええ。ＬＩＮＥだけですが」

「ぶしつけですが、トーク画面を拝見できますでしょうか？　事情を松本様に報告しなければなりませんので」

「ええ、いいですよ。じゃあ、中へどうぞ」

杉平は、末広を応接間に請じ入れて、コーヒーを出した。スマホを渡してＬＩＮＥのトーク画面を見せる。

「……なるほど。少し頭を冷やしたいというわけですか」

末広は、コーヒーを飲みながらつぶやいたが、納得しているふうではなかった。

「私は、一日も早く帰ってきて欲しいと思っています。それで、従兄《いとこ》に頼んで、会いに行ってもらうことになってるんです」

「いとことおっしゃいますと？」

末広は、眉を上げた。

「鶴田毅久と言いますが、名前はご存じかもしれません。精神科医で心理学者の」

「ああ。あの方ですか。テレビで拝見したことがあります。杉平さんの従兄なんですね」

末広は、感心したようにうなずいた。

「この、すぐ近所に住んでるんですよ。軽井沢に越してきたのも従兄の勧めだったんですが、家族ぐるみで親しくしています」

そう強調したのは、末広に、少しでも自分を信用してもらいたかったからかもしれない。

「そうですか。できれば、鶴田さんからも、お話をお伺いしたいのですが」

「それでは、こちらから話しておきますよ。鶴田から、末広さんに直接連絡するように」

「ありがとうございます」

末広は、深々と頭を下げた。

「それから、ぶしつけなお願いですが、このトークの画面をスクショして、私のスマホに送っていただけませんか？」

妙な疑いを掛けられたくなかったので、リクエストは、すべて快諾するしかなかった。

その後、末広は、杉平と一緒に寛子や理久の部屋、リビング、寝室などを見て回った上に、庭を一周して、ようやく帰っていった。

参ったなと思う。杉平は、腕組みをして溜め息をついた。

義母には、電話して謝っておかなければならないだろう。けっして気難しい人ではないが、娘の音信不通が続いていては、心配するのも無理はないだろう。

それにしても、寛子も、電話にくらい出てくれたらいいのにと思う。

それから、思い出して書斎に上がり、主に仕事に使っているデジタルカメラを持ってきた。もう一度庭に出ると、不気味な思いを押し殺しながら、フェアリーリングの間を巡り、写真を撮影しようとした。

液晶モニターを見るなり、仰天する。

これは、いったい、どうなっているんだ。

肉眼でははっきりと見えている色とりどりのキノコのフェアリーリングが、モニター上では、どこにも存在しないのだ。

何度も実物とモニターを見比べてみたが、同じである。カメラの故障とは考えられなかった。デジカメの画像処理には詳しくないが、他は映っているのにキノコだけが映らないなどという故障はあり得ないからだ。

念のために、一枚撮影してみたが、やはり写真には、キノコは写っていない。

だとすると、問題は、自分の目の方にあるのだろうか。

杉平は勇を鼓して、手を伸ばし、フェアリーリングを作っているキノコに触れようとした。

驚いたことに、指先には何も感じなかった。

さらに手を伸ばすと、弾力のある芝生に触れた。それから、ザラザラした粗い土の触感も。

にもかかわらず、キノコに対してだけは、何の手応《てごた》えもなく手が突き抜けてしまう。

思わず我が目を疑うような怪現象だった。昨日から、こうだったのだろうか。

思い返してみると、直接キノコには触れずに、芝や土ごと除去していたようだ。だったら、昨日見たキノコもまた、実体を持たない立体映像のようなものだったのかもしれない。

理由はわからないが、写真に収められないのなら、手描きで記録するしかないだろう。

今度は寛子の部屋に駆け上がって、スケッチブックと色鉛筆、それからキノコ図鑑を持って戻ってきた。

まず最初に、庭全体の見取り図を描いた。フェアリーリングの分布と、個々のキノコの位置、サイズ、色を描き込んだ。それから、主なフェアリーリングを順番にスケッチする。

寛子と違って絵心がある方ではないが、対象を正確に捉《とら》える目には自信があった。

やはり、白いキノコのリングが一番多かった。大半は饅頭《まんじゅう》のようにまん丸で、クリーム色のものや表面に細かい粒々があるものも交じっていた。昨晩図鑑やネットで調べたところでは、フェアリーリングを形成するキノコは世界で五十種くらい、日本でも数種類存在するらしい。たぶん、そのうちの一種、チビホコリタケだろう。

赤いキノコは、光沢のある深紅色の笠に不定形の白いブツブツがある。柄は白く、フリルのようなツバが見えた。特徴的な外観なので、すぐにベニテングタケと同定できた。

紫色のキノコは、ムラサキシメジではないかと思ったが、よくフェアリーリングを作るのは、コムラサキシメジの方らしく、やや小ぶりで紫色が薄い特徴から、コムラサキシメジであると断定していいだろう。

それから、昨日はあまり気がつかなかったが、茶褐色のキノコのリングも相当数見られた。笠は小さく、ひょろ長い。以前に芝生に生えてきたキノコによく似ていると思ったが、図鑑を参照すると、やはり、シバフタケのようだった。

さらに、白いフェアリーリングの中に、ホコリタケとは全然形が違う、笠を開いた大ぶりのキノコも見つかった。一つは食用になるハラタケ、もう一つは、ハラタケと近縁ながら猛毒のオオシロカラカサタケだとわかる。

一通りスケッチを終えたときには、もう昼を過ぎていた。

あらためて、自分の描いた絵を見直してみる。描き慣れないのでタッチが定まっていないが、ためらいがちの線が集まって、しっかりとしたキノコの画像を描き出している。

スケッチする際は、いっさいキノコ図鑑は見ておらず、必ず描き終えてから同定するようにしていた。だとすると。

やっぱり、違う……。このキノコは、けっして幻覚なんかじゃない。

それは、確信だった。絵心のない人間には、イマジネーションだけでこんな絵を描くことはできないはずだ。キノコのフェアリーリングは、触れることはできないが、たしかに、ここに存在しているのだ。

　ふと、大学生のときに聞いた言葉が、鮮明によみがえった。

　言ったのは、オカルト好きで有名な女子で、ソフトテニス・サークルの飲み会の席だった。どうしてそんな話になったのかは、まったく覚えていない。こちらから、そんな話題を振ることはないと思うのだが。

「わたし、心霊写真って、根本的におかしいって思うんやけど」

　猪口《いぐち》……花《はな》だったか、およそオカルトとは縁のなさそうな健康的な丸顔の女の子だったが、周囲が驚くようなピッチでチューハイのジョッキを空けていき、すでに、かなり酔っ払っていた。突っ伏すように居酒屋のテーブルに凭《もた》れると、長い髪を掻き上げる。

「そりゃ、おかしいよ。誰がどう見たって」

　杉平は、ビールを飲みながら鼻で笑った。あの頃は、ひたすら科学と論理だけを信奉して、精神的な価値に重きを置く学生たちを馬鹿にする、鼻持ちならない若者だったと思う。

「逆なんよねー」

　花は、杉平の態度を気にせず続けた。逆って何だと、杉平は思う。何か流行《はや》り言葉みたいになっているが、続《めえ》きを聞くと、逆でも何でもないことが大半だった。

「幽霊が、人の目には見えへんのに、写真にだけ写るいうんは、どんな理屈やねんと思うわ。ほんまやったら、霊感のある人の目には見えるけど、写真には写らへんはずやん？」

　なるほど、と杉平は思った。対象物の表面で乱反射した光を凸レンズなどで一点に集めて、逆さに投影した像を、感光剤を塗ったフィルムや撮像素子によって記録するのが写真である。

そもそも、光が反射する実体がない幽霊が、写るわけがないのだ。

もっとも、人の目には見えるというのも、どうかとは思うのだが。まあ、本気でオカルトを信じているような頭の沸いた人間には、何が見えてもおかしくないのだろう。

飲み会に集っていたソフトテニス部員らは、それぞれ就活の話や恋バナで盛り上がっており、他には誰も、花の言葉を聞いている人間はいなかった。

「それで言うたら、吸血鬼が鏡に映らへんいう方が、よっぽど納得できるわ」

花は、ろれつが回らなくなった舌で言う。

「だいたい、幽霊って、なんで見えるんやと思う？　あんねえ、たぶん知らへんと思うけど、あれ、みんな……キノコの……やから……ｚｚｚ」

花は、そのまま寝落ちしてしまった。


思い返して、杉平は眉を顰《ひそ》めていた。

人の目には見えて、写真には写らない。まさに、あのフェアリーリングのことではないか。

それに、猪口花は、あのときたしかに「キノコ」と言っていた。何を言うつもりだったのかは見当もつかない。今日このときまで、一度も気にしたことはなかったが。

猪口花は、オカルトに関しては相当詳しかったはずだ。たしか、夜中に金縛りに遭うという女の子の相談に乗って、解決してやったことがあったとか……。

書斎にとって返すと、ソフトテニス部の名簿を捜す。容易に見つからないだろうと覚悟していたが、去年蔵書の整理をしたときに、名簿類を一箇所にまとめていたのが役に立った。

猪口花の実家に電話してみる。幸運にも、すぐに繋《つな》がった。大学の友人ですと自己紹介し、花に至急連絡を取りたいんですがと言うと、「山」にいるという。しかも、今どき携帯電話が通じない場所らしい。

嘘をつくのは気が引けたが、共通の友人が危篤状態なのだと言い、何とかして連絡を取り、折り返し電話して欲しいとお願いして、携帯電話の番号を伝えた。

電話を切ってから、杉平は、しばらくの間、ぼんやりとしていた。

この世で起きることすべてが理屈で割り切れると思っていたわけではない。しかし、まさか自分が、こんな不条理な状況に放り込まれる日が来るとは、想像もしていなかった。

ここには、愛する家族である、寛子も理久もいない。

そして庭は、触れることのできない奇怪なキノコによって、埋め尽くされている。

あれほど楽しかった軽井沢ライフは、理不尽きわまりないトワイライト・ゾーンによって、呑み込まれてしまった……。

まだ日が高いというのに、杉平は、いつになく強烈にアルコールを欲していた。

そうだ。昨日、鶴田さんが持ってきてくれた『軽井沢』が、まだ残っているはずだ。

リビング兼応接間へ行って、洋酒の瓶を並べたキャビネットを見る。

たしか、ここに置いたはずだが。

見つけた瞬間、杉平は、ギョッとして後ずさった。

首の部分がくびれた独特のフォルムの瓶には、濃い琥珀色のウィスキーが、まだ半分以上は残っている。

そのキャップの上からは、背の高い純白のキノコが、傲然《ごうぜん》と笠を開いて屹立《きつりつ》していた。

4

鶴田は、レクサスLFAを止めた。杉平邸の前には見慣れない軽トラックが止まっている。母屋の奥の庭の方からは、何やら騒々しい音が響いていた。

車を降り、庭へと向かった。

前回の訪問から四日がたっていた。杉平の様子は、気になって毎日電話で確かめていたが、今朝の話は、まったく要領を得ず、挙げ句は、忙しいと言われて切られてしまう始末だった。「サイトウ」がどうとか言っていたが、いったい何が起きているのだろう。

庭の中央の芝生は、広範囲に剝ぎ取られ、地鎮祭のように四本の青竹が立てられて、紙垂《しで》の下がった注連縄《しめなわ》が張られている。その奥では、作業服の若者たちが、杉の丸太を井桁《いげた》に組んで護摩壇《ごまだん》を設《しつら》えている。

杉平の姿が目に入った。庭のあちこちを指さしながら、何かを訴えるように話をしていた。相手は、頭に黒い頭襟《ときん》を着けて鈴懸《すずかけ》をまとい、緑色の梵天《ぼんてん》が付いた結袈裟《ゆいげさ》と法螺貝《ほらがい》をかけて、腰から最多角念珠《いらたかねんじゅ》を吊るし、白い地下足袋《たび》を履き、手には錫杖《しゃくじょう》を持った、いわゆる修験装束の女性である。

「進也くん。これは、いったい何の騒ぎなんだ？」

「ああ、鶴田さん。紹介します。こちらは、猪口花……じゃなくて、ジコウボウさんです」

女性は、結袈裟の懐から、紗刺《しゃざ》しの名刺入れを取り出した。恭しく手渡された名刺を見ると、「大峰山《おおみね》　弥山《みせん》講　時候坊」と、手漉《てす》きの和紙にシンプルに墨書されている。

「あなたは、山伏なんですか？」

鶴田は、眉間《みけん》に皺《しわ》を刻んで訊ねた。最近は女性でも山伏になれるようだが、坊号まで付いているのは珍しい。

「はい。本日は、キノコを調伏するための柴燈《さいとう》護摩を焚《た》かせていただきます」

印のようなものを結んで頭を下げる。

「猪口……時候坊さんとは、大学で同じサークルでした。成績優秀で、ゴールドバーグ証券に就職したと聞いてたんですが、山伏になってたのには驚きました」

「お金がすべてという世界に、嫌気がさしたんです」

時候坊は、言葉少なに語る。

「一日修験道体験で、大峯奥駈道《おおみねおくがけみち》を縦走したとき、憑《つ》き物が落ちたような気持ちになりました。翌週には、そのときの先達《せんだつ》に弟子入りしました。今は、一日も早く一人前の修験者となるべく精進しております」

「それで、うちのキノコのことを相談してみたら、僕には危険が迫っていると言うんですよ。なので、本格的に祈禱《きとう》をして退治してもらうことに」

杉平の口調は、まるで、病気になったので医者にかかりましたと報告しているようだった。

何ということだ。鶴田は、呆《あき》れた。昔から、人の難儀につけ込むのが宗教の常套《じょうとう》手段だが、理科系の教育を受けたはずの杉平が、どうして、こうも易々と騙《だま》されてしまったのか。

このままでは、高額のお布施をすると言い出しかねないなと、ひそかに危惧《きぐ》する。

「庭のキノコを駆除しようと思ったら、ふつうは、まず園芸店に頼むものだと思うんだがね。どうして、こんな……」

その先は言葉にならず、護摩壇の方を右手で指す。

「ふつうのキノコなら、そうでしょう。でも、こいつは違う。目には見えるけど、触ることはできないんです。そんなもの、園芸店では駆除できないでしょう？」

杉平の答えに、鶴田は驚いた。いつ気づいたのかはわからないが、杉平は、キノコが幻影であることを自覚している。にもかかわらず、その実在を疑ってはいないのだ。

「あなたは非常にセンシティブな問題に踏み込んでいることを、理解しておられますか？」

鶴田は、時候坊に向かって小声で言った。

「センシティブといいますと？」

時候坊は、キョトンとしていた。外資系の証券会社にいたんなら、言葉の意味がわからないことはないだろう。

「やり方次第では、かえって状況を悪化させてしまうことも、あり得るということです」

本当は、もっと強く警告したかったが、杉平が横で聞いているので、「妄想」という言葉は使えなかった。

「わかりました。よりいっそう心して、調伏にあたりたいと思います」

時候坊は、力強くうなずいた。

あくまで、すっとぼけるつもりらしい。鶴田は、内心で歯噛《はが》みしたが、無理に笑顔を作る。腹立たしいが、今は静観するよりない。

キノコが杉平の幻覚だということは、ここへ来てすぐにわかったはずだ。にもかかわらず、護摩の儀式を強行しようという行動は、この女の正体を物語っている。

山伏は古代の山岳信仰から生まれた修行者だが、民間医療や呪《まじな》いに長《た》けた呪術師《シャーマン》でもあり、一部には、祟《たた》り封じなどを口実にして民衆から金品を巻き上げる詐欺師もいた。

この女は、間違いなく後者だろう。杉平を籠絡《ろうらく》するのに手段は選ばないかもしれない。

大げさな宗教的儀式に、意味がないとは言わない。強い暗示により不安を和らげられれば、幻覚が消えることもあり得るからだ。もしそうなったら、ここぞとばかり霊験《れいげん》をアピールし、うまくいかなかったら、さらに強力な儀式が必要だと説き、金を引き出す魂胆に違いない。

まあ、せいぜい、うまくやるがいい。鶴田は、時候坊の後ろ姿を冷ややかに見つめていた。すぐに化けの皮を引っ剝《ぺ》がしてやる。

「……灰が飛んできそうだな。車をガレージに入れさせてもらっていいかな？」

鶴田は、杉平に頼んでガレージのシャッターを開けてもらい、レクサスＬＦＡを入れた。

庭に戻ったとき、新たな来訪者の姿が目に入った。全身黒ずくめの男だ。先日、やって来て、根掘り葉掘り質問をして帰った探偵だ。たしか、末広とかいっただろうか。

末広は、杉平と鶴田に軽く会釈し、時候坊にも一言二言挨拶《あいさつ》すると、後は目立たないように隅に佇《たたず》んでいた。手にはキヤノンの黒いデジタル一眼レフがあるのに気づく。鶴田が愛用するフラッグシップモデル、EOS-1D X Mark IIIには及ばないだろうが、高価なカメラであるのは一目瞭然《りょうぜん》だった。これから起きる馬鹿騒ぎを、しっかり記録しようというのだろう。

そうこうするうち、作業をしていた若者たちは、チェーンソーで窪《くぼ》みを作って井桁に組んだ丸太の間に、焚き付けや檜《ひのき》の葉を入れて、準備が整ったようだった。

スマホで調べると、ふつうの柴燈護摩では、法螺貝を吹き鳴らしながら山伏行列が練り歩き、「山伏問答」が始まるところだと見当が付いた。さらに、東西南北と中央の穢《けが》れを祓《はら》うため、山伏が斧《おの》を振り下ろす法斧《ほうふ》の儀や、天に向けて弓を射る放弓の儀、剣を振り下ろす法剣の儀が行われるべきところだが、すべて省略されて、護摩壇に点火された。檜の葉がもうもうと煙を上げて、時候坊が、短い錫杖を鳴らしながら、その周囲をぐるぐると回る。

やれやれ、これを最後まで見せられるのか。鶴田はうんざりしたが、とりあえず成り行きを見守ることにした。

末広も、護摩壇や周囲に向けて幾度となくカメラを構えていたが、どこか困惑した様子で、シャッターを切るのをためらっているようだ。

檜の葉が燃え尽きると、煙幕の下から再び護摩壇が見えるようになった。組んでいた丸太が燃えて崩れ、時候坊は、後から新たな護摩木を投入していく。

「南無東方降三世《ごうざんぜ》夜叉明王《やしゃみょうおう》！　南無南方軍荼利《ぐんだり》明王！　南無西方大威徳《だいいとく》明王！　南無北方金剛《こんごう》夜叉《やしゃ》明王！　南無中央大日大聖《だいにちだいしょう》不動《ふどう》明王！」

時候坊は、印を結びながら呪文《じゅもん》を唱え、さらに、両手の指を少し交叉《こうさ》させ金剛合掌をする。

鶴田は、眉を上げた。まるで、本気でキノコを調伏しようとしているようだが。

「見我身者《けんがしんしゃ》、発菩提心《ほつぼだいしん》、聞我名者《もんがめいしゃ》、断悪修善《だんなくしゅぜん》」

そういうことであれば、この儀式の一部始終も、杉平の精神状態を示す証拠として記録する価値があるかもしれない。

鶴田は、遅ればせながらスマホで録画を始めた。こうなるとわかっていれば、末広のように高精細な動画が撮れるカメラを持ってきたのだが。

「聴我説者《ちょうがせつしゃ》、得大智慧《とくだいちえ》、知我心者《ちがしんしゃ》、即身成仏《そくしんじょうぶつ》」

時候坊は、次々に印を変えながら、呪文を唱えていく。

「知らせばや成せばや何にとも成りにけり心の神の身を守るとは」

修験道は、明治の修験道廃止令により排除され、天台《てんだい》宗や真言《しんごん》宗に帰入を強いられたのだが、日本古来の信仰という点ではむしろ神道に近く、経を唱える一方で祝詞《のりと》めいた呪文も多い。

時候坊の奮闘は、いつ果てるともなく続く。鶴田は、何度も腕時計を見た。

「ああっ、うわっ！」

儀式もたけなわというところで、杉平が、突然奇声を上げた。

周囲にも、どよめきが広がる。

いったい、どうしたんだ。鶴田は、眉を顰めた。まるでパニック障害に襲われたようだが、何がきっかけになったのか、よくわからない。

すると、驚愕《きょうがく》の波は、周囲へと伝染していった。護摩壇の設営を担当していた若者たちや、末広までもが、ギョッとしたように立ち竦んでいる。

「こ、これは……！」

そして、ついには、咒文を唱えていた時候坊までもが、凍り付いたように動きを止めた。

「とうてい、わたしの手には負えません！」

そう言って、一方的に儀式の終了を宣言すると、結界の外へと逃げ出してしまう。

これもまた、何かの演出なのだろうか。鶴田は、すっかり呆気《あっけ》にとられていた。

後には、まだ燃えている護摩壇の残骸《ざんがい》だけが残され、若者たちが消火器で炎を消し止めた。

美しかった芝生は、見る影もなくなっていた。このままの状態だったら、売ろうとしても、買い手は付かないだろう。

末広は、いつのまにか姿を消していた。

杉平は、茫然として佇み、譫言《うわごと》のようにつぶやいている。

「こんな……馬鹿な……いったい、どうすれば？」

「進也くん。ちょっと話をしないか」

鶴田は、杉平の背中を押して、母屋に入ろうとした。すると、背後から時候坊の声が追いかけてきた。

「待ってください！」

今さら何なんだ。鶴田は、うんざりして振り返った。

「どうしてわかったんですか？」

時候坊は、真剣な眼差《まなざ》しで、詰問するように言う。

「何のことですか？」

「あなたは、さっき、こうおっしゃいました。『やり方次第では、かえって状況を悪化させてしまうことも、あり得る』と」

「たしかに、言いましたが」

鶴田は、眉を上げた。

「あなたには、なぜ、こうなることが予見できたんですか？　わたしには想像すらつきませんでした」

こうなることとは、どういう意味だ。何を言いたいのか見当も付かないが、こういう場合、相手によけいな情報は与えずに、喋《しゃべ》らせた方が無難だろう。

「その程度の予測もできないで、あなたは、外護摩《げごま》を焚こうとしたんですか？」

相手の追及を躱《かわ》したいときには、逆襲するのが最も有効である。

「たしかに、わたしの力が至りませんでした」

時候坊は、うなだれる。

「未熟者だったと、つくづく痛感しております」

「それは、言い訳にはなりませんよ。未熟なのがわかっていれば、経験豊富な大先達《だいせんだつ》にお願いすべきだったのではないですか？」

「……その通りです」

「さっきのは、『不動金縛り法』ですね？　まだ緑色の梵天を付けている修験者が行うには、少々荷が勝ちすぎる術だと思いますが」

スマホで調べたところでは、『不動金縛り法』は最強と言われる調伏法であり、梵天の色は山伏の階級を示している。最上位は緋《ひ》色や深紫であり、緑は中堅クラスに過ぎないはずだ。

「ええ、本当に、すべて、おっしゃるとおりです」

鶴田の鞭《むち》のような言葉に、時候坊は、すっかり打ちのめされていた。

「鶴田さん。彼女を責めないでください。僕が無理を言って、助けてもらったんです」

見かねたらしく、杉平が、時候坊に助け船を出す。

「いいえ、鶴田さんのおっしゃるとおりです。わたしの見通しが甘かったばっかりに、こんな結果になってしまいました」

時候坊は悄然《しょうぜん》としていた。快活で外向的な性格に見えるが、実は、几帳面《きちょうめん》で責任感が強く、うつ病になりやすい、メランコリー親和型なのかもしれない。

「杉平くん。わたしはもう手の打ちようがあらへんけど、助けになってくれる人を知ってる。修験者のお孫さんで、生まれついての霊能者よ。何とかして、連絡を取ってみるから」

時候坊が、関西弁で言う。山伏の衣のまま、ふつうの女性、猪口花に戻ったかのようだ。

ふん。やっぱり、そういう魂胆だったのか。鶴田は心中で嘲笑《あざわら》った。

あえて大げさなセッティングをしておいて、敵が強大すぎて術が失敗したと信じ込ませる。そして、絶望の中の唯一の光明と信じ込ませて、やおら救いの神を登場させ、お布施の金額を天文学的な数字にまで吊り上げるのだ。

「頼むよ。このままじゃ、とても生きた心地がしない」

杉平は、鳥肌が立っているような表情で、庭に視線をさまよわせた。

「まさか、逆に増えるなんて、思ってもみなかったよ。それも、あんなに爆発的に」

爆発的に、増えた……？　杉平には、そう見えているのか。

「そのことなんやけど、わたしには、このキノコが邪悪なものとは思えへんのよ」

時候坊は、まるで自身にもキノコが見えているかのように調子を合わせる。

「電話では、僕の命が危ないって言ってたじゃないか？」

「そうなんやけど、たぶん、キノコは何かの警告やと思う。本物の脅威は、どこか別のとこにあるんやないかな」

鶴田という第三者の存在を無視し、平然と三文芝居を続けるこの女の厚かましさ、傍若無人さには、つくづく恐れ入るしかない。

柴燈護摩の火が完全に消し止められ、時候坊らが退場する。鶴田だけが残り、杉平と一緒に母屋に入った。いくつか確認しておかなければならないことがあった。

四日前と同じように、キッチンでテーブルに向かい合って座る。

「まったく、とんでもないことだったね」

鶴田は、杉平を安心させるように言う。杉平は、黙ってうなずいただけだった。

「落ち着いたら、アルコールが欲しくなったんじゃないか？　そうだ、この間の『軽井沢』は、まだあるかな？」

キッチンには見当たらないから、たぶん、どこかへしまったのだろう。とりあえずは所在を確かめようと思っていると、杉平は、静かに首を横に振った。

「え？　もう飲んでしまったの？」

鶴田は、驚いた。まさか、そんなことは、ありえない。だが……。

「いえ。実は、捨ててしまいました」

「捨てた？『軽井沢』を？　なぜ？」

これには、心底愕然とした。いったい、いくらしたと思っているんだ。どうしたら、そんなもったいないことができる。

「キノコが……生えてたんです」

「キノコが」

鶴田は、力なく繰り返す。世にも馬鹿げた妄想のために、二度と作られることのない貴重なウィスキーの一本を、あたらドブに捨ててしまう人間がいるとは思わなかった。

「まあ、しかたがない。だったら、君のウィスキーをご馳走《ちそう》になろうか」

鶴田は、目ざとく『ザ・マッカラン レアカスク』を見つけると、二人分のオンザロックを作った。

杉平は、黙ってタンブラーを受け取り口を付けたが、歯が当たり、カチカチと音を立てた。

「一つ、いいニュースがある。あさって、寛子さんと会うことになった」

「え？ LINEでは、何も言ってませんでしたが」

「今朝、直接電話があったんだ」

「そうですか」

杉平は、またウィスキーを一口飲んだが、少しほっとしたような気配があった。

「リッキーも元気ですと、言っていた。だから、とりあえず、寛子さんのことは、心配しなくてもいい」

それを聞いたとき、杉平は、またひどく深刻な表情になった。

どうしたんだ。鶴田は、杉平を探る目で見る。

「それにしても、だ。令和の世に、いくら何でも山伏はないんじゃないか？」

笑いに紛らせて訊ねた。

「さすがに、時代錯誤ですよね」

杉平は、溜め息とともに言葉を吐き出した。

「猪口花が、たまたま修験者になっていたんで、つい頼ってしまったんです」

「まあ、気持ちはわかるがね、山伏がキノコを調伏するという図は、まるで狂言だよ」

鶴田は、はっとした。どうして、今まで思いつかなかったのだろう。

これは、『くさびら』という狂言の筋にそっくりではないか。

どういう関連があるのかはわからないが、調べてみる必要があるだろう。

5

新しい自転車のフォルムは、人が走る姿勢に限りなく近づきつつあった。ここでもやはり、ネックは空気力学《エアロダイナミクス》である。

四足獣のような前傾体勢のロードレーサーと比べると、直立し胸を張った姿勢は、正面からまともに風圧を受ける。フレームを極限まで薄くし、ボルテックスジェネレーターを付けても、やはり根本的な問題は解決できなかった。

杉平は、モニターから顔を上げて、コーヒーを啜《すす》り、頭を掻き毟《むし》った。

だめだ。締め切りが近いというのに、どうしても集中できない。

キノコのフェアリーリングは、もはや庭だけにとどまらず、母屋の中の壁や床、天井にまで拡大していた。

書斎の壁はまだましな方だったが、点々と生えているキノコが形作る、放物線や懸垂曲線のようなカーブは、神経を微妙に逆撫《さかな》でする。これが何かのサインだというのは、もはや確信になりつつあったが、あいにく何を伝えたいのかは、さっぱりわからない。

目を閉じると、あの瞬間の映像が溢《あふ》れ出す。

時候坊の『不動金縛り法』の咒文が響く中で、芝生の上に広がっていたフェアリーリングが、突如として、爆発的に増殖し始めたのである。

すでに生えていたキノコは、左右に身を捩《よじ》り、震えながらぐいぐいと背丈を伸ばしていき、その周囲では、新たなキノコがポコポコと生まれてくる。それは、まるで、微速度撮影《タイムラプス》による『キノコの繁殖』という記録映画を見ているかのようだった。

燻《くすぶ》っていた護摩の火が消し止められ消火剤の白い煙が薄れたとき、目の前に現れた芝生は、前衛絵画のカンバスのようにカラフルに彩られていた。白、赤、黄、紫、茶……。

庭は、今もそのままの状態だった。窓から見下ろすと、多種多様な花が咲き乱れるお花畑のようでもあり、同じ真菌であるカビが群生する光景のようにも映る。馴染《なじ》みの工務店に頼んで、庭と家を隠すようにブルーシートを張ってもらったので、道路からは直接見えないはずだが、あまりにも異様な光景なので、近所で噂になるのは時間の問題かもしれない。

ここまで奇怪な場所に成り果てたのに、どうして、この家から逃げ出さないのだろう。

それは、自分自身でも、容易に答えが見つからない疑問だった。

とはいえ、何があろうと、寛子と理久が戻ってくるまで、この家で頑張っていようと思う。我ながら、向こう見ずな決意だと思うが。

それでも、キノコに対する恐怖は、当初のショックが過ぎ去ると徐々に薄らぎつつあった。むしろ、キノコが何を伝えようとしているのか、積極的に知りたいと思うようになっていた。

杉平は、スケッチブックを取り出した。写真に写らないので、家の中のフェアリーリングも、すべて手で描くしかなかった。美術ではなく理科で教わったスケッチの方法であり、輪郭線は一本だけ、陰影を付けず、細かい寸法や角度を測って図の中に書き込んである。

キノコの論理はわからない。菌糸に流れる電気信号が人間の言葉に翻訳できればともかく、しかし、もしキノコが人間に何かを伝えたいのなら、そこにはたぶん、人間にも解析可能なパターンが潜んでいるはずだ。

キノコが考えていることは、どれほど想像を逞《たくま》しくしても理解の外だろう。

そう考えると、まず気になるのは、キノコのフェアリーリングの形である。

図形には、人種や文化を超えて人類に共通の意味合いがある。たとえば、三角形は、鋭角のイメージで、危険標識に使われる。一方、円は輪廻や永遠などを象徴するが、放射線マークやバイオハザードマークは、円を基調としている。フェアリーリングの中には、バイオハザードマークを連想させる形をしているものもあった。

とはいえ、象形文字のように何かを象《かたど》ったものでなければ、形でメッセージを伝えるのは、かなり難しいことだろう。

では、もし、形ではないとしたら。

杉平は、立ち上がって、書斎の窓から外を眺めた。ここからでは、庭は端しか見えないが、それでも、様々なキノコで満艦飾になっている様子は窺《うかが》えた。

次に注目すべきは、やはり色だろう。

キノコが爆発的に増殖した後、なぜか赤いキノコの割合が著増していることに気がついた。透明な下敷きで即席のデッサンスケールを作り、『群衆カウント』の手法で概算してみたが、芝生全体では一万本強のキノコが生えている中、赤いキノコだけでも軽く二千本を超えているのがわかった。

最初の朝に、二階の窓から見つけたのは、たぶん、美しい赤色のタマゴタケだったと思う。

その次に見たとき、赤いフェアリーリングを作っていたのは、ベニテングタケである。

今では、同じ赤でも微妙に色合いが違う、チシオタケ、カンゾウタケ、アカヤマドリなどが加わっている。カンゾウタケとアカヤマドリは食用だが、チシオタケはよくわからなかった。血のような赤い雫《しずく》が滲《にじ》み出るビジュアルからは、とても食べられる感じはしないのだが。

そして、典型的な毒キノコであるベニテングタケの数が、激増していた。

赤いキノコ以上に増加率が高いのは、黄色いキノコだ。初めはあまり見当たらなかったが、いつのまにか、鮮やかなレモン色のキイロイグチが目に付くようになった。キノコ図鑑では、単独ないし二、三本で生えるとされていたが、ここでは、フェアリーリングを形成している。キイロイグチは、アカヤマドリと同様に、松茸《まつたけ》やトリュフなどと並び称される美味なキノコ、ポルチーニ茸の近縁種だが、食用ではあるが不味《まず》いという微妙な書き方がされており、しかも中毒の可能性も残るらしいので、よほどの物好きでなければ食べようとは思わないはずだ。

黄色い指のような形をしたキノコは、カベンタケかカベンタケモドキのどちらかに違いない。前者は担子菌で、後者は子嚢《しのう》菌であり、分類上はかけ離れているが、外見はそっくりである。顕微鏡で見ないかぎり同定は難しいが、幻影を顕微鏡で見ることは、おそらく不可能だろう。こちらも、食用になるかどうかは微妙らしい。

もう一種類の黄色いキノコは、オオワライタケだった。綺麗《きれい》な黄色というより褐色がかっているが、かなり太くて存在感がある。問題は、これが枯れ木に生えるキノコであることだった。芝生の上に、しかもフェアリーリングを作っているのは、これが自然のキノコではないことを示している（幻影だから当たり前だが）。一方、母屋にも木の壁に密生している場所があり、こちらの方が本来の生え方に近いのかもしれない。

また、オオワライタケは、うっかり食べると幻覚作用のあるマジックマッシュルームなので、毒キノコの範疇《はんちゅう》に入る。杉平が、毒キノコか食用かという点にこだわるのは、毒キノコには、より警告の意味合いが強いという気がするからだった。

青いキノコは、もともと自然界でも稀《まれ》だということもあるが、一種類しか見つかっていない。ソライロタケだ。食用になるか毒があるかは、不明だという。

待てよ。

何かが、電光のように脳裏を走った。

赤、黄、青のキノコ……。

メッセージ。そして、警告。

杉平は、廊下に出ると、寛子の部屋に入り、書棚の本の背表紙に目を走らせた。

『ＦＵＮＧＩ――菌類小説選集　第Ｉコロニー』と、同『第Ⅱコロニー』、『胞子文学名作選』、『きのこ文学大全』、『きのこ漫画名作選』、『キノコの歳時記』、『きのこの花言葉』といった、マニアックな本がずらりと並んでいる。

たしか、このあたりにあったはずだが、見当たらない。

……いや、これか。

寛子が手作りした紙カバーで背表紙が見えないが、ふつうの判型より大きい変形本なので、間違いなく絵本だろう。

抜き出して表紙を開くと、『きのこ信号』というタイトルが目に飛び込んできた。

文と絵は『すぎひらひろこ』とある。数年前に、寛子が一冊だけ出版した絵本だ。

一度見ただけなので、内容はすっかり忘れていたが、どうやら、保育園に通う子供たちが、病気のお母さんのために花を摘みに裏山に出かけ、道に迷う話らしかった。

子供たちは、裏山から奥へと踏み込んで、帰れなくなってしまう。まだ文字がよく読めず、道標《みちしるべ》を無視したせいだが、信号の意味だけは、保育園で習って理解していた。

するとと、色とりどりの山のキノコたちが、子供たちに救いの手を差し伸べる。

絵本ではよくある、ほのぼのしたストーリーだが、登場するキノコはすべて実在の種類で、寛子が得意な細密イラストで描かれていた。

迷子になった子供たちの行く先々で、三つのキノコが信号のように並んでいる。

そのうち二つは、灯《あか》りが消えた信号に似たブツブツのある黒いキノコ――クロホコリタケで、青信号（緑色）のときには、左側にアイタケ（食用）かモエギタケ（食用）が、黄信号なら、中央にキイロイグチ（無毒だが不味い）かコガネキヌカラカサタケ（食毒は不明）が、そして赤信号なら、右側に毒キノコのベニテングタケが、まるで白黒映画のパートカラーのように、鮮やかな色彩を放っているのだ。

緑色が指しているのは、家に帰れる安全な道で、黄色は、遠回りや険しい道を示している。そして、赤色の先には、迷い道や、熊、断崖《だんがい》絶壁などの危険が待ち受けている。

子供たちは、『きのこ信号』に導かれて帰路に就くが、もう少しというところで日が落ち、あたりが暗くなって、信号の色が見えなくなってしまう。

そのとき、緑色に光り正しい道を教えてくれたのが、ヤコウタケとシイノトモシビタケで、子供たちが花を持って無事に家に帰り着くという大団円を迎える。

そうか。あれは、信号だったのか……。

杉平は、ようやく腑《ふ》に落ちた気がしていた。

もしキノコのフェアリーリングがメッセージだとすれば、この絵本のことをよく知っている存在からのものに違いない。もし色が警告を示しているとすれば、赤いキノコが増えたのは、危険が増大しているという意味かもしれない。

しかし、だとすると、白いキノコが表しているのは何なのだろう。フェアリーリングにも、白いキノコが数多く見られた。何よりも、ウィスキーの瓶からニョッキリと生えていた純白のキノコの映像は、鮮明に記憶に残っている。

だが、その疑問への答えもまた、記憶の底から浮かんできた。

「白いキノコはみんな毒キノコだっていうのは言い過ぎだけどさ、やっぱり、気をつけた方がいいと思うよ」

寛子は、森で見つけた白いキノコを見ながらつぶやいた。

「毒キノコの割合が多いことは事実だし、中でもエグいやつが多いから。ドクツルタケとか、シロタマゴテングタケ、タマシロオニタケなんかは、食べたらマジで死んじゃうからね」

「じゃあ、こいつは？」

杉平は、スニーカーのつま先で、枯葉の間から伸びているキノコをつつきながら訊ねた。

「それが、たぶん、ドクツルタケ。別名『破壊の天使《デストロイング・エンジェル》』っていう、最強の毒キノコ」

寛子は、なぜか嬉《うれ》しそうに言う。

「でも、キノコの毒と旨味成分《うまみ》って紙一重だから、かなり美味《おい》しいらしいよ。死ぬけど」

ウィスキーの瓶から生えていたのは、ドクツルタケだったような気がする。ドクツルタケとシロタマゴテングタケは、素人には見分けるのが難しいということだったが、どちらであれ、猛毒であることに変わりはない。

杉平は絵本を書棚に戻し、書斎に戻った。すると、それを見計らったようなタイミングで、スマホにＬＩＮＥの着信があった。寛子からだ。《鶴田さんとアフタヌーンティー中》というメッセージに、妙にリアルなシイタケのＬＩＮＥスタンプも添えられている。

続いて、写真も来た。オープンカフェのような場所。カメラを覗き込んでいるのは鶴田だ。

左奥には、柿色のカーディガンを着た寛子が、うっすらと微笑みながら座っている。

間を置かず、次のメッセージが現れた。《鶴田さんから、早く帰りなさいって叱られたよ。でも、もうちょっとだけ待って》

杉平は、ほっとした。

《わかった。いつでも帰っておいで》とだけ返信する。

それきりメッセージはなく、杉平がスマホを置こうとしたとき、LINEのトーク画面に、どことなく違和感を覚えた。

……このスタンプは、何だろう。

シイタケのスタンプは画像だけで、「たのしいたけ」といった類いの文字は付いていない。寛子は、ダジャレは大嫌いだったから、特に不思議ではないが、問題は画像そのものにある。目の錯覚かもしれないが、立体映像のように浮き出して見えるのだ。

杉平は、スマホを目に近づける。そのとたんに、目の前でシイタケの画像が二つに増えた。アニメーションスタンプなのかと思っていると、シイタケの画像はさらに分裂増殖していき、寛子のメッセージと写真をぐるりと取り囲んだ。

まさか、これは。杉平は、目を瞠《みは》った。

違う、これは、スタンプなんかじゃない。ゆっくりとスマホを傾けてみると、シイタケは、あきらかに画面から外に飛び出して生えているのがわかった。

あやうく、スマホを取り落としそうになった。

本物よりはるかにミニサイズながら、これもまたキノコの幻影なのだ。

しかし、いったいどうして、スマホの画面上に現れたのだろうか。

試しにLINEを閉じてみると、シイタケも一緒に消えた。もう一度開くと、また現れる。

シイタケは、なぜかLINEのトーク画面に棲息《せいそく》しているらしい。

もし、猛毒のキノコや赤いキノコが危険を表すとしたら、これは、そこまで深刻な警告ではないはずだが……。

いや、待て。そうとは限らない。そもそも、これは、本当にシイタケなのだろうか。

キノコ図鑑を開いて、確認してみる。その結果、疑惑はますます大きくなった。

シイタケと紛らわしいキノコには、ヒラタケやツキヨタケがある。ヒラタケは食用なので、混同しても問題はないが、ツキヨタケは毒キノコであり、外観が地味で紛らわしいことから、誤食による中毒が最も多いキノコでもある。

シイタケと区別するには、柄を確認すればいいらしい。シイタケの柄は太く長いのに対し、ツキヨタケの柄は短くて根元が細くなっており、笠との境にツバ状の隆起があるらしい。

目を凝らしたが、スマホに生えているキノコは、小さすぎて、よくわからなかった。

そのとき、インターホンが鳴った。

6

男登場。常座で、
罷出《まかりい》でたる者は、このあたりに住まひ致す者でござる。この間某《それがし》が庭前へ、時ならぬ茸《くさびら》が出ましたによって、取り捨てて御座れば、一夜のうちに、また元の如く上がりまする。それより再三取り捨てますれども、追々大きうなって上がりまするによって、何やら心に懸かって悪《あ》しうござる。それに付き、ここに御目を懸けさせらるる御先達《おせんだち》がござるによって、参って占ふて貰《もら》ひ、また加持をも頼まうと存ずる。まづソロリソロリと参らう。

鶴田は、北陸新幹線グランクラスの革張りシートにゆったりと身を預け、プリントアウトに目を落としていた。東京─軽井沢間は一時間強しかない。三十分はネットで狂言『くさびら』の映像を確認し、もう一度台本を読み返しているところだった。

時ならぬ茸が庭に生え、いくら取り捨てても元通りに生えてくるため、山伏に祈禱を頼みに行く。山伏は懸命の祈禱により茸を退治しようとするが、かえって夥《おびただ》しい茸が出現したため、這々《ほうほう》の体で退散する……。

たしかに、とても偶然の一致とは思えない部分がある。心理学者として初めて体験するが、これが、ユング言うところのシンクロニシティなのだろうか。

そのとき、グランクラスの専任アテンダントが、そろりそろりとブラックコーヒーを持ってきてくれた。すらりとした美人で、鶴田が丁寧に礼を言うと、顔なじみに対する満面の笑みで会釈する。鶴田くらい頻繁にグランクラスを利用している客は、めったにいないだろうから、今では、頼まなくても最適なタイミングで欲しいものが出てくる。まあ、テレビで顔を売っているおかげも、多分にあるとは思うが。

鶴田は、ブラックコーヒーを一口飲んで、再びプリントアウトに目を落とした。

シンクロニシティには、二つの要素が絡んでいる。キノコと、山伏である。

どちらも、胡散臭いという点では共通しているが、まずは山伏から片付けよう。

狂言というのは、大昔のコントや喜劇であり、何よりも庶民に笑いを提供するものだった。それには笑い物が必要で、傲慢で嫌われていた山伏は、からかうのにもってこいだったため、「山伏もの」と呼ばれる演目が多数作られたのだろう。『梟《ふくろう》』、『蟹《かに》山伏』、『犬山伏』、『柿山伏』、

『禰宜《ねぎ》山伏』、『腰祈《こしいのり》』などだが、いずれも山伏の祈りがまったく効かないか、逆に効き過ぎて困ったことになるというのが、笑いを生み出す定番のパターンだった。

『くさびら』では、キノコを調伏するために、山伏が怪しげな印を結ぶ。

〽誠に、また出をつた。よいよい、ここに茸《くさびら》が嫌ふ茄子《なすび》の印といふがある。これを結んで懸けう。

なぜ、キノコがナスビを嫌うのか。ナスビは、民間療法では毒消しとして用いられており、毒キノコも、ナスビと一緒に煮れば中毒しないという、危険な迷信があったからだろう。だが、眉唾《まゆつば》と思っていた人も数多くいたはずだから、キノコが嫌うナスビの印というのは、いかにもインチキっぽく、当時の庶民には、笑いどころの一つだったに違いない。

山伏が唱える呪文もまた、いかがわしさの極みにある。

〽いろはにほへと。ボロンボロ、ボロンボロ、ちりぬるをわか、ボロンボロ、ボロンボロ、ボロンボロ、ボロンボロ。

口からでまかせの阿呆陀羅経《あほだらきょう》にしか聞こえず、さぞかし観客の笑いを誘ったことだろうが、実は、「ボロンボロ」とは一字金輪仏頂《いちじきんりんぶっちょう》の真言「ボロン」が由来となっており、山伏が唱える呪文のパロディになっているのだ。

鶴田は、またコーヒーを一口飲んだ。

自分でも、今さら狂言を分析することに何の意味があるのかと思う。

山伏が失敗するくだりが『くさびら』を思わせるのは、詐欺グループが、シナリオの参考に使ったと考えれば説明がつく。

問題は、もう一つの要素であるキノコだった。

杉平の症状は、きわめて稀な幻覚を伴う妄想性障害である。そして、死と再生のシンボルであるキノコは、怨霊《おんりよう》恐怖が具象化したものと考えるのが妥当だろう。

だが、なぜそうなったのか。

その答えは、『くさびら』の中にあるはずだという直観があった。

狂言は、『沙石集《しやせきしゆう》』や『宇治拾遺物語《うじしゆういものがたり》』などという説話集に材を取っていることが多い。説話集は口承された話を集めたものなので、仏教説話や伝説、怪談などの他、実話も交じっている。『くさびら』の元ネタは不詳だが、ひょっとすると実話だったのかもしれない。

シテは山伏だが、アドの男は例によって「このあたりに住まひ致す者」で、庭に茸が生えて困っていると訴える。大きな屋敷に住んでいるようだが、家族や使用人などはいないらしく、いっさい出てこない。むろん、狂言だから登場人物は最小限なのだろうが、男のイメージが、妙に杉平と被《かぶ》るのだ。

どんなに取り捨てても生えてくる茸というのは、心理学を学んだ人間からすれば、何らかの罪悪感が生んだ幻影としか思えない。そして、罪悪感を無理に抑え込もうとすれば、かえって反動がきつくなる。ちょうど、『くさびら』の結末のように。

……では、その罪悪感は、いったい何に由来するものだろうか。

もしかすると、最後にラスボスのように登場する「鬼茸」が、答えなのかもしれない。

「鬼」とは、鬼神を指し、鬼蜘蛛《おにぐも》や鬼蜻蜓《おにやんま》のごとく「大きい」ことを示す接頭語でもあるが、本来の意味は、死者である。

死者は、キノコの苗床になる。したがって、死体から生えるキノコとは、よみがえった死者そのものなのだ。

凄惨《せいさん》な光景が脳裏に浮かんだ。ドラマ『ハンニバル』のシーズン1の第二話『アミューズ・ブーシュ』のワンシーン。地面から無数の手が突き出している。生き埋めにされた人や遺体が、キノコ栽培のほだ木にされているのだ。フィクションとわかっていてもゾッとさせられるが、もしも、あれが現実だったとしたら、どうだろう。

鶴田は、じっと目を閉じて、思考の海に沈潜していった。

『くさびら』に登場する男は、恐ろしい悪事を働き、罪悪感がキノコの形を取って現れたと解釈できる（山伏にもキノコが見える理由は、不明だが）。

翻って、杉平は、なぜ過剰な罪悪感を抱いて、怨霊恐怖に怯《おび》えているのか。その点だけが、どうしてもわからなかった。

寛子と口論をした夜、杉平は、ワインとウィスキーを飲んだと言っていた。何があったのかよく覚えていないのは、深酒のせいだろうと。

では、もし本当に、杉平が何一つ覚えていないとすれば、どうだろう。

これまでにないような、興奮を感じた。

顔を上げると、何か入り用という雰囲気を察した専任アテンダントが、笑顔でやって来る。

鶴田は、ふだんは飲まない加賀梅酒《かがうめしゅ》のスパークリングを頼んだ。

＊　＊　＊

「突然、ごめん」

時候坊——猪口花は、玄関口でいいからと言って、どうしても家には入ろうとしなかった。ボーダーのロンTにデニムパンツ、キャップとバックパックという姿で、山伏装束のときとは様変わりして見える。

「この間は、全然役に立たれへんかったけど、せめて、これだけは渡しておこう思って」

花が差し出したのは、朱印が押された神札だった。

「これは？」

「菌《くさびら》神社の御札」

杉平は、そんな神社があることも知らなかった。

「滋賀県草津《くさつ》市の、伊砂砂《いさささ》神社が兼務するお宮で、日本で唯一キノコを祀《まつ》ってるんよ」

古墳時代の西暦六三〇年頃、一帯を飢饉《ききん》が襲ったとき、森に見慣れないキノコが大発生し、それを食べて人々が餓死を免れたというのが、菌神社の由緒なのだという。

キノコへの感謝から生まれた神社の御札なら、むしろ、キノコが大繁殖するのではないか。そう思ったものの、杉平は素直に礼を言って受け取った。

「でも、山伏って仏教じゃなかったっけ？」

「どっちでもない。元々は山岳信仰やから、むしろ神道に近かったかも。明治になってから、お寺さんに編入されたんやけど」

花は、キョロキョロして落ち着かない様子だった。

「それと、この前言うてた人やけど、たぶん、あさってには来てもらえそうやから」

「霊能者っていう人？」

もう何でもありになってきた。次に登場するのは、エスパーか、カバラの預言者だろうか。

「そう。それで、遠くから、杉平くんのことを霊視してもらったんやけどね」

花は、少し厳しい表情になった。

「この家の周りには、邪悪な毒念が渦巻いているから、くれぐれも気をつけなさいって」

「なるほど」

杉平は、唇をゆがめた。そんなざっくりしたアドバイスなら、誰でもできるだろう。

「……あと、白いキノコが生えている物は、いっさい口にせんこと。赤いキノコが生えている場所には、絶対に立ち入ったらあかんって」

杉平は、ポカンと口を開けた。ウィスキーのことは、花には話していなかったからである。白と赤のキノコが危険だというのは、自分なりに考えた結論と見事に一致している。

「それから、もう一つあったわ。茶色いキノコのこと」

杉平は、ギョッとして固まってしまった。

「杉平くんに、何かを伝えようとしているって。でも、それは言葉やから、見えへんらしい。遠くから霊視できるのは、ぼんやりした映像と、そこにまつわる感情だけなんやて」

伝えたい言葉と言われても、誰のメッセージかもわからないので、見当すらつかなかった。それよりも、茶色いキノコの正体が何なのか、はっきり聞かせてくれよと思う。

「茶色いキノコは、シイタケやろうって、言ってた」

花は、杉平の心を読んだように答える。杉平は、雷に打たれたような驚愕に襲われた。

「でも、そのへんは、イメージがぶれてて曖昧らしい。もしかしたら、シイタケやなくても、いいのかもしれへんって」

「どういう意味?」

まるで、知らない外国語の講義を聞かされているような気分だった。

「さあ。わたしには、さっぱり」

花は苦笑する。霊能者の言葉を口伝えにしているだけらしい。

「じゃあ、わたしは、これで失礼するわ」

花は、きびすを返そうとする。

「あ、ちょっと待って。……ずっと、聞きそびれてたことがあったんだ」

杉平は、あわてて呼び止めた。花は、動きを止める。

「覚えてないかな？　ソフトテニス・サークルの飲み会で、心霊写真はおかしいって言ってたこと。幽霊が、人の目には見えないのに写真に写るのは、逆だろうって」

「ああ、言うたかもしれんわ」

花は、苦笑する。

「写真が発明されると、すぐに心霊写真が生まれてるしね。エクトプラズムとか、今やったらギャグにしかならんようなフェイクも、堂々と作られてたし」

「そのとき、猪口は僕に、幽霊がなんで見えると思うかって訊いたんだよ。だけど、キノコがどうとか言いかけて、そのまま寝ちゃったんだ。あの後、何て言おうとしてたの？」

花は、聞きながら、しだいに真顔になった。

「正気の沙汰《さた》とは思われへん話やけど、いい？」

杉平は、かまわないと言うつもりで、うなずいた。

「幽霊は写真には写らないが、人の目には見えることがある。それが、わたしの結論やけど、もしそうなら、どうして肉眼は特別なんやと思う？」

「そうだな……やっぱり」

これまで、オカルトなんかと馬鹿にしてきたので、考えたこともなかった。

「霊感っていうか、一種のテレパシーみたいなもんかな？」

「幽霊が脳に直接働きかけて、幻影を見せるというのは、清明な意識を保っている相手には、難しいやろうね。ほとんどの場合は、空中にビジョンを投影してるだけやないかな」

ほとんどの場合って……。誰が統計を取ったんだと突っ込みたくなるが、黙って続きを待つことにする。

「とはいえ、何もない場所に映像を定位させるのは、至難の業でしょう？　霧でも出てたら、スクリーン代わりになるけど、なければ、空気中の微粒子に微弱な光を反射させるしかない。そのために一番適してるのが、キノコの胞子なんやて」

杉平は、あんぐりと口を開けた。もはや、荒唐無稽《むけい》をはるかに通り過ぎている。

「昔から、幽霊は、ジメジメした場所に出ることが多いでしょう？　あれは、実は、キノコの胞子がたくさん浮遊している場所らしいわ」

杉平は、脱力感に襲われていた。わざわざ呼び止めて、聞く話でもなかったような。

いや、待てよ。根本的に話がおかしい。

「だけど、もしそうなら、幽霊には光学的な実体があることになるよね？　だったら、写真に写らないのは、逆に変なんじゃないか？」

「写真に写らへんのには、三つの理由があると思う」

痛いところを突いたはずだと思ったが、花は即答する。

「一つは、人の目とカメラの性能の差。弱すぎる光は高感度フィルムでも捉えられへんけど、人には認識できることもあるし」

なるほどと、杉平は腕組みした。写真家になった高校の同級生から、人間の目の光感度は、どんなカメラと比べても、ずっと高いと聞いたことがある。

「もう一つは、残像。微粒子が時間差で光った場合も、人の目には残像があるから、それらをつなぎ合わせて、一つの映像として認識できる」

だとすると、動画を撮影して解析すれば、幽霊の存在を捉えられるのだろうか。

「三つ目は、脳の働き。人間の脳は、見えるものだけを見ているんじゃなく、見えないものを補う機能があるでしょう？　板壁に節が二つあれば目やと思ってしまうし、枯れ尾花を幽霊に見てしまうのも、そのせいやけど、それを逆用すれば、不完全な情報を脳に補わせることで、幽霊の姿を見せられる」

なるほどとは思う。だが、ちょっと科学的なキーワードをちりばめられただけで、もっともらしく聞こえてしまうのは、自分の知識が浅いせいかもしれない。

花が帰った後も、杉平は、しばらく考え込んでいた。

考えることがあまりに多すぎて、頭が混乱している。

しばらく、家の中をウロウロと歩き回ってから、スマホを取り出した。

ＬＩＮＥのトーク画面を開くと、リアルに見えるアンリアルなシイタケたちが、いっせいに立ち上がって出迎えた。

杉平くんに、何かを伝えようとしているって。

それは言葉。

茶色いキノコは、シイタケ。でも、イメージがぶれてて曖昧。

シイタケやなくても、いいのかも。

未だ名も知らない霊能者から聞いたという、花の言葉を反芻《はんすう》する。

はっとした。それは、言葉なのか。

寛子の部屋へ急ぐ。書棚に並ぶ本の背表紙を見た。

『ＦＵＮＧＩ——菌類小説選集　第Ⅰコロニー』と、同『第Ⅱコロニー』、『胞子文学名作選』、

『きのこ文学大全』、『きのこ漫画名作選』、『キノコの歳時記』、『きのこの花言葉』……。

杉平は、一番判型が小さく目立たない、『きのこの花言葉』という本を抜き出した。

キノコは、菌類が胞子を作るための子実体で、「花」ではなく、そもそも植物ですらない。

最新の生物学では、菌類は、動物と同じ「後方鞭毛生物《オピストコンタ》」に分類されている。

それなのに「花言葉」があるというのは、理系の杉平には、ついて行けない発想だった。

だが、本を開いてすぐ、新たな衝撃を受ける。

シイタケの花言葉は、『疑惑』だった。

由来は不明だが、シイタケとツキヨタケなどの毒キノコの判別が難しいことから来たのかもしれないという。

そして、同様の理由からか、キノコ全体の花言葉もまた『疑惑』だということだった。

杉平は、あらためて、ＬＩＮＥのトーク画面に目を落とす。

もし、これが本当に伝えたい言葉だとすれば、疑うべきなのは、やはり……。

7

混沌《こんとん》とした夢の中にいた。

世界は、巨大な渦のようにうねっている。

心も身体も、バラバラになってしまったような感覚。意識は、広い空間に拡散してしまい、ほとんど脈絡のある思考ができない。

だが、ある強い思いが、散らばった自分自身を一時的に凝集させる。

それは、限りない愛情であり、怒りと憎しみであり、そして恐怖だった。

しかし、やがて、忘却がすべてを闇で覆い尽くしていこうとする。

忘れたくない……。

まるで悲鳴のように、哀惜の思いが噴出した。

だが、どんなに抵抗しても、すべては崩れ、雲散霧消していく。

新たな光に向かって旅立つために。


ゆっくりと、意識が戻ってきた。

何だったんだろう、今の夢は。

それから、自分が夢を見ながら泣いていたことに気がついた。頰はまだ少し濡《ぬ》れている。

かつて経験したことがないような、異様な空間だった。とはいえ、けっして不快ではなく、温かさに包まれていた。もう少しだけ、あそこにいたかった。それが叶《かな》わぬ願いであることは、わかっていたが。

ぱっと瞼《まぶた》を開ける。

杉平は、息を呑んだ。

自分の目に映っているものが、理解できない。

それは、夢よりはるかに異様で、かつリアルだった。

寝室の天井には、無数のキノコがびっしりと張りついていた。同心円の花弁のような形で、青色が占める部分が圧倒的に多いが、白や黄緑、黄色の差し色が絶妙なせいか、まるで蠢《うごめ》いているように見える。

およそ理解を絶する、奇怪な光景だった。しかし、不思議なほど恐怖は感じない。

どこかで、これに似たものを見たことがある。それは強固な確信だった。だが、いったい、どこでだっただろうか。

杉平は、しばらく天井を見つめていたが、立ち上がって寝室を出る。

洗面所で歯を磨きながら、しばらくの間記憶をたぐっていたが、どうしても思い出すことができなかった。

廊下に出たとき、ふと、理久の部屋が目に入る。

ここしばらくは、ずっと閉め切ったままだった。せめて空気だけでも入れ換えておこうと、部屋に入った。

そして、またもや、驚愕に立ち尽くすことになる。

壁一面に、ぎっしりとキノコが生えていた。寝室の天井に負けないくらい、色とりどりで、まるで壁画のようだった。

どういうことなんだ、これは。

杉平は、よろめきながら理久の部屋を出て、一階に下りる。階段の壁にもキノコが蝟集《いしゅう》し、ひっそりと息づいているようだった。

その中ほどに菌神社の御札があるのを見て、杉平は、そうだったと思い出す。

昨日、花にもらった御札を、家の中心にある階段の壁に貼ったのだった。キノコを調伏するのではなく、むしろ崇《あが》め奉り、感謝を捧《ささ》げる御札を。

あのとき、キノコがさらに蔓延《はびこ》ってしまうのではないかという危惧が心をよぎったのだが、案の定、この有様である。この家は、もはやキノコ屋敷と呼ばれるような状態を通り越して、無数の絨毛《じゅうもう》突起に覆われた巨大な生物の小腸の中のような様相を呈していた。

だが、恐怖も、怒りも、嫌悪すら湧いてこないのは、いったいなぜだろう。

杉平は、書斎に行き、スケッチブックを持ってきた。もう一度、寝室や理久の部屋に入り、キノコの種類をチェックする。ここ数日の間に、大半のキノコは見ただけで同定できるようになっていた。その結果わかったことは、新しい種類はそれほどないということだった。

目立って種類が増えたのは紫色のキノコで、ムラサキシメジやコムラサキシメジに加えて、ムラサキアブラシメジやムラサキアブラシメジモドキ、ニセムラサキアブラシメジが、新たに加わっている。橙《だいだい》色のダイダイガサや、赤褐色のシャグマアミガサタケも新顔だった。

とりあえず、寝室の天井と理久の部屋の壁をスケッチすることにした。

これまでは、キノコを正確に記録するため、輪郭は一本線で描き、陰影を付けない理科系のスケッチに徹していたが、今回は漠然としたイメージを紙の上で再構成するのが目的である。頭を無にして、感じるがままに色鉛筆を走らせた。

一度だけ、寛子に絵を教わったことがあった。

「何て言うかさ、典型的な、左脳だけで描いた絵って感じ？」

寛子は、一目見るなり噴き出したものである。

「考えなくていいから。頭を空っぽにして、目に映ったままを描くの」

弱い筆圧で素早く短い線を何本も引き、要らない部分を消しゴムで消していく。それでも、ギクシャクした描線はなかなか直らなかったが、やがて、頭のスイッチが切り替わったのか、スムーズに鉛筆が動くようになった。

寛子から簡単なテクニックも教えてもらったことを思い出しながら、同じ方向に線を重ねる「ハッチング」や、交叉する線の「クロスハッチング」で、明暗や濃淡を表現する。さらに、点描なども交えて丁寧に仕上げていく。

一時間ほど一心不乱に描き続けた。ここまで熱中して絵を描いたことはなかった。ようやく寝室の天井の絵が完成に近づくと、何かが見えてきたような気がした。

まるで、UFOの母船を下から見ているような光景。いったい何だろう。この模様を自分は知っている。たしかに、どこかで見たことがあるのだ。だが、どうしても思い出せなかった。このスケッチは、対象の本質に迫っているような気がするが、何かが違う。描きたいのは、キノコではなく、それが表しているであろう元の光景なのだ。それには、ほんのちょっとだけ光の具合が描写できていないような気がする。

無性に、ぼかしを入れたくなった。水彩絵の具なら簡単だが、色鉛筆の場合は、どうすればいいのだろう。下手に擦《こす》っても、汚くなるだけだろうし。

杉平は、立ち上がった。色鉛筆の顔料は油性だから、溶剤がいる。ごく微量を綿棒に付けてタップすれば、光が滲んでいる様をうまく表現できるかもしれない。

寛子の除光液を借りればいいのだろうが、どこにあるかわからない。

たしか、ガレージにベンジンがあったはずだ。杉平は、一階に下り、ガレージへ続くドアを開けた。

短い廊下の先には、ガレージのドアがある。しかし、そこには、禍々《まがまが》しいシルエットを持つ何かが、ぎっしりと群生しているのが見えた。

杉平は、一歩近づいた。赤外線センサーで照明が点灯し、てらてらと光る赤唐辛子のような色が目を射た。まるで、ドアから無数の赤い手指が生えているようである。

カエンタケだ……。

名前の通り、燃えさかる炎のような姿をしたキノコである。毒性は、破壊の天使と言われるドクツルタケ以上で、半数致死量はわずか3gだった。他の毒キノコとは違い、触れただけで手が糜爛《びらん》するとも言われており、胞子を吸い込んだだけで症状が出る可能性がある。

猛毒にもかかわらず、ドクツルタケなどより中毒死が少ないのは、見るからに毒々しい上、口に入れただけでも粘膜が冒されて吐き出すためらしい。

杉平は、後ずさりすると、ドアを閉じた。

心臓が不快な早鐘を打っている。警告は、これまでよりさらに明白だった。

ガレージには、けっして入ってはならない。

だが、いったいなぜなんだ。

二階に戻って、スケッチを続ける気にもなれなかった。

そのとき、インターホンが鳴った。

「失礼します。お話を伺いたいとおっしゃるので、松本様をお連れしました」

インターホンの画面には、先日やって来た末広拓実という探偵が映っている。その後ろに、義母の松本道子の姿があった。ふだんは社交的で笑みを絶やさない女性だったが、今はどこか沈痛な雰囲気に包まれていた。

「お庭でお話しできませんか？」

気は進まなかったが、末広の提案に応じて庭に出る。

色とりどりのフェアリーリングは、濃い緑の芝生の上で奇妙なペルシャ絨毯《じゅうたん》のような模様を形作っている。杉平は、なるべくその様子を見ないようにしながら、煉瓦《れんが》を敷いたスペースに置かれたガーデンチェアに、二人を誘導する。

「ご無沙汰しております」

松本道子は、とても信じられないという顔で庭を凝視しており、杉平の挨拶にも、かすかに会釈を返しただけだった。

「杉平さん、単刀直入に申し上げます。お庭を調べさせていただきたいんですが」

末広が、まっすぐに杉平を見ながら言った。言葉は丁寧だが、眼光は刃《やいば》のように鋭い。

「どういうことでしょうか？」

杉平は、戸惑った。たしかに今、庭は異常な状態になっているが。

「進也さん。寛子と理久は、どこにいるんでしょう？」

松本道子が、掠《かす》れた声で訊ねる。

「東京にいるはずなんですが、詳しくは、僕にもわかりません」

「連絡は、ないんですか？」

「今は、ＬＩＮＥだけです」

杉平は、スマホを取って来て、ＬＩＮＥのトーク画面を開く。寛子から来たメッセージを、二人に見せた。

松本道子は、寛子の写真を見て、ほっとするかと思いきや、眉間に深い皺を刻んで、末広と目を見合わせている。

「この写真を、私のスマホに送っていただけますか？」

否やはなかった。杉平は、その場で末広のリクエストに応じる。

「……明日、人を寄越します。お庭を調べた上で、必要な場合は、少し掘らせていただいてもよろしいですか？　何も出なかった場合は、もちろん原状回復させていただきますので」

写真を見ても、依然として、庭を調べたいという意向は変わらないらしい。

「それは、かまいませんが、いったい何のためですか？」

杉平は、精一杯の抗議を込めて訊ねる。

「先日伺ったとき、キノコを採取しました」

一瞬、自分の耳を疑った。そんなことができたはずがない。キノコは、すべて幻影であり、どれ一つとして実体がなかった。目には見えても、手で触れることはできなかったのに。

「これです」

末広は、ウエストポーチからチャック付きのビニール袋を取り出した。中には、茶色い笠に白く細い柄のキノコが入っている。

杉平は、震える手で受け取った。何がどうなっているのか、見当もつかなかった。しかし、ビニール袋越しに、たしかにキノコの柔らかい感触がある。

「このキノコを保健所に持ち込んで、鑑定してもらいました。毒キノコではないようですが、通常、夏から秋に生えるキノコらしく……」

末広の説明は、耳を素通りしていった。

この男は、さっきから、いったい何を言っているのだろうか。さっぱり理解できない。

気がついたときには、茫然としてガーデンチェアに座っていた。

二人はすでに帰った後らしい。

空から、パラパラと雨粒が落ちてきた。

母屋に入り、ガラス戸を閉める。陰鬱《いんうつ》な雨の音が、部屋中に反響していた。

頭の中が痺れたようになっていて、さっきまで何をしていたのかさえ思い出せなかった。

まあいい。どうせ、くだらないことだろう。そうに違いない。

それよりも、もっと大事なことがあったはずだ。

階段を上って、寝室に入った。描きかけのスケッチが、床に置いたままになっている。

あと少しだ。描き上げてしまおうと思った。

スケッチブックを膝《ひざ》に抱え、天井を見上げる。すると、奇妙なことに気がついた。

カラフルで目も綾《あや》な図柄が同心円状に広がっているが、スケッチとは、色合いが全然違う。

描いたときには、青色が占める部分が圧倒的に多く、白や黄緑、黄色が差し色になっていた。ところが今は、花を模したような赤い模様が天井全体を支配しており、その隙間に、葉っぱのような緑や黄緑が覗いている。

短い時間のうちに、色も図柄も、劇的に変化しているのだ。

まるで天井に投影されたプラネタリウムか、プロジェクションマッピングのようだったが、無数のキノコが織りなす色彩の鮮烈さは、万華鏡を思わせるほどである。

あっ、これは。瞬間、息が止まるほどの驚愕に襲われる。

思い出した。これは、寛子との思い出の場所——熱海《あたみ》のMOA美術館の円形ホールだ。

地下に造られたドーム状のホールで、床には大理石が幾何学模様を作るよう敷き詰められ、花弁のように組み合わされた天井のパネルには、万華鏡の映像がマッピングされていた。

あのときは、二人とも言葉を忘れ、しばらく天井に見蕩《みと》れていた。

熱いものが、ゆっくりと全身を包み込み、心を満たしていく。同時に、寒気にも似た感動で鳥肌が立っていた。でも、まさか。そんなことが。

だとしたら、寛子は、もう……。

涙が、頬を伝って流れ落ちていった。いや、嘘だ。絶対に、信じない。

いったい、どれくらい時間が経過しただろう。彫像のように固まっていた杉平は、ようやく我に返った。

スケッチブックと色鉛筆を持って立ち上がり、理久の部屋に行った。

もはや、スケッチする必要はなかった。

壁一面を埋め尽くすキノコのタペストリーを見た瞬間である。まるで奔流のように、記憶が溢れ出してきた。

これは、色とりどりの風船と、サッカーボールだ。レジャーシートに座った三人の家族が、お弁当を囲んでいる。理久が三歳くらいのときに描いた、あの絵だ。

家族三人で遊びに行った想い出だった。公園と遊園地がごちゃ混ぜになっているところが、いかにも理久らしかった。

「シュート！」という理久の声が、耳朶《じだ》によみがえる。

そんな。嘘だ。あり得ない。そんな馬鹿なことは、絶対に信じられない……。

杉平は、床にひざまずいて号泣した。

8

雨の音が響いていた。どこか小川のせせらぎのようでも、雑踏のざわめきのようでもあり、じっと耳を澄ましていると、家に棲《す》み着いている得体の知れない妖怪たちが囁《ささや》く声のようにも聞こえてくる。

また、朝がやって来た。たとえそれが、どんなに辛い朝であっても、生きているかぎりは、地球が回り続けている以上、必ず朝は巡ってくるのだ。

杉平は、目を開けた。

寝室の天井を覆っていたキノコは、すべて消失していた。

これは、どういうことだろう。驚きと疑問が湧いたが、頭の芯《しん》が痺れたようになっていて、考えることを拒否している。

杉平は、起き上がると、歯を磨いて顔を洗った。洗面所にも、昨日まではキノコが群生していたのだが、どこにも見当たらない。

階段を下りる。壁一面のキノコも、嘘のように姿を消し、茶色い板壁が見えていた。ステップの上に、長方形の紙が落ちていた。菌神社の御札である。

拾い上げたが、神札なので無下にもできなかった。正月に神社でどんど焼きをしていたら、そのときに処分するしかないだろう。

食欲はゼロだが、今日一日を乗り切るにはエネルギーが必要になるという、胸騒ぎのような予感があった。無理にトーストを囓《かじ》って嚥下《えんげ》する。

インターホンが鳴った。

時計を見ると、まだ八時過ぎだった。もう末広たちが来たのかと思ったが、画面を見ると、濡れ光る茶色い傘を差した猪口花が映っていた。背後にはもう一人、誰かいるようだったが、黒っぽいフード付きのレインコートを着ており、顔がよくわからない。

「朝早くから、ごめん。どうしても今のうちに話しておいた方がいいって、言われるんで」

主語がないので、誰がそう言っているのかわからない。

杉平は、玄関に行ってドアを開けた。

「どうぞ」

花は、傘の雫を切って傘立てに入れる。そのとき、背後にいた人物がフードを脱いだため、顔が見えた。

小柄な女性だが、一見して中年か初老か判断が付かず、ファンタジー映画のキャラクターを思わせる何とも奇妙な顔つきをしている。驚くほど大きな目は、少し異様なくらい強い輝きを放っていた。

「初めまして。賀茂禮子《かもれいこ》と申します」

女性は、水晶玉のような目に杉平の姿を映しながら言う。

「どうやら、大半のキノコは、すでに役割を終えたようですね」

今の様子からは、あのすさまじかった状態が想像できないのも無理はないが。

「昨日までは、本当に、家中にキノコが生えていたんです」

「ええ、そのようですね」

賀茂禮子は、うなずいた。

二人を応接間に請《しょう》じ入れて、コーヒーメーカーに水とコーヒー豆をセットする。しばらくは、コーヒーメーカーが豆を粉砕する音が響いていた。

「今日、これから、すべての真相が明らかになるでしょう」

賀茂禮子が、また口火を切る。

「その前に、お話ししておきたいことがあります」

「待ってください。あなたは霊能者だとお聞きしていますが、残念ながら、僕は知りません。あなたは、いったい何をご存じなんですか？」

放っておくと、どんどん話が先に進んでしまいそうだったので、杉平はストップをかけた。

コーヒーメーカーは豆を挽《ひ》き終わり、お湯が沸く穏やかな音に変わっていた。

「杉平くん、信用してくれてええよ。賀茂先生は、正真正銘の霊能者やから」

花が、代わって答える。

「詳しいことは言われへんけど、十年前に、山で女の子が神隠しに遭った事件があったんや。賀茂先生が霊視して発見してくれへんかったら、死んでたやろうな。それからは、先達たちも全幅の信頼を置いているんよ」

そう言われたところで、信じていいものかどうか判断が付かなかった。花がそんな馬鹿げた嘘をつくとも思えなかったが。

コーヒーメーカーが、挽いた豆の上にお湯を注ぎ始めた。かぐわしい香りが立ち上る。

「杉平さんは、霊や、死後の世界の存在を信じますか？」

賀茂禮子は、穏やかな声で問いかける。

「それは……」

杉平は、言葉に詰まった。少し前だったら、信じないと即答していただろうが。

天井の模様と理久の部屋の絵が、脳裏にちらついた。

「どう言ったらいいのか、わかりません」

賀茂禮子は、うなずいた。視線には、なぜか深い同情が感じられる。

「幽霊が存在するとしたら、どうして、もっとわかりやすいメッセージを送ってこないのか、たとえば、殺人の被害者は、どうして加害者を名指しして訴えないのかという疑問を抱く人もいるでしょう。でも、それは、眠っている人に、なぜ計算問題が解けないのかと責めるようなものなんです」

「霊というのは、スリープ状態にあるんですか？」

ガチガチの理科系のせいか、そんな喩《たと》えしか出てこない。

「そうですね。半ば夢を見ているような状態だと考えた方がいいかもしれません」

なぜ、あんたにそんなことがわかるんだと思ったが、突っ込む気にはなれなかった。

「霊は、肉体を失ってからは、意識が広い空間に拡散してしまっています。ですから、我々のように筋道立った思考をすることは困難です。感情も、感覚も、生きていたときとはまったく異なっているんです」

「つまり……人間性を失ってしまっているんですか？」

杉平は、言葉を詰まらせた。

「いいえ。亡くなった人たちの愛も、憎しみも、生きていたときと何ひとつ変わりません」

賀茂禮子は、きっぱりと言う。

「ですが、霊が脈絡のある思考をしようとすれば、途方もないエネルギーが必要になります。生前よほど強い思いがあったとき、霊は、消滅する危険を冒してまで、一時的に凝集します。ですから、人の見る幽霊というのは、死者が引き摺《ず》るこの世への思い、愛情や憎しみなどの、きわめて強い感情が、崩れ落ちる砂を掬《すく》い上げ続けるような、必死の努力によって創り上げたものなんです」

愛や憎しみ――きわめて強い感情。その言葉は、杉平の胸に迫った。

「我々が、目覚めるとすぐに夢を忘れるように、死者もまた、生きていたときの記憶を急速になくしていきます。生者と死者の本当の別れとは、生者が死者を忘れることではありません。死者が生者を忘れるのです」

賀茂禮子の声は、杉平の意識に深く染み入ってくる。

「そうした中でも、最後まで残っている記憶には、よほど強い感情が籠《こ》もっているはずです。送られてくるメッセージは、たとえ霊に残された最後のエネルギーを使い果たしたとしても、伝えたいものなんでしょう」

それが、あのキノコだったのなら、籠められていた感情とは、何だったのだろう。

「今日、これから、あなたは、とても辛い事実を知ることになります」

賀茂禮子の声は、雨音と重なって、遠くから聞こえてくるようだった。

「受け入れるのは、途轍《とてつ》もなく難しいことでしょう。それでも、あなたは、これからの人生を諦《あきら》めてはいけません。あなたに送られてきたメッセージの意味を、もう一度よく、考えてみてください」

沈黙が訪れた。

賀茂禮子は、それ以上、何も話そうとはしなかった。杉平もまた、言葉が出てこなかった。

花も、じっとうつむいて、何かを考え込んでいる。

杉平は、立ち上がって、コーヒーメーカーからコーヒーをカップに注ぎ、二人の前に置く。

何かを訊ねたかったが、どうしても口が動かなかった。知りたいけれども、知りたくない。

相反する思いに引き裂かれて、杉平は、ただ立ち尽くしていた。

インターホンが鳴った。

とうとう、来てしまった。杉平は瞑目《めいもく》した。

「ちょっと、失礼します」

玄関へ行って、ドアを開ける。

「朝早くからお邪魔して、たいへん申し訳ありません」

灰色がかった白い雨合羽を着た末広拓実が、立っていた。背後には、やはり雨合羽を着て、
大きなシャベルを持った二人の男性と、焦げ茶色の傘を差した松本道子が立っていた。

「今から、庭を掘らせていただきますが、よろしいでしょうか？」

有無を言わさぬ通告に、杉平は、ただうなずくことしかできなかった。

「作業に、かなり時間がかかりそうなので、その間、松本様には、家の中でお待ちいただきたいんですが」

「ええ、もちろんです」

杉平は、ようやく言葉を絞り出し、一歩退く。松本道子は、傘をすぼめて傘立てに置くと、
頭を下げて入ってきた。

松本道子を応接間に案内すると、二人の先客――特に賀茂禮子を見て驚いたようだった。

「どうぞ、こちらにお掛けください」

賀茂禮子が立ち上がって、松本道子を一番奥のソファへと誘導する。松本道子は、いったい何者だろうという顔で見ていたが、言われるままに着席した。

杉平は、続いて応接間に入ろうとしたが、ふいに矢も楯《たて》もたまらなくなって、日傘と兼用の白い傘を差して外へ出た。二人の男性は、庭の一番奥まった場所で、芝生をシャベルで示して話し合っている。

末広は、なぜかガレージの前に佇んでいたが、杉平を見ると、ガレージのシャッターの前を指さした。

「庭のキノコは、ほとんどなくなっているようですが、ここにはまだ残っていますね」

見ると、ガレージのシャッターの前には、死人の指を思わせる赤いキノコが群生していた。カエンタケだ。雨が降っているのに濡れ色ではなく、雨粒が通り抜けているように見える。

「ちょっと、ガレージの中を見せていただいても、かまいませんか？」

「いや、それは止めた方がいいと思います」

杉平がそう言うと、末広は怪訝《けげん》な顔になる。

「これは、警告だと思うんです。ガレージの中へは入るなという」

てっきり鼻で笑われるだろうと思ったが、末広は、黙ってカエンタケの前にしゃがみ込み、手を伸ばした。触ろうとした手は、カエンタケを擦り抜けてしまう。

「……なるほど」

末広は、溜め息をついた。

「庭一面に生えていたキノコと同じですね。目には見えるのに、いざ写真に撮ろうとすると、何ひとつ写らなかった。私は、オカルトの類いはいっさい信じない方ですが、この家で、何か超自然の事象が起きていることは、認めざるを得ないですね」

ようやく信じてもらえたようだが、今さら、それが何だという気がする。

「ガレージに入る、別の入り口はないんですか？」

末広の眼差しには、この前やって来たときの射るような鋭さはなかった。

「母屋からのドアがありますが、その前にも、こんなふうにカエンタケが生えています」

「なるほど」

末広は、少し考える顔になった。

「向こう側には、窓が二つありますね。ガラスを破って、ガレージの中に入りたいんですが、許可をいただけませんか？」

突拍子もない申し出に杉平は驚いたが、ガレージの中の様子はずっと気になっていたので、「かまいません」と答える。

「あと、ガレージの中には、何か可燃性の物体はありますか？」

末広は、カエンタケを見下ろしながら訊ねる。ああ、そういえば……。

「携行缶に入れたガソリンを、ガレージに保管しています」

このあたりにはガソリンスタンドが少ないため、車から携行缶へ移して、万一の自然災害に備えていた。四十リットル以上は、消防法により所轄の消防署への届け出が必要になるので、二十リットルの金属缶が二つ置いてあるが、一方は内容量を減らしてある。

「わかりました」

杉平から詳しい説明を聞くと、末広はバンから脚立と工具箱を出して、ガレージの反対側に回った。杉平は、付いていって、傘を差したまま成り行きを見守る。

末広は、脚立を立てると、天板に工具箱を載せた。下の段に立って、高い位置の窓を金槌《かなづち》で一撃し、ガラスを割った。さらに、細かく叩《たた》いて穴を広げると、手を突っ込んで窓を開ける。あんなに小さな窓から入れるのだろうかと思っていたら、リスのようにするりと上体を入れて姿を消した。

しばらく待っていると、ガレージの正面で、ガラガラとシャッターが開く音がした。あわててそちらに回ると、異様に真剣な表情をした末広が出てきた。

「杉平さんは、うっかり入らなくて、正解でした」

「何があったんですか？」

「ドアかシャッターを開けてから、数秒後に発火して、携行缶のガソリンに引火する仕組みになっていたんです」

末広は、床に置かれた見覚えのないカーバッテリーと、コード類を指し示した。

「そうなったら、焼け死んでいてもおかしくなかったでしょうね。通報が遅ければ、消防車が来るのに時間がかかり、証拠はすべて燃え尽きていたかもしれません」

「もう、危険はないんでしょうか？」

警告が現実のものとなったことに、杉平は戦慄《せんりつ》していた。

「だいじょうぶです。その証拠に、警告のキノコも消えてますよね」

末広が指摘したとおり、あれほどびっしり生えていたカエンタケは、どこにも姿が見えなくなっている。

末広は、ちょっと待ってくださいと言い、庭での作業の進捗《しんちょく》状況をチェックしに行ったが、すぐに戻ってきた。

「どうしても、お伝えしなくてはならないことがあります。中でお話しさせていただいても、よろしいですか？」

末広の表情を見なくても、良い話でないことはわかっていた。

嫌だ、絶対に聞きたくない。そう思ったが、避けて通ることはできないのだろう。

応接間に入ると、三人の女性の視線に迎えられる。

「調査の結果は、すでに松本道子様には報告させていただきました。松本様より、杉平様にもお伝えすべきとのご指示がありましたので、説明させていただきます」

末広は、神妙な表情で口を開いた。

「まず、寛子さんからのＬＩＮＥについてですが」

来た。杉平は、ぎゅっと目を閉じる。

「その説明は、もうちょっとだけ、待っていただけませんか？」

賀茂禮子が、なぜか、唐突にストップをかける。

「なぜでしょうか？」

末広は、怪訝な顔で、賀茂禮子を見やる。

「もうすぐ、この場所に役者が揃いますから、それからの方がいいでしょう」

賀茂禮子は、虚《うつ》ろに見える大きな目を宙に据えていた。

「ちょうど今、かなりの速度で、こちらに近づいてきています」

「失礼ですが、あなたは、どなたですか？」

末広は、呆気にとられた様子だった。

「末広さん。申し訳ないけど、おっしゃるとおりにしてくださる？」

松本道子が、静かに言う。

「この方の目には、わたしたちに見えないものが見えているようなのよ」

短時間のうちに、賀茂禮子は松本道子の信頼を獲得したらしい。末広は啞然としていたが、言われたとおりに口をつぐむ。

しばらくすると、表から自動車のエンジン音が響いてきた。いかにもスポーツカーらしい、甲高い咆吼《ほうこう》である。聞き慣れている杉平には、すぐにそれがレクサスLFAのエンジン音だとわかった。

まさか、そんなことが……。杉平は、呆然《ぼうぜん》とした。信じられない。だが、やはり、そういうことなのか。

車は家の正面に止まり、ややあって、インターホンが鳴った。

9

「いいよ。わたし、出るし」

衝撃に動けなくなっている杉平を手で制すると、花が席を立った。ほどなく、鶴田を伴って応接間に戻ってくる。

「進也くん。これはいったい、どういうことなんだ？」

鶴田は、いつになく動揺した表情で、杉平を難詰する。

「鶴田さん。今から、末広さんが、すべてをご説明しますので」

松本道子が、低い声で、つぶやくように言った。

「あなたは、寛子さんのお母様ですね」

鶴田は、眉を上げた。

「どんな話を吹き込まれたのか知りませんが、ここにいる山伏とやらは、ただの詐欺師です。全員がグルになって、あなたを騙そうとしている可能性もあるんですよ」

「ええから、黙ってそこに座って話聞いとけ、ボケ！」

花が、一喝する。

「何だと？」

鶴田は、激怒して目を剝《む》いたが、状況がわからないうちはと自制したようだった。

「……それでは、関係者が揃われたようですので」

末広が、奇妙な目で賀茂禮子を見やると、再び口を開いた。

「杉平さんにお話を伺った際は、寛子さんと理久くんは家出したということでした。しかし、調査していくうちに、数多くの疑問が生まれてきました」

「疑問とは、どういうことですか？」

早くも黙っていられなくなったのか、鶴田が口を挟んだ。

「一つ一つ挙げていくと、きりがありません。決定的だったのは、寛子さんからのＬＩＮＥに添付された写真でした」

末広は、スマホを掲げて、全員に写真を見せる。小さすぎてよく見えないが、寛子が鶴田とアフタヌーンティーをしたときの写真のようだった。

「最初に、寛子さんの姿に違和感を覚えられたのは、松本様でした」

全員の視線が、松本道子に向かった。

「寛子は、ファッションにも、季節感を大切にしていました。同じようなカーディガンでも、春色と秋色は、はっきり区別していたんです。この写真に写っている柿色のカーディガンは、どう見ても秋ものです。この季節に、着るはずがありません」

松本道子は、掠れた声で言う。

「それで、画像解析ソフトにかけてみると、寛子さんの映像には、フォトトリミングの痕跡《こんせき》が認められました。あきらかに、別の写真から切り抜いてコピーされたものだったんです」

末広が補足すると、沈黙が訪れた。全員の視線が、今度は鶴田に集中する。

「そんな写真は知らん。少なくとも、私が送ったものじゃない」

鶴田は、苦しげにつぶやいた。

「そうですか。では、寛子さんと会ったことは、事実でしょうか？」

「当日、会ったのは事実だ。だが、カフェには行っていない」

「それは、おかしいですね」

末広は、間髪を容《い》れず二の矢を放つ。

「実は、決定的な疑問点はもう一つあり、むしろこちらの方が問題でした。それは、あなたの姿には、フォトトリミングの痕跡がいっさいなかったということなんです」

一瞬、それがなぜ問題なのだろうと思ったが、ゆっくりと理解が兆した。もしそうならば、偽造した写真を送ったのは鶴田としか思えないではないか。

「だったら、何者かが、私の写真を入手して、それに寛子さんの姿を付け加えただけだろう。テレビなんかに出ているせいで、見ず知らずの人間に、しょっちゅう写真をねだられるんだ。それがいつの写真かなんて、いちいち覚えていないな」

鶴田は、きわどく言い抜ける。

「しかし、LINEのメッセージ自体は、寛子さんのアカウントから送られてきたものです。ということは、寛子さん本人がわざわざ偽造した写真を送ってきたか、または、アカウントを乗っ取られたことになります。しかし、アカウントを乗っ取られた場合には、元のスマホからログインできなくなりますから、寛子さんは、すぐに気がついたはずです」

末広は、なおも追及の手を緩めなかった。

「そうかもしれんが、寛子さんは、直前にスマホを紛失したのかもしれない。いずれにせよ、私には、そこまではわからないよ」

鶴田は、平然とうそぶいた。

「いや、そうじゃない。LINEのメッセージは、たぶん、最初から偽物だったんです」

杉平は、思わず叫んでいた。

「『リッキーが寂しがってる』という文章を見たとき、偽物だと悟るべきでした。それでも、僕は信じたくなかった……あえて気づかないふりをしていたんです」

「どういうことだ？　なぜ、その一文が、偽物だということになるんだね？」

鶴田が、眉間に皺を寄せて訊ねる。

「リッキーは、軽井沢に来る前に飼っていた犬の名前だったんです。祖父が何代も飼っていた柴犬の仔犬《こいぬ》で、祖父に『力《りき》』と名付けられていましたが、うちではいつのまにか、リッキーと呼ぶようになっていました」

杉平は、力なく言った。

「僕は、たまにですが、ふざけて、理久のこともリッキーと呼んだりしていました。だけど、寛子は、子供と犬を一緒にするなんてと怒っていたんです。リッキーが事故で死んでからは、僕も、そんな呼び方は一度もしていません」

虚を衝《つ》かれたのか、鶴田は固まってしまった。

おそらく、昔、たまたまそう呼んだところを聞いて、印象に残っていたのだろう。

「鶴田さん。あなたは僕に、こう言いましたね。寛子が、リッキーも元気だと言っていたと。

でも、寛子が理久をリッキーと呼ぶはずがないんです」

鶴田は、しばらく押し黙っていたが、ゆっくりと口を開いた。

「申し訳ないが、そんなことを言った覚えはないな。君の思い違いじゃないのか？」

恐ろしい沈黙が、その場を支配する。今や、鶴田を除く全員が同じ疑惑に囚《とら》われていた。

「……杉平誠三さんは、杉平さんと鶴田さんのお祖父《じい》様ですね？　今から八年前に亡くなっていますが」

末広が、手帳に目を落としながら言った。

「それが何だ？　いったい何の関係がある？」

末広に食ってかかる鶴田の表情には、もはや、テレビで見る理知的な精神科医のイメージは片鱗《へんりん》も感じられなかった。

「杉平家は、代々続く山林地主で、かなり裕福だったそうですね。でも、子供たちに相次いで先立たれ、相続人は、三男の息子の杉平さんと、養子に行った長男の息子である鶴田さんの、お二人だけでした」

「だから、それが、どうしたというんだ？」

鶴田は、もはや苛立《いらだ》ちを隠そうともしない。

「遺産の評価額は約七億円で、それを、お二人で等分に相続したそうですね。そのおかげで、杉平さんは軽井沢の広大な別荘を買い、鶴田さんはクリニックを開業して、成功の足がかりとすることができたんです」

たしかに、そうだった。杉平は、瞑目した。軽井沢に引っ越してきて、夢が叶ったと思い、幸せを感じた。何より、寛子と理久の笑顔を見られたのが嬉しかった。

だが、もし、あんな遺産などなかったら、きっと、今頃はまだ……。

「鶴田さんは、歯に衣《きぬ》着せぬ精神科医としてテレビへの露出も増え、マスコミ文化人としての地位を固めました。ところが、それと軌を一にして、生来の悪癖である浪費癖が頭をもたげてきたんです。愛車は、フェラーリ並みの価格の国産スーパーカーで、軽井沢と東京の往復には新幹線グランクラスを使う。きわめつきは、一瓶百数十万円はする、『軽井沢』ウィスキーで挙げる祝杯です。そんな生活をしていたら、お金がいくらあっても足りないでしょう」

鶴田は、辛辣《しんらつ》な口調で攻撃に転じる。

「君の仕事は、他人の懐具合を嗅《か》ぎ回ることらしいな」

「毎日、盗撮や盗聴、ゴミ漁《あさ》りに精を出していますと、母親に胸を張って説明できるのか？ 夜中にふと目覚めて、自分の人生が虚《むな》しくなることがあるだろう？」

「たしかに、毎日、汚いものばかり見聞きしていると、つくづくうんざりしますね。しかし、本物の悪を白日の下に曝《さら》せたときは、疲れも吹っ飛ぶんですよ」

末広は、びくともしない。

「あなたが、どれほど馬鹿げた浪費を重ねようが、その結果、破産しようが、私の知ったことではありません。しかし、そのために犯罪に手を染めれば、話は別です」

「犯罪？ 私が、いったい何をしたと言うんだ？ これ以上、妙な言いがかりをつけるなら、名誉毀損《きそん》で訴えるぞ！」

鶴田は、これまで見たこともないような、猛悪な表情を剝き出しにしていた。

「狙いはただ一つ、杉平さんがお祖父様から相続した遺産でした」

末広は、鶴田の恫喝《どうかつ》など意に介さないようだった。

「杉平さんは、約三億五千万円を相続しましたが、この家を買った以外は、ほとんどを健全な投資に振り向けています。軽井沢の不動産価格も近年は少し持ち直しているので、全体では、わずかなマイナスにとどまっているはずです」

末広は、短い時間で、この家の財務状況まで調べ上げているようだった。

「では、杉平さんが亡くなったら、どうなるでしょうか？」

末広の言葉が、急速に不吉な響きを帯び出した。

「法定相続人は、寛子さんと理久くんのお二人になります。……しかし、もし、このお二人に先立たれていたら、状況は一変します」

もう止めてくれと、杉平は思った。その先は聞きたくない。

「配偶者には、代襲相続は認められません。つまり、寛子さんのお母様である松本道子様は、相続人となることができないのです。したがって、相続人は、杉平さんの親族に移りますが、この場合、有資格者は、鶴田さん、お一人なんです」

応接間に、衝撃が走ったようだった。

「あなたは、そのことを知って、無慈悲にも、寛子さんと理久くんをこの家で殺害しました。杉平さんが出張に行った直後のことです。その上で、折を見て杉平さんも殺害し、寛子さんと理久くんを殺した罪を着せる予定だったんでしょう」

嘘だ。そんなことは、嘘だ……。

杉平は、椅子からがっくりと崩れ落ちて、思わず鶴田の顔を見やった。

「ふざけるな、貴様！」

鶴田は、激怒のためか、顔面蒼白《そうはく》になっていた。

「そこまで言うのは、何か確かな証拠があってのことだろうな？」

「あなたが杉平さんを殺害しようとした証拠を、つい先ほどガレージで発見しました」

末広は、冷徹な声で続ける。

「カーバッテリーを用いた自動発火装置です。ガレージに続くドアかシャッターを開けると、数秒後に、携行缶のガソリンに引火する仕組みになっていました」

「そんなものが、何の証拠になる？　私が仕掛けたと証明できるのか？」

鶴田は、発火装置が見つかったと聞いても何の驚きも見せず、白い陶製の歯を剝き出して、まくし立てた。

「この男の自作自演でないという根拠があるなら、言ってみろ？　この男が、妻子を殺して、私に罪をなすりつけようとしたんではないと、どうして言えるんだ？」

指さされた杉平は、ゆっくりと立ち上がる。絶望の中で、未だかつて感じたことがないほど激甚な怒りが、全身を突き動かしていた。

「杉平さん。だいじょうぶですか？」

末広が、心配そうに声を掛ける。

杉平は、目を閉じ必死の努力によって何とか自制した。やめろ。冷静になれ。今は落ち着くんだ。

「……僕を殺そうとした証拠は、たぶん、もう一つあります」

杉平は、深呼吸すると、応接間のキャビネットの開きから、ウィスキーの瓶を取り出した。

ほぼ全員が、息を呑んだ。

首の部分がくびれた独特のフォルムの瓶。濃い琥珀色のウィスキーが半分以上残っている。

そのキャップの上からは、依然として、背の高い純白のキノコが、傲然と大きく笠を開いて屹立していた。

「『軽井沢』か？　捨てたというのは、嘘だったのか……？」

鶴田は、絶句した。

「捨てるつもりでした。面倒だったので、あなたには、もう捨ててしまったと言いましたが。しかし、どうしても、これを捨ててしまう気にはなれなかった」

「なぜだ？　急に惜しくなったというのか？」

「いいえ、これですよ」

杉平は、純白のキノコを指さした。

「これにも、必ず何かの意味があるはずだ。メッセージがわからないうちは、置いておこうと思い直したんです」

「何のことだ？」

鶴田には、本当に理解できないようだった。

「これとは、いったい何だ？」

絶叫する鶴田を、全員が不信の目で見る。

「今度ばかりは、しらばっくれているわけではありません」

今までのやりとりをじっと聞いていた賀茂禮子が、静かに口を挟んだ。

「この人には、本当に、見えないんですよ」

「え？　これが、見えへんって、何でですか？」

花が、素っ頓狂《とんきょう》な声で訊く。

「このキノコは、すべて霊体で、実体のない幻影にすぎません。肉親や、霊感が強い人には、よりはっきりと見えるようですが」

賀茂禮子は、視線を脇に転じた。

「松本道子さん。あなたは、この家に来たとき、庭のキノコが目に入りましたね？」

「ええ。びっくりして、腰を抜かしそうになりました」

松本道子は、うなずいた。

「死者の感情が凝縮した霊体は、キノコの胞子などの微粒子の上で、あえかな発光をします。でもそれは、見る人の感情を刺激して、細部を想像力で補わせることで、ようやく映像として認識できるのです」

賀茂禮子は、ガラス玉のような目を鶴田に向ける。

「ところが、感情に乏しいサイコパスと呼ばれる人たちには、見えないようなんですよ」

鶴田は、啞然としていたが、賀茂禮子の説明はまったく理解できない様子だった。

「そのウィスキーは、そのまま警察に提出してください」

末広が、杉平に向かって言う。

「向精神薬の中には、不整脈や呼吸不全を引き起こし自殺に使われる、アモキサピンのような劇薬もあります。間違いなく、ウィスキーの中から薬物が検出されるはずです」

「すべて、私を陥れるためのでっち上げだ」

鶴田は、『軽井沢』を指さした。

「私は、そのウィスキーを購入し、一緒に飲もうと持ってきた。だが、薬物を投入したことはいっさいない。かりに、その男が言ったとおりにアモキサピンが検出されたとしたら、詳しい検査前に薬物の名前を言い当てた、その男をこそ疑うべきだと思うがね」

「往生際が悪いですね。いいかげん、諦めたらどうですか？」

末広も、さすがに呆れたようだった。

「あなたの犯行だと指し示している状況証拠は、山ほどあるんですよ」

「だが、それらを証拠立てているのは、たった一人の証言だ」

鶴田は、杉平を睨《にら》みつける。

「この男の行動には、終始、異様な罪悪感がつきまとっている。精神科医として断言しよう。この男が妻子を殺したことは、もはや、あきらかだ。失踪《しっそう》前日に、激しい口論をしたことは本人も認めている」

「杉平さんの証言だけではありません。あなたは、私たちに対しても明白な嘘をつきました。犯人でなければ、まったくつく必要のない嘘を」

末広は、厳しい声で断罪する。

「嘘？　何のことだ？　……私は、嘘などついていない」

鶴田は、予想外の展開の連続に、かなり狼狽《ろうばい》しているようだった。

「あなたは、つい先ほど、東京で、寛子さんに会ったと言いましたね？　しかし、寛子さんは、失踪した当日に亡くなっているんですよ？」

「何を言ってる？　それは、ただの憶測——というより妄想だ！　私は、たしかに寛子さんと会っている」

「たしかに、現時点においては、二人が亡くなっていることさえ確認できていません」

末広は、腕組みをした。

「ただし、二人の遺体が発見されれば、亡くなった時期は、かなり正確に推定できます」

「発見されれば、だと？」

鶴田は、嘲弄するように歯を剝き出したが、末広は動じない。

「かりにですが、あなたが遺体をどこか山奥に埋めていたら、発見は容易なことではなかったでしょう。しかし、あなたは、そうはしなかったはずだ」

「……どうして、そう言い切れるの？」

松本道子が、口元を覆って訊ねた。ハンカチを握りしめている手は、震えている。

「二人が先に亡くなったということが証明されないかぎりは、鶴田さんは、杉平さんの遺産を全額相続できないからですよ。だからこそ、遺体は、どこか見つかりやすい場所に埋めておく必要があったんです」

末広は、ウエストポーチからチャック付きのビニール袋を取り出した。中には、茶色い笠に白く細い柄のキノコが入っている。

「この庭から採取した、幻影ではない本物のキノコです。鶴田さん。これなら、あなたにも見えると思いますが？」

「たかが、キノコの切れ端だろう？　それが、いったい何だと言うんだ？」

鶴田は、とうとう堪《こら》えきれなくなったように怒号する。

「これは、アシナガヌメリといって、アンモニアを好む菌なんです」

末広は、全員に見えるように、ビニール袋を高くかざした。

「森に動物の死骸や糞尿《ふんにょう》があるときなどによく発生するそうです。アメリカで、遺体発見に役立ったため、死体発見者《コープス・ファインダー》と呼ばれるようになったキノコの近縁種にあたるとか」

その言葉の意味が、全員の意識にゆっくりと浸透していく。

「先日、このキノコが、庭の隅に群生しているのを見つけました。今、そこを掘っています。よっぽど深く埋めていなければ、そろそろ見つかる頃合いだと思うんですが」

その言葉が終わらないうちに、また、インターホンが鳴った。

10

杉平は、いつものように一人で目覚めた。

歯を磨いて顔を洗うと、一階のキッチンで朝食を取った。コーヒーのマグカップを片手に、仕事場のある二階に上がる。

孤独が、心を蝕《むしば》んでいた。あれ以来、何にも興味を持てず、生きがいを感じられなかった。もはや、新しい自転車を創るという情熱も完全に失っていたが、引き受けた以上は最後までやり遂げるしかないという義務感だけで、作業を続けている。

……いったいいつまで、こんな毎日が続くのだろう。ただ一人、牢獄《ろうごく》に取り残されたような虚しい日々が。

だが、廊下の窓から庭を見下ろしたとき、はっとしてマグカップを取り落としてしまう。

あれは……まさか。杉平は、窓に顔を近づけた。

雨滴がポツポツとガラスを打っては、ゆっくり滑り落ちていく。

鮮やかな緑の中に、ポツンと覗く小さな赤い点が見えた。杉平は、眼鏡の奥の目をすがめ、赤い点に焦点を合わせようとする。

今度こそ、はっきりとわかった。親子のキノコだった。笠の開いている親はオレンジ色で、丸くて可愛らしい幼菌は鮮紅色をしている。

タマゴタケだ。寛子が生前、一番好きだったキノコである。

たとえ一瞬でも目を離すと消えてしまうのではないか。そんな気がしたため、駆け下りて庭に出ることができなかった。

杉平は、窓ガラスに、強く額を押し当てていた。

お別れの挨拶なんだということは、わかっていた。

生者と死者の本当の別れは、生者が死者を忘れることではない。

死者が生者を忘れるのだ。

二人とも、もうそろそろ、この世のことは忘れ、旅立たなくてはならないのだろう。

ありがとう、守ってくれて。

もう、いいよ。だいじょうぶだから。

僕のことは忘れて……。

小雨の間を縫うように東の山の端から射し込んでくる朝日が、芝生に当たり、ほんの一瞬だけ、スポットライトのようにキノコを照らし出す。

親子のタマゴタケは、徐々に色が薄らいでいき、ふっと輪郭が崩れると、煙のように消えてしまった。

初出

「皐月闇」…………小説 野性時代 特別編集 2021年冬号
「ぼくとう奇譚」…小説 野性時代 特別編集 2022年冬号
「くさびら」………小説 野性時代 第235号 2023年6月号

貴志祐介（きし　ゆうすけ）
1959年大阪府生まれ。京都大学経済学部卒。生命保険会社に勤務後、作家に。96年「ISOLA」が日本ホラー小説大賞長編賞佳作となり、『十三番目の人格《ペルソナ》 ISOLA』と改題して角川ホラー文庫より刊行される。翌年、『黒い家』で第4回日本ホラー小説大賞を受賞、同書は130万部を超えるベストセラーとなる。2005年『硝子《ガラス》のハンマー』で日本推理作家協会賞、08年『新世界より』で日本SF大賞、10年『悪の教典』で山田風太郎賞を受賞。ほかに『天使の囀《さえず》り』『クリムゾンの迷宮』『青の炎』『ダークゾーン』『狐火の家』『鍵のかかった部屋』『ミステリークロック』『コロッサスの鉤爪』『罪人の選択』『我々は、みな孤独である』『秋雨物語』などがある。

梅雨《ばいう》物語《ものがたり》

2023年7月14日　初版発行

著者／貴志祐介《きしゆうすけ》

発行者／山下直久

発行／株式会社KADOKAWA
〒102-8177　東京都千代田区富士見2-13-3
電話　0570-002-301（ナビダイヤル）

印刷所／大日本印刷株式会社

製本所／本間製本株式会社

ISBN 978-4-04-112508-3　C0093